致敬——

全国奋斗在一线的所有打拐民警！

全国数十万寻亲志愿者！

共情寻亲家庭命运的亿万爱心人士！

祈愿天下无拐！

祈愿万家团圆！

我们

一位父亲15年寻子之路

申军良 著

清華大學出版社
北京

内 容 简 介

本书讴歌了寻亲人身上体现的善良与坚毅，也揭示了人贩子和买家的各种“表演”和各种嘴脸，真情实感，感人至深。

本书记录了申军良与多位寻亲家长患难与共，一起挥洒了痛苦的泪，也收获了开心的笑。

本书讨论了拐卖儿童这一犯罪行为的根源由来，并提出了一系列预防拐卖儿童的方法和建议。

本书剖析了人生意义、家庭价值、幸福来源，弘扬了时代主旋律，提供了正能量。

本书讲述了多年以来国家对打击拐卖妇女儿童犯罪行为的努力和成绩。

希望本书能给尚在寻亲路上的父母、孩子带去安慰、鼓励、支持与帮助……

图书在版编目（CIP）数据

我们：一位父亲15年寻子之路 / 申军良著. --北京：清华大学出版社, 2024. 12.

ISBN 978-7-302-67653-9

Ⅰ. I251

中国国家版本馆CIP数据核字第20241RH830号

责任编辑： 胡 月

封面设计： 钟 达

责任校对： 宋玉莲

责任印制： 丛怀宇

出版发行： 清华大学出版社

网　　址： https://www.tup.com.cn，https://www.wqxuetang.com

地　　址： 北京清华大学学研大厦A座　**邮　　编：** 100084

社 总 机： 010-83470000　**邮　　购：** 010-62786544

投稿与读者服务： 010-62776969，c-service@tup.tsinghua.edu.cn

质 量 反 馈： 010-62772015，zhiliang@tup.tsinghua.edu.cn

印 装 者： 天津鑫丰华印务有限公司

经　　销： 全国新华书店

开　　本： 148mm×210mm　**印张：** 9.5　**字　　数：** 241千字

版　　次： 2024年12月第1版　**印　　次：** 2024年12月第1次印刷

定　　价： 59.90元

产品编号：101070-01

序

张宝艳

相互支持的15年

我认识申军良，是在2015年，他是在那年的10月25日在“宝贝回家”登记的，他的儿子申聪一岁的时候被人贩子在光天化日之下破门而入抢走。那时候的申军良在东莞的一家公司担任高管。申军良用“风光”来形容他曾经的人生，我认为毫不夸张。但是因为申聪被抢，申军良一家的生活被完全改变，以至于申聪找到之后，申军良还要竭尽全力偿还寻子15年所欠下的外债，以代驾为职业养活妻儿，这就是人贩子作下的恶。

我创建“宝贝回家”是在2007年，起因是我的孩子也丢失过几个小时，当然后来找到了。但这个事情让我对那些寻找孩子的父母有了真正的感同身受。我不敢想象，如果我的孩子找不回来了，我该怎么生活下去，也许根本就不会活下去。所以申军良当时的那种痛苦，我是真的能体会到的，剜心之痛！

说实话，申军良书中提到的很多事情是他当年没跟我讲过的，比如孩子被抢后，他们整个家族所经历的痛苦，从四个老人，到夫妻俩的兄

弟姐妹，以及所有亲戚为了寻找孩子所付出的一切，可以说是字字血泪、句句诛心。我想，每个丢失孩子的家庭可能也都是这样的吧，直到找回孩子，才会恢复如常，但是真的能恢复如常吗？

申聪回家以后，经历了一个漫长的适应期和调整期，不仅是申聪需要适应，包括申军良夫妻也需要适应。毕竟他们有整整 15 年的空白期，这 15 年是怎么也没办法弥补和跨越的，甚至连普通家庭中的父母与孩子日常对话，他们都无法做到，无形中总是有那么一堵墙若有若无地横在中间。为此，申军良想了很多办法，尽管困难重重，但他很乐观，他认为申聪在这个正在形成自我独立意识的年龄回到他的身边，时机刚刚好，他非常有信心拉近父子之间的距离。

我很佩服这些寻子家长，他们身上的那种坚韧不拔，他们骨子里透出来的那种顽强，他们用爱、用脚步丈量出的寻子之路，是常人难以做到的。孩子找回来以后，他们想尽各种办法让孩子融入家庭，也让自己走进孩子的内心，他们为孩子所做的一切一切，都让我打心底里敬佩他们，也更愿意帮助他们。

申军良只是众多寻子家长的一个缩影，就像他书中提到的那几个家长：孙海洋、郭刚堂、杜小华等，他们都相同却又都不同。失去孩子的父母都是一个样，他们抱团取暖，结为难兄难弟，他们相互鼓励，相互支撑，奔赴在寻子路上。

申军良找到申聪的那段时间，孙海洋给他打了一个长长的电话，但实际上后来申军良才知道，孙海洋当时非常难过，五味杂陈，既为难友高兴，又为自己伤心。好在现在孙海洋的孩子也找到了，他们的相聚已经从以前的倾诉变成了分享，分享各自的家庭故事，分享每一个温暖的瞬间。

受申军良所托为他的书写一篇序，我很认真地读完了这本书。整本书的风格很接地气，没有华丽的辞藻，却真实、感人。我想，只要是靠近他们这个群体的人，就一定会从中体会到那种痛、那份情。

我作为“宝贝回家”创始人，有幸陪着他们走过这段路，我其实也收获颇丰。他们的执着与坚持也在鼓舞着我，让我能将这段公益之路一直走下去，将这份责任一直承担下去。我想将来有一天，当我回顾这段人生经历时，他们的影子也会成为我回忆中不可或缺的非常重要的一部分！

张宝艳

2022 年 5 月 21 日

张宝艳，女，1962 年 8 月出生，吉林通化人，2007 年和其先生秦艳友一起，自费创建“宝贝回家寻子网”，该网站从寻子开始，发展到解救被拐卖妇女儿童和流浪儿童，造福了众多人。2010 年成立宝贝回家慈善基金。2011 年获得全国道德模范提名奖，2009 年度当选“感动吉林”人物，2015 年当选“感动中国”年度人物，2021 年 2 月 26 日获全国妇联授予的 2020 年度全国三八红旗手标兵荣誉称号。现为宝贝回家志愿者协会理事长，民革第十三届中央委员会委员，全国人大代表。

序

邓飞

一个父亲的责任

2008年，我是《凤凰周刊》一名调查记者，赶赴广东深圳、东莞等地调查过1998年到2008年期间至少3000余名儿童被拐或失踪事件，写下过三篇调查报道，分别是《南中国上千男童拐卖链条》《孙海洋寻子》和《买来的幸福》。

对于寻子圈，从早期关注到寻子父亲孙海洋，他的孩子孙卓在家门口被拐，到后来得知了一名和孙卓同年同月同日生的被拐孩子——申聪。相对其他拐卖案件来说，申聪案更加复杂，因为孩子是2005年1月4日在自己家中被入室抢走的，人贩子的行径简直令人发指。

当了解了申聪案的整个案发过程后，说实话，这确实突破了我的认知，由此我也注意到了这个孩子的父亲——申军良。他曾是一名企业高级管理人员，沉着稳重，做事有条不紊，如果不是这场由人贩子导致的家庭变故，他的发展可能会非常好。

为了寻找孩子，申军良放下工作，负债累累，但他一直未有放弃。直到2020年3月，经过长达15年的寻子历程之后，在警方的不断努力下，他们一家人终于得以团聚。

说到申军良，让我更为敬重的是，2016 年 9 月，这位父亲提交了对人贩子的刑事附带民事的上诉状，这在寻子圈里是一件罕见的事情，更是一个进步，他用法律手段维护自己的权益，同样也是在为整个寻亲群体发声——法律应该更有力地打击这些人贩子，帮助更多孩子免于被拐卖。

我也是两个孩子的父亲，从拿到老申书稿的那一天起，我便反反复复地阅读了好多遍，书中记载了老申 15 年寻找孩子的很多细节经历。回忆起我初次见到的老申本人，再看看现在他幸福的模样，变化确实太大了，但我并不意外，瘦小的老申身上确实有一股韧劲和无畏，15 年来，他只有一个信念“必须把儿子找到”，现在的幸福生活也是那些年的坚持所换来的。读完此书，我也更加懂得老申身上那份“父亲的责任”。

第一层责任，是再忙再累，都要给孩子一个充满父母关爱的生活环境。当申聪出生之后，老申事业正处在快速上升期，负责整个公司的物控管理，平时工作十分繁忙，但是当面临孩子可能成为留守儿童的时候，夫妻俩选择把孩子带在身边，坚持要让孩子在爸爸妈妈的照料下成长。

我本人从事公益事业多年，对于留守儿童的关注一直没有停止，从 2011 年免费午餐进驻第一所学校开始，我们发现孩子们留守在乡村会导致一系列问题。为了解决这些问题，我们又陆续发起暖流计划、大病医保、会飞的盒子、拾穗行动等公益项目，但对于留守的孩子，我们深知父母的陪伴才是最重要的，老申比我们更早意识到留守儿童的困境，所以他和申聪妈妈克服一切困难，也要将孩子带在自己身边照顾。

在寻子父母群体中，其实也有很多家长有着跟老申一样的心愿，把孩子带在身边，让孩子的成长不会缺失父母的关爱，但是后来却因为某些原因，导致孩子被拐、被偷，甚至被抢。孩子出现意外，也让很多家长陷入怀疑：当初的选择对吗？这样的自责曾经一度令寻子家长们痛苦不堪。但事实上，儿童被拐是一个社会问题，社会的洪流滚滚向前，将一些家庭和孩子卷入浪潮漩涡，同时也使他们面临着诸多的风险。在那个年代，公共治理和社会保障还不是很完善，所以这并不代表家长们的决定是错误的，直到今天，我依然理解并鼓励老申当初的决定，给孩子以关爱比更多的物质扶持要强得多。

第二层责任，是老申 15 年的坚持不懈，绝不放弃。人贩子闯入家中，把孩子母亲捆绑控制，在她脸上抹药。母亲眼睁睁地看着不满周岁的儿子被抢走，精神崩溃。老申作为家里唯一还可以出来寻找孩子的人，他强忍着内心的疼痛，面对着风吹日晒，经历了风餐露宿和跋山涉水去寻找自己的孩子。正是这份责任感，深深地感动着我们，也最终迎来了团圆的一刻。

在我接触过的众多寻子家长中，老申、海洋他们的寻子历程可以说给了这些家长们很大的精神支持，正是因为老申他们在寻子道路上的坚持不懈，绝不放弃，让更多的家长们鼓起了勇气，勇敢地从悲痛中站起来，走出去，通过各种方法和渠道去寻找自己的孩子，这便是一份责任的传递。

第三层责任，申爸爸一个寻子小家庭的“父亲”，为了更多的寻子家庭站了出来——2016 年 9 月，他第一次提交刑事附带民事的上诉状，人贩子被判刑，但民事赔偿诉讼被驳回，舆论哗然，但他没有就此放弃追讨人贩子更加严厉的处罚。2021 年 3 月二审开庭，老申继续提交申请民事赔偿 480 余万元，同年 12 月，广东省高院终审支持了部分赔偿，判处五名人贩子赔偿物质损失 39.5 万元，令人鼓舞。

和申聪一起被拐卖的共有 9 个孩子，因为人贩子的可恶行径，一些孩子至今还没有找到。老申坚持发声，除了让人贩子得到应有的惩罚之外，也让更多的社会人士关注到了寻子家长群体，让大家看到了寻子家庭巨大而持续的苦痛。

我们认为，申聪案作为一个典型判例，不仅仅为打击人口买卖作出了

贡献，还推动了中国儿童保护法制的完善：我们的孩子需要法律的保护，更需要全社会的关注。感谢申爸爸在书里用整章篇幅梳理了相关法律。

一家五口终于团圆了，慢慢回归正常生活，但老申还是那个沉默而热心的兄弟，只要难友们一打电话，他就会站出来帮忙。

我们一直期望，我们的孩子，应该生活在一个正常的社会里，他们是安全的，他们是被社会关切、有法律强有力保护的，孩子们不可以像物品一样被卖来卖去，蒙受伤害。所幸，我们也看到了法律法规的进一步完善，科学技术的不断进步，各级警方对于打击拐卖犯罪的决心和行动，以及人民群众防拐反拐意识的持续提升，孩子们越来越安全，被拐事件也变得稀少。

然而时至今日，还有很多被拐的孩子没有回家，我们联合诸位寻子家长，在杭州花开岭慈善基地建立了一个寻子展示馆和寻子驿站，坚持继续支持走在路上的寻子家长们，帮助他们治疗疾病，保养好身体，给予他们一定的生活费用补贴，让他们尽量免于因寻子而深受心灵和身体上的双重打击，老申也是寻子馆的发起人之一，更是一名勤奋的志愿者，我们也将一起继续努力，让更多的被拐孩子回家，让更多破碎的家庭早日团圆，让天下真正实现没有儿童被拐卖。

邓　飞

2022年11月

邓飞，曾经是《凤凰周刊》著名的调查记者，2011年转身公益。邓飞利用移动互联网工具，先后发起微博打拐、免费午餐、暖流计划、儿童防侵、让候鸟飞等多个公益项目，动员和组织社会各界人士投身公益，在乡村儿童、乡村环保等板块致力帮助中国乡村儿童获取基本公平和保障，支持乡村儿童有尊严地成长。在邓飞的倡导和实践下，“透明公益”“人人公益”等理念深入人心，有力推动中国公益慈善事业转型。如今，邓飞在杭州发起和管理乡村振兴智库，并筹办了“寻子博物馆”。

自序

申军良

大家好，我是申军良。找到儿子申聪后，他回家了，我也回家了。

回家以后的申聪，很是懂事，很多时候甚至都懂事得让我心疼。他曾说："原来全世界都在找我啊，原来社会上有这么多人在帮助我们家，我长大以后，一定要努力回报他们，谢谢这么多好心的叔叔阿姨。"

我很欣慰他有这样的感恩之心。

在 2020 年申聪刚回家的时候，我陆陆续续也发过几条微博，很多一直关注我们一家的热心网友们给我私信、留言，说希望我可以把寻找申聪 15 年的历程写成一本书，大家都想通过这本书去了解更多我们所经历的故事。

于是我便听从网友们的建议，开始尝试将我们一家的故事通过文字描述出来。因为从来没有过写书的经验，一开始我只是写成备忘录的形式，一点一点写，之后再慢慢补充内容，历时将近一年，直到 2021 年 8 月份才完成初稿，零零散散大概有 20 万字。书成稿后，《凤凰周刊》调查记者邓飞老师、"宝贝回家"公益寻亲网创始人张宝艳大姐帮我写了序言。然而之后因孩子们要上学，再加上挣钱养家，同时也积极为与我一样走在寻子路上的父母尽一份力，我一直比较忙碌，书也就迟迟没有出版。

如今申聪即将毕业，老二也即将步入大学，在孩子们的鼓励下，我决定将书出版出来，一来是跟大家一起分享我们家的故事，二来也是希望可以通过这本书帮助到更多的寻亲家庭早日团聚。最终在众多朋友们的帮助和支持下，《我们》与大家见面了。

在进入正文之前，我其实想先和大家聊几句我们一家现在的生活，因为可以说从我儿子回来的那一天起，我们的家才真正可以称之为“家”。

申聪刚回家那段时间，不习惯北方的生活，学习跟不上，又面临中考的压力，与我们相处起来也很陌生，问什么才答什么，总是客客气气、小心翼翼的，像在面对一个没有怎么走动过的亲戚。这让我非常难过，和儿子之间缺失的 15 年陪伴，是以后再多努力都难以弥补的。

有时候他也会想念他原先的同学和朋友，当他与同学、朋友打电话时，我都默默离开，给他空间和时间。

2020 年年底，我曾问我三个儿子，能不能用两个字表达对 2020 年的感受，申聪说的是“神奇”。他表面上在描述生活上的改变，其实反映出的是内心的孤独。

同样的问题，二儿子说“幸福”，三儿子说“美好”，因为哥哥找回来了，爸爸也回来了，我们一家人，终于可以在一起了。

是啊，回归家庭了，但生活依旧艰难。申聪被落下的学习，等待着他努力去追赶，43 岁的我，也已经很难找到一份养家糊口的工作。

申聪被抢前，我有体面的事业，有美满的家庭。申聪被抢后，我的全部精力都用在寻子一件事上，放弃了事业，也顾不上家庭。现在申聪回来了，全家重聚，但万事要从零开始。

从 2020 年 4 月起，我晚上出去跑代驾，白天找工作，其间抽时间给孩子们做饭，买教辅资料，联系辅导班。四处奔波了一年多，周围人都说我消瘦了很多，头发也白了很多。

但无论如何，未来的生活，我们一家人一起支撑，我们和申聪的关系，

也从陌路相逢回归到血浓于水，全家人都在努力，一切都在慢慢变好。

2022 年 1 月 9 日是申聪十八岁的生日。我特别期待这一天的到来，因为这一天开始，我的儿子就长大成人了，而且我们终于不会再错过他往后生活中更多的生日了。

很幸运的是，申聪生日那天正好赶上学校放假。申聪妈妈做了一大桌子申聪爱吃的客家菜，这都是他妈妈从网上学来的。曾经辅导过他的老师也记得申聪的生日，为他订了一个生日蛋糕。

感谢大家，因为有你们的关心，才有了我们一家的团聚，让我们有机会一起见证申聪长大成人。

寻找申聪的 15 年里，我日思夜想，走遍了大半个中国，虽然每一次在媒体镜头前，我都坚强地说，“我相信我的儿子一定会回来”，但是内心的绝望没有人能够真正体会。能找回申聪，真的很感谢各界好心人对我们的支持和帮助。

感谢参与办理申聪被拐案件的所有领导和警官，因为你们一直以来的不懈努力，申聪才能够在我的有生之年回到我的身边，你们是最伟大的人民守护神。

感谢媒体的朋友们，你们一次又一次地帮助我报道、宣传，人贩子的查找范围一步步缩小，“梅姨”的生活轨迹一点点确认，申聪的模样越来越被大家所熟知，关联的线索变得越来越多，都离不开你们的帮助。

感谢我的亲朋好友，这些年你们一直在精神上、物质上给予我支持和帮助，还有众多志愿者和从未谋面的网友，一次又一次地帮助我转发寻子信息、帮我打探孩子的下落，一路上大家对我的帮助，我申军良永远不会忘记。

在寻子的这些年里，“宝贝回家”公益机构给予了我们这些寻亲父母很大的帮助，其创始人张宝艳更是不断鼓励我们不要放弃。张大姐身为“感动中国”的杰出人物，得知我要把自己的经历整理成书稿后，还在

百忙中阅读书稿，并热心替本书写序言，让我无比感动。

这些年，电影《失孤》的导演彭三源也一直关注我们寻亲群体。申聪还没找到的时候，她就一直关注我们一家。申聪回来后，这份关注仍然延续着。2021 年 7 月，她邀请我到北京碰面。彭导非常亲和，平易近人。那几天，她让我住在她家里，每天与我彻夜长谈，关心着申聪案件的情况，离开的时候，一再嘱咐让她先生把我送到了车站。知道我家生活困难，还给了我家经济支持，叮嘱我让申聪好好读书。彭导对我的这些恩情，我没齿难忘。

著名公益人、《凤凰周刊》前调查记者邓飞是国内较早关注失踪儿童事件的爱心人士，长期以来身体力行地帮助寻亲家庭。邓飞老师慨然作序，为本书增色良多。在此，我们对邓飞老师表示衷心感谢！

我要感谢我的几位相交多年的朋友《北京青年报》的张子渊、《人物》杂志的王双兴和一位爱心网友，他们为我撰写本书出谋划策，让我得以把自己的经历呈现出来。

15 年了，我终于圆梦了，大家都为我而感到高兴。我终于可以骄傲地说一句："大家好，我是申军良，申聪的爸爸。我的儿子找到了。"

2018 年 12 月 28 日，广州市中级人民法院一审判处人贩子张某平、周某平死刑，杨某平、刘某洪无期徒刑，陈某碧有期徒刑十年并处罚金，同时驳回了我提出的民事 300 万元赔偿诉讼请求。

2019 年 1 月 3 日，我整理了寻子路上相关票据、误工费用证明等材料，经专业人士和律师计算后，向广东省高级人民法院提出刑事附带民事 481 余万元的诉讼请求。

2021 年 12 月 10 日，广东省高院的终审判决维持了一审的刑事判决，人贩子得到了应有的惩罚。民事部分，广东省高院终审支持了部分赔偿，判处五名人贩子向我家赔偿物质损失 39.5 万元，并要求在判决书生效之日一个月内赔偿完毕。由此"申聪被拐案"也成为我国首例获民事赔偿幅度较大的案件，也是打击拐卖妇女儿童案件中的典型案件。

2023 年 4 月 27 日，“申聪被拐案”的主犯张某平、周某平被广州市中级人民法院执行了死刑，至此人贩子们得到了应有的惩处。

对于这个结果，很感谢广东省高院关注到了我们这些寻亲家庭的辛劳和不易，支持了我的一部分诉求。然而这 39.5 万元的经济赔偿，远远不能与我们全家人 15 年的精神的伤害和物质的付出相比。虽然民事赔偿至今只拿到一部分，但是对于我们寻亲家庭来说，这是一个好的开端。

未来，我依然会坚持在打击拐卖、助力团圆的道路上走下去，继续帮助那些还在路上的寻亲父母，为他们提供力所能及的帮助和支持。因为他们的苦，我曾经经历过，现在仍然感同身受……

最后，感谢国家对打击拐卖妇女儿童案件的决心，感谢公安机关打拐的努力和付出，感谢法律对人贩子的严惩，感谢媒体朋友们对我们的声援，感谢所有关注被拐儿童受害家庭的各界爱心人士。希望越来越多的被拐家庭团圆，希望天下无拐！

目 录

第一章

幸福生活初开始

事业顺利喜心间

我 1977 年 6 月出生在河南周口市淮阳县（今淮阳区）的小申村，这是一个非常偏僻的小村庄。我们这个村子除了一户入赘的女婿家姓汤，其他家都姓申，这是一种乡土的归属与传承。小申村虽然不大，只有 100 多户人家，500 多口人，一共两个生产队，但它却承载着我对乡村生活的所有记忆。清晨的鸡鸣、傍晚的炊烟、田间劳作的村民、村头嬉戏的孩童……这些画面至今仍历历在目。它是中原地区一个再普通不过的农村，但它在我心中却有着不可替代的地位。

从小我的性格就有一些独立和执拗，但凡我认准的事情，即使再多困难，也要咬着牙去完成，其中很大一部分是受到我爷爷的影响。从我爷爷的爷爷那辈开始，我们家就一直是单传，到我父亲这辈也没有兄弟，只有两个姐姐，到我这一辈，我上面有个姐姐，下面有妹妹和弟弟。

因为我是长孙，爷爷对我疼爱有加，他年轻时做过我们村的村委会主任，热心肠，好管事，而且经常会带着我，这些经历也促成了我性格的养成，使我长大后，敢于去带头，去做管理，去勇敢地面对困难。

自从上了小学，我一直是班里的班长，经常带着同学们张罗各种事情。我那时还兼任着数学课代表。当时一个数学老师要教两个班，老师

的课特别多，我就帮助老师批改作业。每次数学考试我都是全班第一个交卷，然后再帮老师判卷子，成了数学老师的“助理”。

后来爷爷年龄大了，帮村民们处理事情也力不从心了，就退了下来，在家养牛放羊。然而，有一次放羊的时候不小心被绳子绊倒，摔坏了腰，从此卧床不起。那个时候每个周末我从学校回来，都会跟爷爷躺在一起待一会儿，伺候着他，帮他换洗衣服被褥。直到一年后爷爷离开我们，我也意识到这个家接下来就要靠爸爸和我支撑起来了。

当然，除了爷爷对我性格的养成之外，我还继承了父亲身上的坚韧和母亲身上的直率。在我们家里，对于男孩子责任感的培养一直比较重视。这种培养不是来自说教，而是我爸妈以身作则的示范，是潜移默化中的影响。

步入中学之后，家中大小事务，我爸都和我商量，有些事情的拍板甚至连我妈都不知道。可能因为我是家中长子，我爸觉得应该让我承担起更多家庭的责任，所以他很尊重我的意见，也乐于让我参与到家庭的决策中来。

时间来到 1997 年 8 月 30 日，20 岁的我，只身踏上了南下的列车前往广东。8 月 31 日我在广东东莞的一家工厂正式填写了入职表，9 月 1 日我便开始了在这座城市的第一份工作。工厂主要生产电子玩具，我每个月工资是四百多元，虽然距离我预期的五六百元还有所差距，但已经比我在济南安装电话时的酬劳要丰厚许多了。

回想起那段日子，我觉得自己刚出来打工的那几年运气特别好。在这家东莞工厂上班的时候，人事部的同事让我填写入职表，他发现我填写得很快，而且字写得也漂亮，便问我是什么学历，我告诉他是高中毕业。于是，人事部的同事告诉我，正好有一个部门需要物料收发员，我的文化程度正合适，问我愿不愿意干。

我也不知道物料收发是什么工作，但听他说这个岗位的工资比我之前应聘的岗位要高，那我肯定是欣然同意的。于是他就把我带到了注塑部第一车间，跟车间主管做了个交接，我便顺利地成为这家工厂的物料收发员。

后来工作起来我才知道，物料收发员主要负责将车间里每天生产的产品按照颜色、型号、用途、款式等来分类，并计算每个产品的生产数量，然后入库收存，再和仓库管理员做好交接。工作看似简单，却也需要极大的耐心和细心。

这项工作对我来说并不难上手，因为我从小就对数字特别敏感，数学成绩一直名列前茅，跟数字打交道是我所擅长的。

到了车间开始干活，一开始我也什么都不会干，连机器都不认识，只能跟着别人后面学，为了能学到东西，我就跟老员工套关系，说好话，但凡有机会，我都会特别用心地学。让我上白班，我就上完白班再给自己加两个小时班，别人都走了，就我不走；让我上晚班，我便早早地来车间，甚至有时比白班还早两个小时，心想着看看前一天的晚班是怎么做的。

我准备了一个笔记本，每天把工作情况都记下来，每台机器一天能生产多少个产品，需要多少材料，这些数据我都掌握得很详细。因为每天都比别人多上四五个小时班，早晚班都能连在一起，所以车间生产的每款产品，都是由我第一个统计出来的。

在工厂里，这种态度和能力使我很快脱颖而出。然而，当我逐渐熟悉并掌握这份工作后，却又遭遇了意想不到的困境。

一些平时工作上比较懈怠的老收发员表现出了不满，甚至开始带头罢工，罢工的原因很简单：我，申军良，成了出头鸟。用现在网络上流行的一个词来说，就是我动了他们的“奶酪”，一时间我成了“众矢之的”。但我并没有因此而气馁或退缩，都说凤凰涅槃，逆境而生，从小不服输的性格支撑着我，我也坚信自己的能力和价值，相信工厂会给我一个公平的评判。

其实厂里的主管明白，老收发员们是故意针对我，因为有时候主管问他们某个班次的数据，结果他们一问三不知。而问到我的时候，我不仅可以把自己负责的班次汇报下来，连其他班次的也知道，可以说整个车间的数据都存储在我的脑子里。

在这样的情况下，主管很器重我，提出想提拔我做物料收发组的组长。不过因为我是最年轻的，又是最晚来的，某些老员工心中难免有些不服气。于是他们就开始排斥我，不理我，尽管我还是努力维持着同事的关系，甚至有时会主动去“贴合”他们，他们也只是爱搭不理地应付一下，有几个甚至不管我怎么主动打招呼或者请教问题，他们都不跟我说话。

后来甚至有不善的声音说道：“你申军良不是能干吗？你不是挺逞能吗？那你就干吧，我们不干了，看你一个人怎么干？”

但是车间主管不这么想，当时的广东是市场经济的潮头，那里的工厂讲究的是效益，企业老板更不希望养闲人。所以，主管就找到我问：“军良，这个车间你一个人能不能搞定？我准备把挑头的四个‘老油条’都‘炒’了，让他们回家，然后重新组建班子，让你来带，你有没有信心？”

我很坦诚地和他说：“信心是有，但前期肯定有些困难，有一些地方肯定做不到位。”主管很信任我：“没事，我现在马上通知他们几个过来，谁来谁就上班，不来的就直接开除了。”

最后的结果是，带头的四个老收发员，只有一个人来了，其他三个人被主管当场开除，来的那个收发员没干几天也辞工了。整个收发组原本有六个人，有一个同事后来又请了长假休息，最终就真的剩下我一个人了。

然而工厂的生产不能停，主管果然让我重新组建了团队，从厂里抽调了几个工作踏实，对产品比较熟悉，对数字比较敏感的员工进组，让我当收发组组长。

当了个“小头头”之后，我的劲头更足了。从小在农村长大的我，感觉有巨大的“希望”摆在面前，只要努力往前奔跑，更好的生活就会变得触手可及。

那一年春节，我没有回老家，而是留在了广东。当时公司已经是电子化办公了，我的办公桌上摆了电脑，可是我却不怎么会用，于是那个春节假期我在外面报了个电脑学习班，专门学习使用电脑。很快，电脑的操作，以及文档、表格的使用，我就都学会了。后来，我还自己读了夜校，学习物控管理的课程，每天奔波于单位和学校之间，忙碌而充实，不久便拿到了大专的学历证书。

物料收发组组长干了一年多，厂里又提拔我成为 PMC（生产及物料控制）。PMC 主要有两方面的工作内容，一方面是生产计划、生产进度的管理，另一方面是物料的计划、采购、跟踪、收发、存储、使用等各方面的监督与管理，以及废料的预防与处理工作。这个岗位通俗一点来说，就是生产过程中需要多少原材料，以及包装、配料等，都由我来调配，而且我还要跟进各个车间的生产进度，如果车间进度慢了，我就要提醒车间主管加快进度。这个岗位相当于工厂生产流程的总协调。

那个时候，我的办公地点已经不是在工厂车间了，而是进入了公司的写字楼。我有了自己的办公桌，这个时候我才 23 岁，整栋办公楼里的管理层人员中，我是最年轻的一个。

PMC 这个岗位最需要的是耐心和责任心，我做得游刃有余，每一个环节都事无巨细，此时的我对产品的加工流程也都非常熟悉了，我负责的生产链条从来没有出现过延期误工的情况。

在厂里做 PMC 两年多后，我被调回注塑部担任代理主管，负责整个注塑部的全部人员和生产运转。厂里的主管普遍都是 30 岁以上，而那个时候我才 25 岁，每个月的底薪是 3000 多元，加上各种奖金和补贴，

一个月收入近 5000 元，这个月薪比我以前卖棉花和玉米折腾一年赚的钱都要多。

结婚生子乐呵呵

2002 年对我来说是非常重要的一个节点，在那一年，我结了婚。

当时我在广东上班，职位高，待遇好，算得上是改革开放后从农村走向沿海城市打工的受益者，而且我家的生活条件在我们河南周口老家的村子里算得上是比较好的，我也到了该成家的年龄，那段时间，不少人给我介绍对象，希望我能早日成家。

那个时候的我年轻气盛，一心扑在工作上，也没急着结婚，但是我爸妈特别着急，他们看我工作和生活都步入了正轨，觉得应该是成家的时候了。

2002 年春节的时候，我去相了好几门亲，但都没有定下来。而我的妻子于晓莉，则是通过她的一个叔叔介绍给我家的，她的这个叔叔年龄比我大十岁左右，正好也是我家的一个亲戚。这个叔叔原本是想给我介绍另一家的女孩认识，但那女孩春节未归而未能见面。他便想起了自己的侄女晓莉，于是将晓莉介绍给了我。阴差阳错，竟促成了一段美好的姻缘。

我妈妈一眼就相中了晓莉，她性格很好，大大咧咧，见到谁都是笑呵呵的，是个很淳朴的农村女孩，而且吃苦耐劳，能持家，更重要的是，晓莉个子很高，这在我妈妈眼里这是个非常可贵的优点，而且晓莉对我也很欣赏。

说到身高，这在我们家可是个敏感话题。我记得我爷爷有一米八，以前是村里数一数二的高个子，但听说我奶奶个子矮，所以可能是俗话说的“儿子随妈，女儿随爸”，我两个姑姑的身高都在一米七上下，而我

爸个子不高，跟我姑姑差不多。到了我们这辈，我家兄弟姐妹四个，两个女孩个子都挺高，有一米六八左右，但我和弟弟的个子却都不算高。

所以我妈就说，找媳妇一定要找个子高的，晓莉也有一米七，在女同志里绝对算是高个子了。

我爸妈非常赞成这门婚事，他们说，不用见别人家了，就是晓莉了。

我跟晓莉认识不到一年就结婚了，结婚那天是2002年的农历十一月十二。我是我们村第一个用花车接新娘子的，当时开了一辆桑塔纳轿车，这车放到现在可能不算什么，但当时在村里已经算是“豪车”了，我们还租了录像机把婚礼录了下来。这些都是我爸张罗的，他觉得既然现在生活条件好了，结婚这么大的事情还是要体面一些。

我和晓莉婚礼当天很热闹，乡里乡亲、邻居朋友，来了很多人，特别是我们村里的乡亲，到场一多半，摆了四五十桌，鸡鸭鱼肉大肘子一应俱全，在我们那个不大的村里，大家对新颖的小轿车接亲和丰盛的酒席都赞不绝口。

而我妻子晓莉的家，距离我们村也不远，就在三四公里外的于集村。他们村比我们村更大，有九个生产队。晓莉家的亲戚比我们家的多得多，是个人丁兴旺的大家族，我在这之前都没见过这么大的家族，一家人有一百多口，占了一个生产队的近乎一半。

我们的婚房是结婚以前就盖好的，也是我爸主持张罗的。盖房子那些天我爸特别忙，从各处弄来很多的砖瓦材料，盖房期间还有一些小插曲。

因为我在广东做了企业管理工作，家里条件富裕了一些，我爸本来想给我们盖一座二层小楼，但邻居家不同意，因为按照农村的风俗，前面房子比后面的高，就是挡风水，同时他们又说我家如果起二楼就挡了他家的阳光。最终我爸接受了邻居的意见，但为了让我的新房与众不同，他把房顶改成了出棚设计。所谓出棚，是我们老家的一种说法，其实就

是房顶略高一些，别人家都是普通瓦房，我家在平顶的基础上，加了一个屋檐顶，就好像在房顶上盖个帽子。总之，当时我们家的新房是全村最好的，这也寓意着我们的婚姻生活能够蒸蒸日上、高耸入云。

那个时候，我的工作很忙，结婚的假期也很短，婚后第三天我陪晓莉回门，去岳父岳母家看了看，然后我们就一起去了广东。按照当时村里的习俗，结婚以后妻子就要跟丈夫在一起，对于前往人生地不熟的广东，晓莉也没有任何意见，她愿意陪我在外面打拼闯荡，这一点也让我非常感动。

我俩到了东莞后，就租住在一个距离公司不远的出租房里。我帮晓莉安排进了另一个离我比较近的工厂工作，她知道我在公司是领导岗位，不愿意跟我在一起上班，工作起来不方便，也容易被人说沾光之类的闲话。从这一点就能看得出来，晓莉很体恤我，也很理解我，这份不动声色但沉甸甸的感情，就是我们理解的“爱”。

结婚三四个月以后，有一天下班回到家，晓莉挽着我说：“我的例假一直没来，可能是怀孕了。”听到这个消息，我先是一蒙，脑子好像卡顿了一下，接着猛地从床上跳了起来，工作的劳累感也顿时消失无踪，一时间还有些语无伦次。我兴奋极了，完全控制不住自己：“真的？我要当爸爸了！”那一天，我一夜没睡着，完全沉浸在兴奋与喜悦之中……

过了几天，我陪着晓莉去医院做了检查，果然是怀孕了，我心里美滋滋的，马上问她想吃什么，她说想吃水果，我就去市场买了好多水果回来，完全不在意价格，什么甜我买什么。

从那天开始，我就惦记着我们的孩子，我就想知道他长什么样子，以后能不能成才。当时广东已经开始流行胎教了，我就买了一台DVD，还有很多光盘，有读书的、教儿歌的、放音乐的。我把这些放在家里，让晓莉没事就放出来听。刚从农村出来的晓莉不懂这个，她老问我：“你说孩子在肚子里能听见吗？”

“能听见，能听见，你就多听，以后咱们孩子准保特聪明。”

一边胎教，我一边给孩子想名字，到底取个什么名字好呢？想来想去，就叫申聪吧，希望我的孩子以后特别聪明，更大的期许是，希望他各方面都很优秀，能做个有用的人。

晓莉怀孕一个多月后，我觉得不能让她再上班了，一来工厂工作很累，二来我那个时候很忙，经常要加班，顾家比较少，照顾不了她。恰好我的一个同学的妻子在隔壁的一家公司上班，也怀孕了，我们一商量，让两人都辞了工，在家做个伴儿保胎得了。

晓莉怀孕六个多月的时候，冬天来了，眼看快要到年底了，她身子一天比一天沉重，而我一天比一天忙。那时候，正是生产和订单的高峰，而我又是厂里的管理，上下游物料的渠道都要我打理，每天不是加班，就有应酬，忙得席不暇暖。

基于这种情况，我打算让晓莉先回到周口老家休息。我给我爸打了个电话，让他提前找个车去车站接我们。为什么还要接呢？实在是我给晓莉和孩子买了太多的东西，除了胎教的 DVD 和光盘，还有很多的书、玩具和母婴用品，生怕遗漏了什么。

当时一共打了五个大包袱，还是同事帮我搬到长途车上，等我们到了老家，天已经黑了，我爸开了一个农用拖拉机过来把我们接回了家。

因为距离预产期还有一段时间，我把晓莉安排好后，又急急忙忙赶回广东上班了。然而令我没想到的是，我们的孩子仿佛想更早地看看这个世界，晓莉早产了，我回工厂没多久她就生了……

2003 年腊月初七，那一天我像往常一样正在公司忙碌。突然电话响起，是身在老家的父亲打来的，我赶忙接通电话，只听电话那头父亲急切地说：“晓莉要生了！”

我当时一愣，没想到晓莉这么快分娩，而此时我在广东，她在河南，往回赶肯定是赶不回去了，而且快到春节了，正是工厂最忙的时候，我

也离不开，作为物控管理，如果我走了，整个部门的生产就要滞后。

我赶紧跟我爸说："要到医院去，找最好的医生，再不行我找找熟人。"这期间，我的心里七上八下，虽然明知道自己远在异乡，什么忙也帮不上，但还是跟着着急，坐也坐不住，站也站不稳。虽然在公司，但是心思早已飞回了河南老家。

等待的过程中我又打了好几个电话，可是一直没人接，就这样一直等啊等啊，正当我下定决心，准备订票回去的时候，电话响了，是家里打来的。

"怎么样了？生了没有？"此时此刻的我已经按捺不住心中的焦急与激动。

"生了生了，是个小子，母子平安。"电话里传来我爸高兴的声音。

那一刻，我激动得热泪盈眶，我有儿子了，我当爸爸了！我感觉我是全天下最幸福的人。

申聪出生的时候已经是傍晚，从电话里我也能听出来老爷子抱孙子以后的兴奋劲儿，我让我爸把电话给了晓莉，电话里我也不知道说什么好，听筒里很嘈杂，很多老家的亲戚在说话，我和晓莉简单说了几句，她还叮嘱我说家里没什么事，都挺好的，让我安心工作。

后来我才知道，晓莉临产前，家里人找了晓莉的奶奶，老太太过去是村里的接生婆，有一辈子的接生经验，又正巧有个侄女在我们县医院产科工作，在全家人忙前忙后地悉心照料下，晓莉顺利产下一个男婴，就是我的第一个儿子——申聪。

儿子出生后，我早就按捺不住自己的兴奋，跟身边的几个要好的同事分享这件喜事，还问他们我给儿子取名叫申聪行不行？大家都说挺好，以后聪明能干。

申聪出生后的第二天，一下班我就一路小跑着去商场给孩子买衣服。然而到了商场才犯了难，服务员问我要买多大号的，可是我哪里知道啊，只说是给刚出生的孩子，要最小号的。然后我又兴高采烈地给晓莉也买了几件衣服。我抑制不住心中的兴奋。

那几天我每天晚上都会给家里打一个电话,问问妻子和孩子的情况。就这么熬着过了十几天，终于到了春节假期，我订了最早的一趟火车急急忙忙往老家赶。那一天，我感觉回家的路特别长，时间也过得特别慢，真的好想一步就从广东东莞迈到河南周口。

我一回家就急迫地想见孩子。当时是冬天，家里烧着炉子，孩子裹在小被子里，我进去一把掀开被子："啊？怎么这么小啊！"

这一幕一直印在我的脑海里，申聪穿着厚厚的衣服，正闭着眼睛睡觉，小脸被屋里的火炉烤得红扑扑的。这个生命太小了，我不敢碰，也不敢大声说话，生怕给他弄坏了。我也不会抱孩子，也不敢抱孩子，两只手不住地在身前揉搓着，不知道放在哪里才能表达我对孩子的喜欢。这可能就叫"手足无措"吧。

一般来说，父亲进入角色是比较慢的。在母亲和晓莉的"指导"下，我才敢上手抱申聪，刚抱一会儿我又急忙放下，生怕自己粗糙笨拙的双手把申聪弄疼。

起初几天是晓莉整天抱着孩子，要是赶上孩子哭了或者她要拿什么东西，才把孩子递给我，慢慢地我也熟悉了抱孩子的方法。我把申聪抱到怀里仔细地看，小小的圆脸、紧闭的双眼，小手时不时地扑棱两下，特别招人喜欢，觉得他有三分像我，七分像晓莉。

抱上了孙子，我爸妈也高兴得合不拢嘴。春节那几天，老两口天天都往我们家里跑，我爸甚至一天能跑好几趟，来了说也没什么事，就是看看孙子，在孙子的床头看一会儿就依依不舍地走了，然后没过几个小时就又来了，还是没什么事，看看孙子就走。

我妈就在家给申聪做衣服，出生头半年，申聪的衣服基本是我妈一针一线缝的，她说自己缝的衣服孩子穿了合身，而且舒服。她还给晓莉送菜送饭，什么好吃做什么，有时候晓莉不舒服没胃口，母亲就会送来好几样，让晓莉挑爱吃的吃。有一次邻居家嫂子拉住我问：“你媳妇是不是生完孩子特别能吃啊，怎么看你妈妈每天往这边跑好几趟，拎着大锅小碗的。”

就这样，因为申聪的到来，我们一家开开心心、热热闹闹地度过了一个幸福的春节。转过年来，我的假期也结束了，又要离开家回广东去上班了。我临走的时候，晓莉问我什么时候还能请假回来，我说太忙了，想请假也挺困难的。这一去就过了半年，就连申聪的百天和半岁我也没能回来，只能是一天好几个电话地往家打。

长期这样两地分居也不是办法，后来我们还是决定让晓莉带着申聪来广东。申聪七个多月的时候，母子俩来到了东莞。虽然我爸妈特别喜欢孙子，但他们也知道，为孩子好的话，申聪最好跟在我们身边长大，而且当时东莞的生活条件和城市开放程度也都比老家要好得多。

那个年代，随着打工浪潮的出现，留守儿童的问题其实已经显现出来。这个群体的形成和扩大也是改革开放后出现的一种现象。留守儿童的出现主要来自家庭和社会两个方面原因，家庭方面是因为当时的农村普遍还不是特别富裕，生活的贫困使得孩子的父母选择到城市去打工来维持生活；而社会方面则体现在长期存在的城乡二元制社会形态中，农民工和城市人口之间存在着严重的待遇不对等问题，这使得广大进城务工人员没有能力将孩子带在身边来抚养教育。

我曾经看到过相关资料，根据 2005 年中国 1%人口抽样调查的数据推断，当时中国农村约有 5800 万留守儿童，其中 14 周岁以下的农村留守儿童 4000 多万人。很多农村家庭父母出来打工，把孩子留在老家，由老人照料，一年与孩子也见不上一两面，孩子的成长过程缺少父母的关爱，家庭角色的缺位非常严重，这也影响了很多孩子后来的发展。

留守儿童往往表现出孤独、寂寞、偏激、自卑等不健康的心理特征，同时在他们的童年也更容易遭受非法侵害，这些都成为后来很长一段时

间内的社会现象，其影响可以说持续至今。

我们当然不希望申聪这样，不想让他成为5800万留守儿童之一，所以坚持把他带在身边。其实从我接触到的打工者来说，很多人还是愿意把孩子带在身边的，身为父母，哪有不愿意跟孩子在一起的，只要稍微条件允许，都会带着孩子出来工作。但问题也就由此而来，一方面是市场经济下，竞争激烈的工作岗位往往让父母无法长时间陪在孩子身边；另一方面则是在人生地不熟的新环境下，照顾孩子也多多少少会有一些不便。由此，一些悲剧事件便衍生而来……

当时我还住在工厂的单身宿舍里，按照公司的规定，家属不能住进来，于是我便开始找房子。

我转了转公司附近的几套房子，最后选定了一套公寓，虽然公寓的位置属于广东省增城市（现在的广州市增城区），但紧挨着东莞。这个公寓是一栋新盖的四层小楼，有独立厨卫，干净卫生，最关键的是公寓下面紧挨着的就是沙庄派出所。我当时就想，现在有了孩子，应该找个安全的地方，不能再住在那些比较混乱的地方了，希望申聪可以平安快乐地成长。

2004年9月底，我们一家三口搬入了新公寓，我把以前宿舍里的东西基本都扔了或者送人了，家具电器全部换了新的。潜意识里，我认为我们的家多了一个新生命，所以我希望这个新家也是全新的。

申聪的到来，也让我的生活状态改变了很多。申聪出生之前，我拼命地工作，几乎很少在家；申聪出生以后，我开始把生活重心放到家里，陪伴孩子成了我工作之余最幸福的事情。

为了每天早点回家陪晓莉和孩子，我刻意减少了应酬，除非是因工作必须见的业务伙伴，其余的饭局则能推就推。不仅如此，我每天中午也都回家吃饭，吃完饭在家休息一下，然后陪孩子待一会儿再去上班。晓莉都笑我说，有了孩子，不抽烟不喝酒了，也不瞎玩了。

新家安顿好，申聪已经可以扶着东西站起来了，他经常骑着学步车在楼道里玩。我那时候上班穿皮鞋，回家的时候要爬三层楼，“咚咚咚”的脚步声很响，久而久之，申聪能分辨出我的脚步声。他一听到我回来的声音，就骑着学步车到公寓楼梯口“迎接”我，我在楼梯处一抬头就能看到他那张笑呵呵的小脸，他一看见我就用手拍打着学步车，车上的小铃铛“哗啦哗啦”地响着。我总会一把将申聪抱起来，他在我的怀里，脚底下拼命乱蹬，这就是想要下楼去玩的意思。我就把他抱到楼下，他骑着学步车在外面走来走去，探索属于他的新世界。楼下有很多花花草草，也有很多小朋友在嬉戏打闹，每当看到申聪开心笑着的小脸，我工作一天的疲惫都会一扫而光了，同时心里暗自决定，为了我的儿子，我还要更努力地奋斗。

那段时间里，只要晚上我在家，我就给申聪讲故事，念儿歌。讲《小马过河》的时候，我就给他学牛叫、学马叫，他在旁边打着滚儿，拼命地笑。然后给他听 DVD 里放的儿歌，他会跟着节奏把小屁股扭来扭去。

在我们沉浸在一家三口的幸福中时，又有一个好消息来到了。

母子俩刚到东莞一个多月，晓莉就又怀孕了。老实说，我们当时没打算这么快要二胎，这次怀孕也算是意外，我跟晓莉也合计过要不要这个孩子，后来还打电话问过我爸。老爷子听说又有个孩子，肯定是高兴的，就坚决说要把孩子生下来。我跟晓莉想，以我们当时的条件，家里也负担得起，所以最终也决定要把孩子生下来，以后也让申聪有个伴儿。

时间不知不觉来到 2004 年 12 月中旬，这边晓莉怀着二胎，那边申聪已经十一个月大了，百天和半岁的时候，我都没在他身边，现在马上就要过周岁了，我打算给孩子办个风风光光的周岁宴，因为没办法请假，我们决定就在东莞办，还打算把我们的父母从老家接过来。

当时我跟晓莉说，孩子一岁了，要办得像点样子，倒不一定请太

多的人，但怎么也得有十来桌，办生日宴的地点就定在东莞最大的一家酒店里。商量好办生日宴的事情，我和晓莉还专门去酒店看过一次，宴会厅、菜品……各方面都挺满意，等着确定好参加宴会的人数就下订金了。

当时正好我妹妹也在广东打工，她快要结婚了，想回家准备婚礼，临走之前，我爸说让她带一张申聪的照片回去，老两口想孙子了，想知道孙子长多高了，有什么新变化。为了新照片，我妹妹和晓莉还专门带孩子去了照相馆，拍了两张照片，一张站着的，一张骑着小摩托车的。然而当时怎么也没想到，这两张照片后来成为我寻子路上想儿子时仅有的陪伴……

晓莉怀上二胎后，早孕反应很剧烈，什么也吃不下，还吐得厉害。有一次，我下班回家，走到三层楼梯口时看到申聪正在楼道里一个人用手转一辆自行车的脚蹬子，“嘎啦嘎啦”地响着。这一次申聪没有“迎接”我，也没有朝我咯咯笑，甚至都没有回头看我，显得很落寞。

我看见他就说：“申聪，你干什么呢？”未曾想，申聪一转身，看见我后就哇哇地哭了起来，哭得很伤心，脑门儿上的青筋都鼓出来了，着实吓了我一跳。

我赶紧把申聪抱起来，拍着他的后背安抚他，他趴在我的肩膀上继续哭，眼泪哗哗地流，我的肩膀都被打湿了。我能够感觉到，他是受委屈了，可能是妈妈忽略他了，没有陪他玩。我回去想跟晓莉说，你以后多陪陪孩子，不过看她的脸色不好，又开始干呕，那一刻我知道晓莉也是辛苦的，也就没多说什么。

但是，申聪那次的哭声，却深深地埋在了我的心里，那个哭声在随后的十五年里一直都在我的脑海里回荡，为了能够再次听到那个哭声，我一次次离开家行走在孤独的路上，在寂静的黑夜之中，在别人家的门外，我多么希望有一刻能够再次听到那个哭声……

本想创业酬家乡

2004 年 3 月，由于工作出色，我迎来了职业生涯的又一次提升。国联塑胶厂，这家当时在整个东莞排名前列的企业向我抛来了橄榄枝。基本工资 5000 元，再加上可观的奖金，我每月的收入可以达到六七千元。

然而，离开第一家工厂的那一刻，我心中充满了复杂的情感。那里可以说是我梦想的起点，是我来到东莞后，从懵懂少年成长为职场人的摇篮。因为公司是个港资企业，董事长是香港人，不会讲普通话，只会讲粤语，因此公司也要求所有管理人员都必须会说粤语。

我刚到工厂的时候，根本听不懂粤语，后来干了一段时间，才能稍微听懂一点，说就更加困难了。但董事长很器重我，对我有特别的优待，而且不以年龄和出身为评判标准，甚至给我开了很多的先例。他说："全公司的管理人员，只有申军良不用说粤语。"每次我跟他交流的时候，他都会专门让秘书在身旁帮我翻译，让我在这个陌生的城市找到了归属感。

一直到后来我在找寻申聪的路上，有一次夜里做梦，梦到自己上班迟到，而梦中的场景还是这家公司，面对的也还是那位说着粤语的香港董事长，尽管当时我早就已经离开了这家公司……

记得离职那天，董事长虽然远在海外出差，却特意安排了工厂的负责人轮流与我谈心，试图挽留我，最后董事长更是直接委托助理找到我，问我是哪里遇到困难了，到底什么条件才能够留在公司。

然而，时代的浪潮总是催人奋进，那个时候我去意已决，因为当时我的身边有了晓莉，有了申聪。除了经济收入之外，我也渴望趁着年轻，在更广阔的舞台上历练一下，希望将来可以有属于自己的一番事业。

我怀揣着对未来的憧憬，踏入了国联塑胶厂这方更加广阔的舞台。大公司的单子多，合作伙伴也多，大公司的管理和运营模式，让我大开眼界，也让我拓展了更多的人脉。

其实在改革开放的春风下，广东的经济发展非常迅速，只要有心，机会一大把。因为工作经验越来越丰富，后来有合作伙伴跟我提出要一起出资开个加工厂，专门做塑料加工的生意，通过我积累的人脉关系拿单子，利润一人一半。

创业的想法我很早之前就有了，从高中起我便有很多对未来的打算，包括在村里搞水产、搞预制板，等等。那时候，我们一家人都在老家，很多想法只能写在笔记本里，没有想到有一天自己可以走出山村，甚至有机会去实现这些想法。

直到我来了广东，从那时起，我在大家的口中就一直是那个在外面“混”得最好的，父母也以我为荣。我是村里第一个有手机的，当时花了1000多元钱买了一部爱立信的翻盖手机，拿回村里乡亲们都觉得很新鲜。村里有个乡亲管我借手机，说想用这东西打个电话，那个时候村里的信号还不好，他拿着手机一边拨一边找信号，跑了很远才拨通。

虽然家里的生活条件比我上学的时候好了很多，但是我心里清楚，即使我在外面“混”得再好，村子里的道路、设施等各方面依旧很落后，父母每次出门还是要经过门口那条没有路灯且坑洼不平的小道，十分不方便。而且当时我的姐姐和妹妹没有稳定的工作，长期在外打工，弟弟也还在读书。

到了广州之后，我之所以肯付出比别人更多的努力去提升自己，也是希望有朝一日可以成就属于自己的一番事业，之后能够为我们的家庭、为我们村子、为我们家乡做一些改变。如果我真的能够独自创办企业，赚到第一桶金，那么我就会翻出高中时的笔记本，回到我的家乡周口，把之前搞水产和预制板生意的想法一一实现。

后来跟原先公司的老同事们聊天的时候，听他们说公司里好几个小兄弟都先后辞职下海了，他们摸爬滚打地自主创办企业，有开加工厂的，有做经销渠道的，如今好几个人已经身家过千万了。

现在回想起我在东莞做企业管理的那些年，时代赋予了社会无数的机遇与可能，市场经济的浪潮驱使着无数的农村有志青年进入城市，成为产业推动者，他们靠着自己的勤奋和努力，致富了国家，致富了企业，也致富了自己。

然而，当我已经万事俱备，准备为自己的创业计划，为自己的梦想大干一番之时，一切戛然而止……

第二章

悲苦离散寻子路

晴天霹雳一惊雷

2005年1月4日上午10时40分，这个时间我永远不会忘记。那一刻，一场突如其来的变故颠覆了我们家的命运。

如果用几个词来形容一下我的人生，那么我的学生时代，可以概括为是“懂事”，工作以后则是“风光”，而从那一天以后的十几年，只能是用“悲痛”来形容了。

那天早上七点多，我一如既往地告别了妻子去公司上班，临出门前我还亲吻了正在熟睡的儿子一口，申聪也像往常一样紧闭着小眼睛，沉浸在自己甜美的梦乡里。然而就在那一刻，不知道为什么，我突然有一种心慌的感觉，或许在不好的事情来临之前，人真的有预知的本能，或者说至少有感应到危险存在的能力。那种感觉一直到了公司，才略微平复了一些。

公司每天的早会大约在10点半结束，结束后我还要和各部门负责人再分别交流一下工作进度。

转眼间时间来到了10点40分，当时我刚从会议室出来，手里还抱着一些资料，一边走，一边跟同事聊着工作上的事情。突然间，早上那

股心慌的感觉又席卷而来，而且这次更加严重，伴随着一种焦躁感涌上心头。我不知道这个感觉来自哪里，那几天我很少出去应酬，也没有过分加班熬夜，但还是觉得不舒服。我下意识地看了看手机，发现并没有什么异样，就继续和几个同事边聊边走。

然而几分钟后，正当我和同事们刚刚走到写字楼大门口的时候，我的手机突然响起，我低头一看是晓莉打过来的，顿时我的心里咯噔一下。

平日里，这个时间晓莉几乎是不会给我打电话的，因为她知道早上是我最忙的时候，这突如其来的电话让我原本发慌的心里更加不安，我赶紧接通了电话。

电话那头猛地传来晓莉声嘶力竭的吼叫：“你快点回来！申聪被人抢走了！”随后，她便嗷嗷大哭起来，再也说不出话来。

那一刻，我的脑袋好像被一记重锤狠狠地砸了一下，嗡嗡作响，我也听不到话筒里的声音了，尽管我的右手还在耳边保持着握手机的动作，左手的臂弯也还是夹着文件的姿势，但我的手机和文件早已经掉在了地上，我的四肢好像僵硬了，却又不停地在颤抖，整个人定在了原地，只有嘴里还在重复着晓莉的话。

“啊？申聪被人抢走了……”

我不知道当时身边的同事听到我念叨这句话时是什么样的表情和反应，只记得一个担任生产助理的女同事跑过来帮我捡起手机，塞到我手里，然后又蹲下帮我捡文件。缓过神来的我拿着手机抬腿就朝着家的方向跑，后面有人喊：“申军良，不要跑，董事长安排了司机带你去追……”

我不知道谁告诉了董事长，也顾不得有没有司机来接我，我的大脑一片空白，感觉天都塌了下来，除了跑什么也不会做。当我跑到公司大门口的时候，突然被一辆商务车截住，董事长的司机摇下车窗说：“申主管，我拉你去追，赶紧上来。”

我上了车，坐在车的后排，司机问我往哪个方向追，我愣住了：“啊？

什么？不知道啊？”

司机看我已经慌了神，已经有些语无伦次了，就说：“咱们往增城方向追吧。”

我当时也不知道该去哪里，只想着赶快追上抢走申聪的人，把申聪给夺回来，既然司机说去增城，那就去增城。

“行！快追！”我突然看到了希望似的说道。

司机的车开得很快，我俩把两边的车窗都摇下来，呼呼的风吹进我的心口，车越往前走，我的心越凉。司机嘱咐我往道路两边看着，观察有没有类似骑着摩托车、抱着包裹的可疑人。我瞪着眼睛，直勾勾地看着路上的每一个人，哪个是人贩子？哪个又是申聪啊？

我们的车开出去有四十分钟左右，沿着国道跑了几十公里，一直到了增城市区又掉头回来，沿途经过看到的都是普通行人，并没有发现什么形迹可疑的人。

已经跑了这么远，却没有任何线索，司机问：“申主管，还追吗？”

我也有些不知所措，不追？万一他们就在前面怎么办？追？可如果他们走的是这条路，以我们的速度，早就应该追上了。我像傻了一样，张着嘴，眼睛直勾勾地看着车窗外面。

“申主管，咱们去哪儿啊？”司机又问我。我稍微缓了一下，低沉着声音说：“去我住的地方吧。”

车开了一会儿，我猛地想起了出租屋附近的派出所，赶紧跟司机说：“走，咱们去派出所，去派出所！”司机急忙开车把我送到了我家楼下的派出所。

赶到派出所的时候，我见到了晓莉，她穿着粉红色的睡衣，头发凌乱，左侧嘴角通红，左侧眼睛也已经睁不开了，她只穿着一只拖鞋，另一只脚光着。

她正哭着跟民警说，抢孩子的是什么样的人，有多高多胖，什么发

型、什么脸型，是如何抹的药……我在旁边听着，一知半解，愣在那里。民警问她，你老公是什么工作？有没有得罪什么人？

我听到这里突然一股火爆发了出来，冲上去朝民警嚷嚷着："孩子都不见了，你们还在这问什么问，还不赶紧去追！"

不知道民警是被我急切寻找儿子的情绪触动了，还是被我突然爆发的怒火提醒了，他们赶紧组织了警力往东莞方向追，但因为车里坐不下，而且只有晓莉知道抢走申聪的人贩子的体貌特征，所以民警让晓莉跟着去了，我被留在了派出所。

我和司机就守在派出所门口，司机递给我一支烟，本来我是不怎么抽烟的，但当时心里急得冒火，那股火似乎只要把烟叼在嘴里，不用打火机都能点着一样。我接过了烟，抽了一根又一根，我们一边抽烟一边分析人贩子逃跑的路线。司机念叨着，人贩子会不会走小路跑了，我问了骑着摩托车帮我沿着小路去追的同事，他们也没有找到。

大约有两三根烟的工夫，我看见警车回来了，我心里琢磨着：回来得这么快，完了，肯定是没找到。可是我又心存一丝希望，希望晓莉会抱着申聪从车上走下来。

然而那一丝希望很快就破灭了，晓莉跟民警一块下了车，每个人的怀中都没有申聪的身影，晓莉跟我说他们追了两三公里，什么都没发现。

民警把我和妻子又叫进了派出所，继续他们的讯问，问我们有没有仇家。我虽然是工厂部门负责人，在管理过程中可能会引起一些员工有意见，但工作上的事情，绝不会有这么大的仇恨。民警又问了几个问题后说，他们要对这个案件进行走访调查，最后还叮嘱我先不要接受媒体采访，他们担心媒体曝光出来后，对孩子的安全会有危害。

我和晓莉从派出所出来已经是晚上 8 点多了，走到公寓楼门口，邻居们都知道了刚刚发生的事情，大家正七嘴八舌地议论着。有个出来买菜的孕妇说，她看见了抱走申聪的人，其中就有住在 308 的那对夫妇，

男的叫“斜眼儿”，另外还看见一个三十多岁、体形微胖的男子，平头，国字脸，穿橙色的衣服，也跟他们一起走了。

“对，就是那个穿橙色衣服的男的把我给绑起来的。”晓莉说。

308 的“斜眼儿”是谁？我从来没听说过，怎么也想不起这个人来。我家住在 305，我只记得我家对门 306 是一对情侣，有时候我上下班会碰到 306 的邻居，但也仅仅是点个头、打个招呼，至于 308 住的什么人，我是一点都不知道。邻居们说，“斜眼儿”他们两口子来这里住的时间不长，也就一个月不到，叫他“斜眼儿”是因为他有一个眼睛斜视，大家给他起的外号。

得知这一消息后，我赶快又回到派出所向警方汇报。民警去了 308 室，还叫来了房东，但此时 308 早已人去屋空，房东那边登记的信息也是虚假的，“斜眼儿”到底叫什么名字大家都不知道，也没有他的照片，这个线索到这里突然断了。

民警让我和晓莉先回家，说他们会继续追查人贩子和申聪的下落，有了新消息会第一时间通知我们。此时的晓莉已经哭得没有了力气，全身瘫软无力，我搀扶着她一点一点挪着回到家中，推开门的那一刻，看到满屋的孩子的用品和玩具，我和晓莉都崩溃了。

晓莉趴在床上继续不停地哭，人已经站不起来了。以前房间里孩子的欢笑声，此时被她的号啕大哭声所替代。我心里也同样如火烧一般，又焦灼又憋屈，眼泪夺眶而出，虽然我一再默默地告诉自己，为了妻子，这个时候我必须坚强，可是又怎么能够坚强呢？人非草木，孰能无情？我自己的儿子，那么可爱的儿子，在我早晨上班前，还看到他躺在床上，小脸圆嘟嘟的，睡得很香，整个房间弥漫的都是孩子的乳香味。而现在，房间里再也没有他的气息了。

晓莉从事情发生到现在，泪水一直没有停过，我怕她哭坏了身子。我把她扶出家门，找了个同事帮忙，让晓莉先去他家暂住一晚，由他的妻子陪着，慢慢开导晓莉。

当送走晓莉，我独自往家走的时候，浑身上下再也止不住地颤抖起来。我走到三楼楼梯口时，就好像已经产生了幻觉，我似乎听到了学步车上“哗啦哗啦”的铃铛在响，仿佛看见申聪骑着学步车来接我，我一把抱住他，抱得死死的，而他靠在我的肩膀拼命地哭，那哭声，就跟前几天我下班回来时他玩自行车链条时一样，好像一切都没发生。

然而残酷的现实很快将我从幻想中拉了回来，我站在家门口，面对着这扇家门，却迟迟不敢推开它，就好像家里有什么见不得人的东西。站了半晌，我叹了口气，咬了咬牙，推开了门。

家里的地上还倒着那辆学步车，那车一动不动，没有一点响声，车上没有申聪。我找来一个大箱子，把申聪的衣服和学步车都放在箱子里，学步车上的铃铛响起来，但不是申聪用手拍响，而是我自己的手一直在发抖，止不住地抖。越抖，车响得声音越大，越响，手抖得越厉害。

我把箱子封好，隐约觉得申聪很快就会回来了，他回来了，这里面的玩具他还能玩，衣服还能穿。我把箱子连同被褥铺盖都搬到了同事家里，晓莉问我箱子里是什么，我没有说。

在同事家安顿好以后，晓莉的左眼仍然睁不开，甚至左半边脸都是僵硬的，说话声音也有些不清晰。我问她到底发生了什么，她呜咽着告诉我当时发生的事情……

那天早上我去上班之后，晓莉带孩子玩了一会儿，差不多十点半，申聪睡着了，她就把申聪放在床上，然后到厨房去准备我们一家三口的午饭。

因为怕切菜洗菜的声音吵醒孩子，晓莉就把厨房门关上了。过了没多久，突然厨房的门“砰”的一声被踹开了，还没等晓莉反应过来，一个身影就从后面一把抱住晓莉。起初她以为是我回来了，结果回头发现是一个穿橙色衣服的矮胖陌生男人，另外还有一个不认识的男子站在边

上，恶狠狠地说了句：“赶快把药给她抹上！”

橙色衣服的男人听到指令后，立马用手掌往晓莉的脸上抹，晓莉能感觉到对方的手掌上有一些黏糊糊的东西，而且特别呛人，像化肥的味道。晓莉拼命地挣扎，可是这东西抹到她的左侧脸上时，她的眼睛就已经睁不开了，嘴也变麻木了，根本喊不出声音来。

紧接着，下指令的那个男人掏出一个黑色塑料袋，猛地把晓莉的头套住，两个人拿出胶带，一圈一圈地把她的胳膊绑在了身体两侧，缠得死死的，就在这短短不到一分钟时间里，晓莉已经完全失去了反抗能力，而且套在头上的塑料袋也憋得晓莉根本无法呼吸，几乎快要窒息。

当晓莉还在用力挣扎的时候，她听到了申聪“啊”的一声叫声，接下来在几声急促的脚步声之后，孩子的声音便消失了。这个时候她心里已经想到：坏了，他们把孩子抱走了。

此时的晓莉已经被塑料袋闷得快要晕厥过去，然而申聪声音的消失让她还是用尽力气挪到厨房门框的地方，在门框棱角处来回几下终于把胶带磨断了，她一把扯下套在头上的黑色塑料袋，发现床上的申聪已经不见了，于是一步就迈到了门外，但这个时候，楼道里也早已经看不到那两个男人的身影。

晓莉迈着踉跄的步子扶着栏杆就往楼下追，她说是跑着追，我理解其实就是直接往下跳，一步能迈三四个台阶，一直追到一楼大门口还是没见到人影。她看见楼下小卖铺里有人在打麻将，便慌忙过去问他们有没有看见有人抱着孩子跑出来，大家都说没有。实在没办法，她又拖着怀孕的身子一瘸一拐地跑到派出所报了警，当时的晓莉整个人几乎都崩溃了，在民警的安抚下才给我打了电话……

“他们是破门而入的吗？你当时锁门了没有？”我问晓莉。晓莉很确定地说，她锁了门。我想对方撬开门锁冲进屋是很有可能的，因为我们租住的公寓房门是普通的木门，门锁就是那种圆形把手的门锁，

各个房间都是一样的，抢走申聪的人贩子肯定早就研究过这种锁是怎么打开的。

我希望能够从对方作案的细节里找到一些线索，就问晓莉那些人是什么口音。但晓莉说，当时对方就说了一句“赶快把药给她抹上”，用的是普通话，听不出具体的方言。

晓莉说，整个过程中，她并没有见到邻居说的“斜眼儿”，也就表明这个“斜眼儿”狡猾得很，他应该是怕被晓莉认出来所以没有进屋。从晓莉被捆绑住到磨断胶带追出去，也就是两三分钟的时间，再跑下去的时候他们早已不见了踪影。

听到这些，我当时就明白了，这些人贩子肯定是早有准备，他们提前住到我家旁边，一直观察着我家的动向，我每天几点上班，几点下班，中午几点回家吃饭，甚至连我回家吃饭走哪条路，孩子睡觉的地方在哪儿，我爱人的生活习惯，他们应该都了如指掌。而且他们的作案工具，像胶带、塑料袋和药这些肯定也是提前准备好的，连逃跑的工具和方向应该也都是踩好了点的。

申聪被抢的那天晚上，我和晓莉根本无法入睡，三口之家突然少了一个人，而且还是寄托着我们一家希望，最能给全家带来快乐的人。没有了孩子的笑声，家里只剩下凝重的抽泣声。

不行，我们不能这样干等着了。天还没亮，我就开始打电话给我在广州这边的同学、同事和亲戚，起初大家听到我们家发生的事情后都非常震惊，但时间不等人，了解情况后大家都开始行动起来，帮我们一起找申聪。

然而连续找了几天之后，依然没有任何进展，警方那边也一直没有消息。

我觉得分辨哭声是找到申聪最容易的方式。如今我依然清楚地记得，每当夜深人静的时候，我一个人走在黑夜中，老远看见一栋居民楼，我

就凭着直觉走进去，一个单元一个单元地走进去，一个楼层一个楼层地爬上去。我哪里是一个找孩子的父亲，感觉自己更像一个贼，穿梭在黑暗中，大气都不喘一下。

半夜里难免有孩子在哭，听到哭声，我就轻轻地上楼，不敢弄出一点动静地待在别人家的门口，但我能确认，那些哭声听起来都很幸福，都不是申聪的。我就这样屏气凝神，蹑手蹑脚，用那种几近能够听见针落地声音的注意力，穿梭于大街小巷，就是希望能够再次听到那熟悉的哭声。我知道申聪这个时候不在爸爸妈妈身边一定会哭的，而且会哭得很厉害，我一定能够认出申聪的哭声，因为那个哭声早已深深地刻在了我的心里。

转眼间距离申聪被抢已经过去了五天，这期间我几乎没怎么合过眼，每天都在混混沌沌中寻找着申聪，实在累得不行了，就坐在大街上发呆，等体力稍微恢复一些就继续找。

找着找着，我走到了江龙大桥，突然我想到，前几天我们往增城方向追没有找到，人贩子会不会去了东莞？

就在这时，我看到远处的前方有一群人站在桥上，他们把一个人围在中间，然后七手八脚地把那个人举了起来，像是要扔到江里，那个人挣扎着大喊：“救命啊！”

我赶紧跑向那边，眼看着那群人又把那个举起来的人放了下来，从他身上快速拿走了一部手机后，就四散而逃了。

我当时可能是因为申聪被抢，心里面正憋着一团火，想要找人发泄，也不管抢匪们有多少人，也顾不上考虑有什么危险，就冲了上去，追那几个抢匪。我不敢说自己是见义勇为，也不敢说自己是侠肝义胆，我只是单纯地觉得，我想摆平一切罪恶，让所有恶人遭受应有的报应。

但是连续几天没有充足的休息让我有些体力不支，抢劫的那伙人瞬间也跑得无影无踪，我回头看到那个被抢的人靠在栏杆上，他可能是被吓坏了，蜷缩着身子蹲在地上呜呜地哭了起来。

那人是个年轻的男孩，他哭得很伤心，我走过去跟他说：“别哭了，咱们一起追。”但他还是哭，没办法，我就蹲在他边上，跟他说：“你不要哭，要坚强一些，这不是你的错。每个人都会遇到困难，我被抢的东西比你的要珍贵得多。”

他抬头看看我，没有说话，却看到我的眼睛已经红了。“我的儿子被人抢走了，我在找儿子。”我说。

听完这话，又过了一会儿，他站起来，我们简单聊了几句，他抹着眼泪摆摆手跟我道别。

我不知道那小伙子能不能理解我当时的感受，我被抢走的东西确实比他的珍贵多了。手机也好，任何财物也好，没有了都可以再赚回来，但是人呢？申聪只有一个，我还能见到他吗？

在江龙大桥，我看到桥头有一家小电影院，影院门口有一个监控摄像头，在那个年代，监控摄像头还不像今天这样普遍，这个发现突然就像一根救命稻草，我想或许监控里能有一些线索，是否拍到人贩子长什么样子，哪怕拍到人贩子是否从这里经过也是好的。申聪当时被抱走的时候，只穿了件上衣，下面还光着屁股，我想看看监控，至少能让我知道，人贩子后来有没有给他穿件衣服，我的孩子有没有被冻坏了？

我提起精神赶忙去找电影院的老板，员工说老板不在，后来我又连续去了几天，终于有一天把电影院的老板堵在了办公室门口。我跟他说，我的孩子被人贩子抢走了，我想看监控，想找找线索，看看孩子当时是个什么样子。

电影院的老板可能是不相信我说的话，也可能是怕被人贩子报复，他拒绝了我的请求。

眼看怎么都无法说动他，而这可能是我找到申聪的唯一机会了，我“咕咚”一声，跪在了他的面前，那一刻，什么尊严，什么脸面，我都不要了，我只想要我的儿子。

我哭着跟他说：“求求你，让我看一眼就行，我不为别的，就想看看是什么人带走了我的儿子，我儿子当时有没有穿衣服，他冷不冷。”

这是我长这么大以来，第一次跪父母以外的人，都说“男儿膝下有黄金”，但申聪对我来说，比黄金要贵重得多。我当时甚至希望那些人不是人贩子，而是绑匪，他们既然就住在我家斜对面这么久，一定知道我的收入不错，至少我可以用钱换回我的孩子，掏多少钱我都愿意给，倾家荡产我也在所不惜。

看到我跪下，电影院老板也愣住了，他可能也没想到一个快三十岁的男人，突然跪在了他的面前抱头痛哭。他赶紧把我扶起来，最终同意让员工带我去了中控室。

我在那里看了整整一天的监控录像，眼睛一眨不眨地盯着屏幕，生怕遗漏了重要的画面。我看到第二天上午十点半多的时候，一个胖胖的女子，骑着一辆白色带花纹的摩托车突然出现在画面中，车子前面似乎还有一个白色的大包裹。

我觉得这个人可能有嫌疑，会不会就是“斜眼儿”的媳妇？从电影院出来后我就把这个线索报告给了警方，但后来也没有了消息。直到人贩子落网后我才知道，我在监控里看到的那个人并不是人贩子，“斜眼儿”他们是坐“摩的”逃走的。而当时监控视频太模糊，根本看不清具体相貌，他们从我的眼皮底下“溜走”了。

痛不欲生一家人

申聪被抢时，晓莉已经身怀我们第二个孩子四个多月了，身体也越来越笨重，她出门找申聪不方便，我同事两口子就一直帮忙照顾着她，这个时候晓莉的精神状态已经明显和之前不一样了，白天她会坐着一动

不动地发呆，晚上则大哭着不睡觉。

有一次我找申聪找到半夜回来，毫无头绪，进屋后看到晓莉还没睡，她直勾勾地坐在床头自言自语地说："我怎么没想到他们就是人贩子。"

我问晓莉在说什么，她又哭了起来，她说那个"斜眼儿"夫妇，之前她见过好多次，而且"斜眼儿"两口子还总来我家门口跟她聊天，甚至还有一次把申聪抱到了他们的房间。

我听到这里很惊愕，这些晓莉之前从来没说过，我都不知道。

原来，我们搬到这个公寓住了大约三个月的时候，"斜眼儿"夫妇就住进来了。因为工作的原因我白天基本都不在家，所以对他们没有太多的关注。而晓莉经常带申聪出来玩，公寓里的邻居们看到这个白白胖胖的孩子都很喜欢。经常有邻居会逗着申聪玩，还有的邻居也会抱抱孩子。

晓莉回忆说，"斜眼儿"夫妇似乎比别的邻居更喜欢申聪，有好多次，我上班后，"斜眼儿"的老婆就站在家门口跟她唠家常，聊着聊着总会聊到孩子身上。

这对夫妇说，他们也喜欢孩子，但是自己只有两个女儿，一直希望能有一个儿子，所以看见申聪就特别喜欢。

晓莉还说起来，就在十天前，申聪正在家门口学步车上玩，她去了趟卫生间，只有一两分钟的工夫，出来后就发现学步车和申聪都不见了，整个三层的楼道里都没有他的影子，她赶快下楼找，二层和一层也没有，上到四层看了也没找到。晓莉以为孩子丢了，正在家门口着急的时候，突然听到308房间里有孩子"啊啊"的叫声，她推开门一看，申聪就在"斜眼儿"夫妇的怀里，用小被子包着，鞋已经脱在了地上，学步车放在一边。

晓莉一把将申聪抱回自己怀里，问"斜眼儿"夫妇为什么把孩子抱走，"斜眼儿"夫妇说，他们看孩子在门口玩，正好家里有点饼干，就抱回来给他喂饼干吃。

这些事情我都是第一次知道,原来申聪一早就被这些人贩子盯上了,如果这些情况我早些知道，那我们可能就会提高警惕，甚至更换住处，也许这一切就不会发生了。“之前怎么没听你说过？”我问她。晓莉说自己也没想到那对夫妇是人贩子，就觉得都是邻居处着，大家也都很喜欢申聪这孩子，他们又说自己没儿子，她也没觉得有什么不对劲的地方。

这个时候，我知道晓莉心里也很难过，我不能埋怨她，也不该埋怨她。因为她也是受害者，而且申聪不是因为她的大意被拐跑的，是人贩子使用暴力手段破门而入，把她绑起来后抢走的。

所谓“不怕贼偷，就怕贼惦记”，既然人贩子很早之前就住在我们家旁边了，而整栋楼的人都不知道，我又怎么能苛责妻子一定能想到呢?况且那次申聪被“斜眼儿”夫妇抱进他们屋，若不是晓莉看得紧，楼上楼下地找，让他们没有办法脱身，或许申聪早就被拐走了。至于“斜眼儿”夫妇之前的种种可疑迹象，只是晓莉还是保有着农村妇女的那份淳朴和善良，没有往不好的地方去想他们。

2005 年的广东治安不算特别好,因为外来人员很多,人口流动性大,说白了，大家来自天南海北，到这里都是为了赚钱，而有些心思不正的人就会想一些歪门邪道。

之前我听说过有打架斗殴的、偷盗抢劫的，所以才找了个离派出所近的住处。在那个时候，我同样也听说过有拐卖孩子的，但入室抢孩子的，还真没听说过。

在申聪被抢前一个多月的时候，我们公司周围曾经传说有孩子被人贩子拐走。当时我听到这个消息，也没有在意。后来回想起来，申聪被人贩子抢走，我也是有责任的，如果当时能问清楚丢孩子的详细情况，回来跟妻子念叨两句，或许就能早点看穿“斜眼儿”夫妇的计划。

当我还在高高兴兴地为申聪筹备周岁宴时，我们都没有想到，人贩子居然离我们这么近，就在我家旁边，就在距离派出所不到 200 米的地

方住着。

此后的日子里，我们依然没有申聪的任何消息，申聪的两张快满周岁的照片，成了他留给我们的最后念想。照片中的申聪，穿着橘色的背带裤，其中一张骑在玩具摩托车上，笑得很开朗，似乎这辆摩托车能带他一往无前。

然而每每看着儿子的照片，我又会觉得自己很失败，作为一个父亲没能保护好他，我能想象到儿子在被抢的那一晚没有妈妈的呵护，没有爸爸的陪伴，他一定哭得很伤心。而我这个父亲却不知道他身在何处，甚至连抢走他的人是谁，长得什么样子我都不知道。

我曾经不止一次地想象，如果人贩子冲进我们家的时候我在孩子身边，我一定会和人贩子拼死相搏，用自己的命换来儿子的安全。

申聪的被抢，彻底颠覆了我原本平稳的人生航程。而且，这种颠覆似乎是顷刻之间的，就好像翻了一下手掌那么快。从人贩子抱走他的那一刻起，我手中那些曾明晰可见的事业线、生命线、爱情线，如同被一抹而去，消失得无影无踪，取而代之的是手背上越来越深刻的褶皱、血管和筋络。

到了申聪被抢的第三天，晓莉仍暂住在同事的家里不敢回家，偶然间同事的妻子提起来说，农村有些所谓的“大仙儿”，如果找他们给算算，说不定能知道孩子在哪个方向，也可能知道孩子离我们有多远。

其实在这之前，我对一些封建迷信的事情是不相信的，但此时此刻，任何一丝希望都如同救命稻草，只想用力抓住它。我问晓莉知不知道老家有这种会看的“大仙儿”，让人家帮咱们看看申聪在哪儿。

晓莉说，她妈妈以前就跟人学过一点风水，也会看一点，以前听她妈妈说，接触过那种本事大的人。我一下子振奋起来，说道“那就问问咱妈，能看就看，看不了再让她推荐个本事更大的。”

我急忙给岳父岳母家打去电话，当时已经是晚上十点多了，我们农

村这个点基本上都已经睡下了，那时候我岳父母家还没有装电话，我打到旁边的小卖部，让他们帮忙叫我岳母来接电话。

此时申聪的爷爷奶奶、姥爷姥姥都还不知道申聪被抢的事情。我把申聪被抢的事情告诉给了岳母，老人在那边突然没了动静，过了好一会才急切地问道："晓莉有没有受伤？"我想当时岳母应该也是被吓到了，想不到家中会发生这种大事，所以一时半会儿没缓过神来，我说晓莉现在好一些了，就是被药呛了，眼睛和嘴还有些难受，至于晓莉的精神状态，我没有说太多，害怕老人担心。

把事情过程给岳母表述过后，我赶忙进入正题，让申聪姥姥找个人给"看看"，到底申聪在哪儿，距离我们有多远，被抢之后有没有衣服穿，有没有冻感冒，有没有哭闹……我跟她说，一定要找看得准的，花多少钱我都不在乎，要找"本事最大"的人。

最后我还特意叮嘱岳母，申聪被抢的事情先别告诉我爸妈。其实如果不是因为需要找"大仙儿"，我原本也是想着先不把这个事情告诉晓莉爸妈的，老人们年纪都大了，受不得刺激，而我还寄希望于申聪很快就能被找回来。

跟岳母打完电话后，我就一直守在电话旁，盼望着能有一位"大仙儿"给我指条明路，告诉我申聪在哪儿。恍恍惚惚中，过了半个小时左右，电话响了，而来电话的却并不是什么"大仙儿"。

我一看电话号码，是家里的，就想着："坏了，我爸妈知道这事儿了。"

不知道岳母是因为被这件事儿震惊得有点迷糊了，还是她在电话那边担心申聪的情况没有听清我说的话，她并没有去找什么"大仙儿"，而是直接给我爸妈打了电话。

我接起电话，那边传来我爸的声音，很低沉，但也很平静，说实话，我爸的这个状态让我踏实了不少。

我爸第一句话问我："咋啦？"

我还故作镇静地说："没事啊。"

"你别瞒着我了，我都知道了。"我爸说。我看瞒不过去了，才告诉他，申聪被抢走了。

后来听我母亲回忆那天晚上的情况。那天晚上母亲早早地已经休息了，然而床头柜前突然响起的电话声打破了周围的宁静。当母亲接起电话后，里面传来的是我岳母焦急的声音，她告诉我母亲申聪丢了的消息。那一瞬间，母亲的力气仿佛被抽干了一样，一下子瘫坐在地上，路都走不了了。那个曾经在农村干活甚至比男人还利索，性格开朗又热情的母亲，从那一刻起被击垮了。

当时父亲并不在身旁，因为我和晓莉常年不在老家，父母担心老家婚房里新买的家具电器被人偷走，所以我爸就一直住在我们的新房里。后来是家里人去新房把这件事告诉了父亲，父亲当时也是一个踉跄差点跌倒，之后坐在椅子上缓了许久，才给我打来了电话……

那一夜，我妈哭了整整一宿，就念叨着孙子。父亲倒显得沉稳许多，他是经历过大风浪的人，从小母亲去世，经历许多坎坷，但依旧坚强不屈。在我们兄弟姐妹四个成长的过程中，每次无论家里发生什么事，父亲总能像一块压舱石一般给予我们稳稳的安全感。后来我的性格，包括处事风格，可以说也是受到了父亲很大的影响。

电话里父亲没有说任何责备我们的话，而是安慰我和晓莉。那一晚他也一夜未眠，第二天早上天一亮，父亲便踏上了前往广州的长途车。

这是父亲是第一次来广州，我去长途车站接他。虽然时值冬季，但广州的气温并不低。父亲穿着厚厚的北方棉衣，手里拎着一个袋子，步履蹒跚。见到我之后什么都没说，一直低着头往前走，这一路上我们父子俩基本也没说什么话，主要是也不知道说什么，除了聊案情，其他的话语都显得那么苍白无力。

那段时间，我和晓莉都是暂住在同事的家中，我爸来了没地方住，

就暂时安排在同事家的客厅。刚到的几天，老人每天都在客厅的过道里走来走去，却什么话都不说。

后来，他不在过道里踱步了，改去了派出所，我爸开始整天站在派出所的门口，也不进去，也不离开，就在门口直愣愣地站着。我问他为什么不进去，他说，警察正在办公，正在帮咱们找孩子，别打扰人家工作，申聪很快就会被找回来，咱们就在派出所门口等着，等警察找到了申聪，我们就能第一时间知道了，免得到时候找到孩子了，却找不到咱们大人。

就这么站着，老爷子一站就是一天。南方的雨水下起来总是淅淅沥沥、绵绵不断的，而且经常一下就是好几天，不像北方的大雨下一阵子，天就立马晴了。

那几天恰逢雨天，我爸就握着伞站在雨里，雨水顺着伞骨流下来，形成了一圈水柱，仿佛将他困在了一个无尽的牢笼之中。我爸的裤子和鞋都湿了，贴在腿上，但他毫不在意，第二天换件衣服，还接着去派出所门口站着。

父亲的到来让我更加担心家中的母亲。从姐姐口中得知，母亲每日在家哭哭啼啼，饭也吃不下，从以前的 120 多斤瘦到了 80 多斤。

后来我弟弟军伟学校放假回家，一进门看我爸不在家，而妈妈又一直在哭，他立马意识到家里出事了。当得知申聪被抢的消息后，我弟弟也不敢相信这是真的，推门就跑出了家。

那天老家正下着大雪，农村的雪很厚，很冰。军伟跑出家门口后就不见了踪影，直到天黑都没有回来，我姐姐和妹妹两家人就去找他，最后终于一个离我家四五公里远的河沟里发现了他，当时他正四仰八叉地躺在雪地上，两眼通红地哭了一整天。

我弟弟比我小十岁，是个“85 后”，申聪出生的时候，我弟弟才十六七岁，对于这个可爱的小侄子他特别喜爱，申聪在老家的七个月里，

我弟弟每次去上学之前，都会专门到我家去看看申聪，逗申聪玩一会儿。

在电话里，弟弟哭着问我申聪到底是怎么被抢的，我把事情经过和目前的进展给他说了一遍，越说到最后，他哭得越伤心，他说他不想读书了，要到广州来帮我一块找申聪。他一个劲地问我："哥，那帮人是不是绑票啊，如果是的话，就让我去把申聪换回来，我愿意用命换申聪！"

我劝弟弟不要瞎想，安心读书，虽然他听了我的劝，回到学校继续读书，但本来学习成绩还不错的弟弟，因为这件事受到了很大的影响，从此上课分心，心神涣散，后来实在没办法了，请了三周的假，连同寒假大约两个月没有上课。到了 2004 年腊月的时候，我弟弟也来到了广州，帮我一起找申聪。

2005 年 1 月底，马上就要临近春节了，我安排弟弟和父亲先回老家去，毕竟南北方气候、饮食各方面还是有些差异的，而且父亲还在派出所门口淋了几次雨，再加上思念孙子，内火外寒，身体已经吃不消了，一直不停地咳嗽，吃了好多药也不见起色。我担心再这样，申聪还没有找到，我爸的身体就要先垮了。

况且我爸在这边，老家独留我妈，她更孤单，也更害怕。我跟我爸说："爸，您先回去吧，警察要是找到申聪，一定会告诉咱们的。要不，我和晓莉在派出所门口替您等着吧。"

后来我爸也考虑到以他当时的身体状况，我们还需要腾出精力来照顾他，继续留在广东也是给我们增加负担，同意先回老家。直到回老家那一天，他的感冒也没好，临上车前更是放心不下地叮嘱晓莉，一定每天都去派出所等消息。

之后我听姐姐说，我爸一回到老家，就病倒了，病得很严重，床都下不来。我这才意识到，老爷子在广州的时候，其实就是靠着对孙子的思念和对警察的信任硬撑着，回到老家，身心一下子就垮掉了。

虽然后来一段时间里，我和晓莉依照父亲的叮嘱代替他在派出所门

口等着，但是当时晓莉怀老二已经快五个月，本来她二胎的孕期反应就大，吃不下饭，还吐得厉害，申聪被抢后，她的身体反应更加剧烈了，一天也就偶尔吃一点稀饭，其他什么都吃不下去，身体日渐衰弱。

晓莉的情绪也非常糟糕，她总是责怪自己没有看好孩子，整夜整夜地哭，哭着哭着就说头疼，一头疼眼睛就发黑，睁不开眼。我不知道这是因为过度思虑导致的，还是因为人贩子用的药弄伤了她的眼睛。

这期间我一直安慰晓莉："这不是你的错，你一个女人自己在家带孩子，对方好几个大老爷们儿破门而入把你绑起来，你又能有什么办法呢？"我跟妻子承诺，你放心，申聪我一定会找回来的。

尽管我嘴上这样安慰着晓莉，但其实从申聪被抢，到我爸和我弟来到广东又回去，那一个多月的时间里我的大脑每天都处在一个蒙乱的状态中，我就好像无头的苍蝇，一边在大街上走着，一边脑子里"嗡嗡嗡"地响着。而且我很少睡觉，即使睡也睡不安稳，有时候会梦到申聪还在我的身边，我逗着申聪玩，在梦里享受着我作为父亲的快乐，可是一睁眼，又猛然意识到现实中我的孩子已经不在我身边了，那一瞬间的清醒总是让我的泪水忍不住夺眶而出。

不仅仅是我们家这边，晓莉娘家的亲戚、朋友们听说申聪被抢走的事情也都很着急。接到我们消息的那个夜晚，申聪的姥爷和姥姥也是一宿没睡，当天晚上就去了我家，四个老人在我家商量怎么能把孩子找回来。

我爸来广州的时候，本来我岳父也打算一起来。但后来家里一商量，觉得老人们年龄都大了，过来也帮不上什么忙，而且来来回回地跑，花费也多，申聪一天没找到，说不定以后还有更多需要花钱的地方。最后我岳父就给了我爸 1000 元钱，让他转交给我们，他先在家里等消息。

虽然岳父母在家里，但那种等待的焦躁感憋在心里也着实难受。岳父几乎每天都会给我或我爸打电话，有时候一天打几个，问有没有找到

申聪、晓莉情绪怎么样。那时候我岳父母家还没有电话，每次打电话他都要跑去邻居家借用电话。

2005 年 8 月，距离申聪被抢了已经半年多。我岳父又趁着农闲独自来到了广州。尽管时间已经过去半年多，但他的心情依然沉重，到了广州也吃不下东西。我岳父平时就瘦高瘦高的，申聪被抢后，等我见到他的时候，觉得他又瘦了不少，整个人就像皮包骨头似的，让我们做儿女的无比心疼。

申聪被抢走的时候，晓莉的大弟弟也在增城，我这个大舅子跟我弟弟申军伟同岁，在一家企业的餐厅做厨师，平时也经常来我家玩，也特别喜欢申聪。申聪被抢的当晚，我们就告诉了他这个消息，他听说申聪被抢了，慌里慌张地就往我家赶，甚至连厨师的工作服都没有来得及换，穿着白大褂打了个“摩的”就来到我家。他到了我家后，又联系了餐厅的几个同事帮着我在周围一起找。

晓莉还有个小弟弟，那时还在上初三，也特别担心姐姐和申聪。后来假期的时候也来到广州待了几个月，帮我在周围走一走、找一找。其实作为学生的他，也帮不上什么大忙，但他觉得自己无论如何都要尽一份力去寻找外甥，那份坚定的决心让我很感动。

那段时间里，我几乎每天都在寻找申聪的线索，四处求人帮忙。我的工作已经完全停滞，班也不上了，偶尔会去一趟公司，跟老板汇报一下情况。公司的董事长也非常关心我的遭遇，总是问我怎么样了，有什么需要帮助的，但凡公司这边能伸到手帮忙的，都会竭尽全力帮助我们。

尽管申聪被抢走后的第一个月我未曾开展一点工作，但公司还是给了我那个月的工资。工资是我同事捎过来的，他跟我说，领导很体恤我的情况，职位也给我保留着，只要我想回去上班，还可以回去，工资和职位都不会变。

后来公司又给我开了第二个月的工资，并且表示继续给我留着职位，

但我说什么也没有要。

说真的，我不忍心这样下去，公司很赏识我，当我家庭遭遇不幸时，从董事长到每位同事，大家已给予我太多的关怀与帮助，都为我孩子的消息四处探寻。现在我不去上班，没有给公司产生任何价值，公司还给我开工资，这个钱我不能拿，也没有脸拿。

直到今天，其实我都没有从国联公司办理正式的离职手续，公司虽然说为我保留了职位，但我知道，不可能保留这么久。在这市场经济的大潮中，公司需要效益，需要养活数千工人，我申军良不能奢求太多。

申聪被抢十几天后，我像之前一样正在四处打听线索，正巧在我们公寓门口遇见一位卖菜的大姐，正跟路过的“摩的”司机聊起最近有孩子被抢的事情，那“摩的”司机就说起来，事发那天上午，有一对夫妇从楼里抱来了一个小孩，跟另外两个人一起坐了他们的两辆摩托车，说去东莞的石碣镇，到了石碣镇的一个超市前面，他们就匆匆忙忙下车了。

无意间的对话像一针强心剂，立马让我打起了精神。难道人贩子的行动轨迹终于找到了？我赶忙跑了过去，死死地抓着“摩的”司机的肩膀，生怕这一线索跑掉，对他说：“我就是被抢孩子的爸爸，他们去哪里了？求求你告诉我！”

“摩的”司机被这突如其来的状况吓蒙了，缓了一会儿后才告诉了我那个超市的具体地址。我按照“摩的”司机的这个线索，急忙出发赶往石碣的那家超市，那一刻我仿佛感觉申聪就在那里等着我。

赶到超市门口，我迫不及待地冲进去，掏出申聪的照片给超市老板看，问他有没有见过照片里的孩子。“这是我的儿子，他被坏人抢走了！”然而超市老板表示他并没有见过，之后我又一家一家地奔向周围的店铺，问了一大圈之后，但什么消息也没打听出来。

我心想，“斜眼儿”他们可能只是在这里换了车，然后去了别的地方。我只能把这个线索交给了警方，让警方帮忙继续追查下去。等待的日子

简直度日如年，然而等了好多天之后，警方那边依然没有消息传来，这条线索就这样没有了下文，我的心如刀绞一般。

距离 2005 年春节还有不到一周的时间，以往的这个时候，我们老家已经准备好过年的东西，全家沉浸在欢度春节的喜悦之中了。而今年的春节，我们一家人全部处于痛苦、迷茫的氛围之中，可以说这是我之前二十八年的人生中最难过的一个春节。

白天，我奔波于派出所与房东之间，询问案情进展，寻找可能遗漏的线索；夜晚，我就跑到居民区里听哭声，希望能有奇迹发生。起初我以为只要知道了人贩子是谁，就能很快地找回孩子，但后来我慢慢地接受了现实。尽管我一直抱有希望，但也深知要想把申聪找回来并不是一件容易的事，只是当时也未曾想到，这一找竟会是漫长的十五年。

在我人生的前 28 年里一直很顺利，没有遇到过什么沟沟坎坎。小时候，我的爸爸妈妈为了让我们兄弟姐妹四个过上相对不错的生活，每天将汗水挥洒在那十亩田地中，他们尽到了做父母的责任，甚至可以说，我从小就是身边孩子们羡慕的对象。成年后，我的工作也是一步一个台阶地往上走，家庭生活也是幸福美满。

之前我对未来的生活有很多规划，希望可以让家人能够生活得更好，让父母不再那么操劳。

然而，申聪被抢让我所有的目标都失去了意义。我唯一的心愿就是找回申聪，因为找不到他，所有的理想都显得那么苍白无力。我深感自己未能尽到父亲的责任，一个连父亲都做不好的人，又怎能胜任其他的角色呢？

漫漫长夜寻子路

“我要找到申聪”，这是我向妻子许下的庄重承诺，也是对父母尽孝的责任，更是一个父亲义不容辞的使命。我要找到那几个毫无人性的人贩子，要找到“斜眼儿”夫妇，只有找到他们，我才能找到我儿子。

一个多月漫无目的的寻找之后，我开始让自己冷静下来，试图从有限的信息中寻找到申聪被抢的路径。首先要从“斜眼儿”夫妇身上着手，因为已知抢走申聪的四个人贩子中，只有“斜眼儿”夫妇跟周围邻居接触过，毕竟他们在我家附近潜伏了将近一个月的时间。

我四处打听有关“斜眼儿”的信息，几乎所有可能和“斜眼儿”有过接触的人我都挨个去问一遍，我就想知道“斜眼儿”到底长什么样，是哪儿的人，有没有他的照片。

2005 年 2 月底的一天，我终于得到了一条令我振奋的线索。我们公寓一层的一个邻居跟我说，他曾见过一个穿着附近工厂工服的人去过“斜眼儿”的房间，这个穿工服的工人应该认识“斜眼儿”，他只记得那个工人很年轻，皮肤比较白，但具体相貌已经模糊了。

根据邻居提供的这条线索，我找到了这个工人上班的工厂，这家工厂就在我们公司隔壁，厂里的一个管理人员赵路正好是我的朋友。在将我的情况告知领导并征得同意后，他带我从人事处查询了所有男性员工的档案。因为很多人反映“斜眼儿”说话是四川或重庆口音，我又把这家工厂男员工档案里户籍在重庆、四川和贵州的人给挑出来，拿着这些筛选过的资料，我急急忙忙赶回去让一层的邻居帮忙辨认，希望能够找到认识“斜眼儿”的那个工人。

回到邻居的住处，邻居仔细端详着我拿回来的资料照片，看着他一张张地翻过去，我的手掌也跟着直冒汗，生怕这一摞资料他看完了，里面却没有那个“工人”。

就这样，在邻居反复回忆、不断对比之下，在第三天的时候，他突然指着一个人的资料上的照片说：“是他，是他，来找过‘斜眼儿’的那个人。”我的精神一下子兴奋起来，我欣喜若狂，仿佛看到了找回申聪的希望。直到今天我仍然很感谢住在一层的那个邻居，他不仅给我提供了这个特别有用的信息，而且还帮我从一大摞简历资料里找到了认识“斜眼儿”夫妇的人。

我赶忙把这个消息告诉了赵路，并通过赵路找到了这个工人，得知他是“斜眼儿”的老乡。我当时特别兴奋，但又担心他不跟我说“斜眼儿”的下落。于是，我就把这个线索交给了警方。此时距离申聪被抢已经过去了两个月。

民警找到那个工人的时候，我就躲在角落里，眼看着他被警察带进了派出所。我一直在派出所外面守着，过了一个上午，经过警方的缜密询问，那个工人终于告诉了警察有关“斜眼儿”的一些信息。我问警察什么时候去抓，他们说汇报完就去抓，一周之内就出差！

至此我们才知道“斜眼儿”的真名叫周某平，他的妻子叫陈某碧，他们的老家在贵州，那个工人还知道陈某碧上班的地方是一个五金厂。警方迅速调取了周某平和陈某碧的档案，查出了陈寿碧上班公司的地址。然而当民警赶到那家五金厂时，我们才得知陈某碧在作案前陆陆续续上了几天班，结了 150 元工资后便没再来了。民警也去他们的原籍老家进行了调查，但最终的反馈结果是这两个人都没有回老家。虽然知道了“斜眼儿”夫妇的姓名和老家，但他们的去向依然是一个谜。

“斜眼儿”到底去哪儿了？他们夫妇的信息警方已经掌握了，我感觉找到他们并不很难，只要找到他们，就能找到我儿子申聪。于是，我决定继续从“斜眼儿”的老乡入手，希望能从他口中打探到“斜眼儿”的最新行踪。

我跟赵路提出了这个想法，赵路愿意帮忙，但他作为工厂的管理人员，与工人之间交流并不是很方便，而且他和“斜眼儿”的老乡此前并没有太多交情，赵路觉得自己很难打探出什么消息来，而且可能会“打草惊蛇”，让“斜眼儿”老乡有所防备。经过深思熟虑，我们决定在“斜

眼儿”的老乡身边安插一个“卧底”，由一个跟他比较相熟的工人，帮我打探“斜眼儿”的消息。

赵路帮我甄别了一下“卧底”的人选，他为我推荐了一个厂里的老员工。这个员工在工厂里很多年，人缘好，办事稳重，与赵路的关系也很好，而且跟“斜眼儿”的老乡是同一个车间的，走得很近。

为了取得这位老员工的帮助，我和赵路把他约出来吃了个饭，饭局快结束的时候，我跟他说，希望他能够帮我打探“斜眼儿”的行踪。为了打动他，我许诺先给他 3000 元钱，如果愿意帮忙，以后每个月都给他 2000 元钱。

这个员工当时在厂里工龄较长，工资也不低，每月能有七八百元。我当时想，没有四位数的价格，也许是打动不了他的。有了赵路的面子，再加上每个月不菲的报酬，更重要的是，他也觉得人贩子干的事情太可恨，各方面因素叠加起来后，他答应了。

每月 2000 元的支出，对于当时的我来说没觉得有多大负担，因为我相信，很快就能找到“斜眼儿”，找到他，就能找到申聪。况且为了找到申聪，别说 2000 元，就是 2 万、20 万，甚至更多，我也会毫不犹豫。

过了一个多月，终于打探到了第一条有价值的线索——“斜眼儿”去了珠海。

这个消息让我激动不已，我立刻将这一重要信息告知了派出所，民警说他们会安排下一步的工作。然而作为案件的当事人家长，我内心的焦急已经等不及民警的部署了，我决定亲自前往珠海，亲手将“斜眼儿”捉拿归案!

临出发前，我把申聪在照相馆拍的最后两张照片打印出来，排版制作了寻人启事。我把两千张寻人启事，连同一套换洗衣服、银行卡和几千元钱现金一起塞进了背包里，然后就动身了。

2005 年 5 月 16 日，我只身来到了珠海。这是我第一次来珠海，一

下车，我就傻了眼，珠海原来这么繁华。在车站拥挤的人流中，每个人都好像忙碌的蚂蚁，不停地奔走，大家短暂地相遇，然后又四散而去。

此时的我突然又迷茫了，我要往哪里走？“斜眼儿”在哪里？申聪又在哪里？

人在手足无措的时候，往往会把希望寄托给上天，我申军良自诩没有做过伤天害理的事，老天应该会帮我把儿子找回来。所以，我选择相信命运的安排，也只能去相信命运的安排。我蹲下身子，把手机放在地上，拨弄它，任由它旋转，在转了几圈后，手机顶部所指的方向，就是我要去的方向。

这种方法或许荒谬，但在那个时候，我也只能相信命运的指引。在此后的15年里，我不止一次用这个办法选择前进的方向，尽管在老天安排的方向上我从来没有过收获，但我仍然相信这是最好的办法。因为我相信，精诚所至，金石为开。

刚到珠海的日子里，我就这样“听天由命”地穿梭于大街小巷寻找“斜眼儿”周某平和陈某碧夫妇的线索，每走到一处我就把寻人启事贴出来，电线杆、墙壁、广告牌、车站牌……只要能贴的地方我都贴上。

后来我想到，“斜眼儿”夫妇到珠海来，总得要吃穿吧，他们可能会选择打工维持生计。于是我就开始往工业区里找，白天工厂下班的时候，我就钻到工人堆里发寻人启事，晚上就把寻人启事贴到工业区的墙上，然后在夜深人静的时候，就跑到工厂附近的宿舍或者居民区去听哭声，我仍旧坚信我能够辨别申聪的哭声，而且我坚信申聪就在珠海。

在珠海的深夜里，我游走在大街上，好像着了魔一样，只要一有婴儿啼哭，我的身体就止不住地发抖，头发起来，心怦怦地跳得很快，然后蹑手蹑脚地顺着哭声寻找来源。我又害怕，又期待。害怕的是，可能有人把我当成坏人；期待的是，我多希望这个啼哭的孩子就是申聪。

恐怕，那个时候有孩子的家长都不知道，在他们的门外可能有一个孩子的父亲正全神贯注地偷听他们孩子的哭声，而这个父亲的心里也在痛哭着，甚至比那些啼哭的孩子还要悲惨。

在珠海待了一周多，仍然一无所获，我只好回到东莞再次联系“卧底”，请他帮忙打听“斜眼儿”在珠海的具体位置，那么大的珠海，没有具体方向，找人如同大海捞针。

“卧底”答应帮我询问，但他也不敢明目张胆地跟“斜眼儿”的老乡打听，说要先等一等，免得对方起疑心。

但是等待的时间对于我来说就是一种煎熬。我一刻也等不及，稍作休整之后，便再次踏上前往珠海的行程。那一年我去了五六趟珠海，短则两三周，长则两三个月。后来我干脆就“地毯式”地搜索，一条街一条街地问，几乎把整个珠海市区给找遍了、贴遍了、听遍了。

时间一晃又过去了几个月，“卧底”终于传来了新的消息，据“斜眼儿”的老乡透露，因为在珠海混得不好，“斜眼儿”夫妇又去了深圳。于是，我立刻收拾行囊，从珠海转战深圳，继续我的寻子之路……

被抢被骗被恐吓

深圳，这座改革开放的特区，其繁华与辽阔远超珠海，汇聚了天南海北的外来人口。这次我吸取了在珠海的经验，将起始点锁定在了深圳的观澜镇。那里是深圳工厂聚集地，犹如一个巨大的蜂巢，吸引着无数寻求生计的“工蜂”。我觉得“斜眼儿”夫妇一定还是要找地方打工，在工业区找到的概率会大很多。

在观澜镇的街头巷尾，我逢人就问，四处张贴寻人启事。

然而尽管改变了策略，但仍旧没有任何线索。而且在深圳的那段日子里，我更是经历了前所未有的挫折与打击……

记得那是在 2006 年 3 月份一个中午，我像往常一样独自走在观澜的

大街上张贴着寻人启事，正当我接听着一个线索电话，经过路口的小桥时，突然四个身影挡住了我的去路，他们站成一个弧形，如同四堵高墙把我围在了中央。

我还没反应过来怎么回事，只觉肚子上有一股冰冷的寒意，一把匕首缓缓地顶了过来，虽然没有刺入我的体内，但刀尖已经插入了我衣服的褶皱。持匕首那人把刀尖往前送一点，我就只能往后退一步，他再往前送，我只能再退，没几步我就被他们用尖刀逼到了一个绿化带的角落里，此时我已经无路可退，背后只剩坚硬的墙壁。

领头的是一个瘦瘦高高、染着黄色头发的小子，他冲我一笑："别怕，我们不是坏人，就想借你手机用一下。"他的语气轻松而嚣张，仿佛这一切都是理所当然。

"我是出来找孩子的，我孩子被抢走了，你们行行好，不要再抢我的东西了。"我用乞求的语气说。

然而，他们并未理会我的乞求。黄毛小子笑了笑，说："没事，我们就借一天，明天给你。"说完，他们就硬夺走了我的手机。我曾试图抢夺回来，但刀就顶在我的肚皮上，稍微一动就能感受到刀尖的冰凉。

手机对于当时的我来说特别重要，它的价值并不在于它是从香港买来的所以昂贵，而是因为手机是我和家里联系的唯一方式，更是我能够接听申聪线索的唯一渠道。

我近乎哀求地说："手机你们拿走，手机卡还给我行吗？我的寻人启事上都是这个号码，没有了手机，我就接不到儿子的线索了。"

但他们对我的哀求依然置之不理，另一个人又说："你这手上的金戒指是真是假的啊？也借我们戴戴呗。"说着他抓起我的手，把戒指从手上撸了下去，还放在嘴里咬了咬，像是会鉴别真伪似的。

"还有没有别的好东西？"这几个人上下打量着我，又盯上了我的浪琴手表，一把又撸下了我的手表，最后还从我身上掏走八百多元钱。

在他们即将离去之际，我不断地念叨着：“我出来是为了找孩子的，我的孩子被抢走了，你们把我的钱都拿走了，我怎么回家啊？给我留下一点车票钱吧。”

或许是看到我苦苦地唠叨了好久，也或许是看到了我手中厚厚的寻人启事，知道我没有说谎，也或许是他们抢了手机、手表和戒指后已经心满意足，最后黄毛小子从我那一摞现金里扯出两张 100 元扔到了地上，便扬长而去。马路上来来回回都是穿梭的行人，却没有人往墙角这边看一眼，看看这个已经一无所有的父亲。

我蹲下身子，浑身上下已经没有了力气，只能用一只手撑着滚烫的地面，另一只手捡起他们“施舍”给我的 200 元钱。那一刻，我感受到了前所未有的屈辱与绝望，我甚至一度怀疑自己是否真的还有回家的必要，是否应该将自己的身体和委屈永远地留在深圳的黄土下。

散落在地的寻人启事好像一张大网，而我就被困在网中央。这张网帮我屏蔽掉了来来往往过路者的眼光，让我的软弱无人可见，但也让我觉得孤独，让我的委屈同样无人可知。

寻人启事上申聪的照片在冲着我笑，我不想让申聪看见我流泪，我希望在申聪面前，我永远是那个坚强的爸爸，我只能用双手捂住脸，身体靠在墙角处痛哭。

哭了十几分钟，我把寻人启事一张一张地捡了起来，这些寻人启事虽然一张只有七八毛钱，但每一张都是我的希望，我不舍得让其中任何一张散落在地上被浪费掉。

每捡起一张寻人启事，我就会想念一遍申聪，那些厚厚的寻人启事就像我对儿子的思念，层层叠叠、堆积如山。整理好寻人启事，我发誓我依然要继续走下去，即使走到最后我一无所有、两鬓斑白，我也要继续寻找我的儿子！

那段时间，我用双脚丈量了珠海和深圳的绝大部分土地，实在走累

了就蹲下来靠在墙头歇一歇，或者坐在马路牙子上缓一缓。很多时候，我一门心思地走在路上，走着走着就到了荒无人烟的地方，似乎是世界的尽头，见周围没有住处，就只能幕天席地地露宿街头。

那个时候，因为外来务工人员太多，深圳街头严查暂住证，我走在街上蹑手蹑脚的，看到警灯或者警车都躲着走。那感觉，就好像我不是被拐孩子的父亲，倒成了拐卖孩子的人贩子。

有一次，我走在路上，突然被几个穿着迷彩服、戴着红袖标的人拦住，他们严厉地要求我拿出暂住证，吓得我扭头就跑，但还没跑几步就被他们从身后扑上来按倒在地，我的脸贴在深圳灼热的柏油路上，大喊着："别抓我！别抓我！我是来找孩子的！"

而我身边另一个没有暂住证的人，也想跑，还试图反抗，结果同样被按倒教训了几下，也就不敢再跑了。

我被带到一个幽暗的小屋里，这昏暗的空间里站满了人，密密麻麻的，有二三十人，其中很多人都在打着电话，寻求着家里人的帮助。

屋内弥漫着令人窒息的恐惧与不安，听他们的意思，只有找到熟人证明身份，交上保证金才可以被接走。

我不知道这个说法是真是假，但我肯定不能被困在这里。我的脑海里迅速闪过了很多人，谁能够帮我？最后我想起我在东莞第一家工厂的厂长，他是东莞人，而且他在深圳的人脉很广。虽然我离开了那家工厂，但我们依然保持着联系。

我怀揣着一线希望拨通了他的电话，他说会想办法解决。过了大约一个小时，屋子的大门开了，有人喊："申军良，出来吧。"

我走到门口，喊我的人让我签了个字，交了 350 元钱，还给我开了张收据，就让我走了。我知道当时其他人交的都是 500 元，他们能给我打折，一定是我以前的厂长帮我托了关系。

离开那个阴森的小屋后，我并未离开深圳，我不甘心啊，我是出来

找孩子的，孩子没找到，自己却被小混混抢走钱财、手机，还被不明不白地抓了起来。

好多年后，我从媒体记者口中得知了“孙志刚事件”，也知道了后来我国不再收容那些没有暂住证的外来人口，这些都是社会的进步。在我漫长的寻子路上，我亲眼见证了中国的经济、技术、法治和舆论的巨大进步。这种进步相对于时代来说已经足够快，但对于我们这样的寻子家庭来说，永远期望它再快一点。

没有办法，人的一生能有多少春秋，而孩子陪在身边的时光又能有几岁年华呢？孩子长大一分，父母就衰老一分，所以，我们耽误不起。再不快点把申聪找回来，他就长大了，就不认识我们了，我们的父母也就老了，可能也就见不到他了。

在深圳那段时间，我总是特别小心，一边找着申聪和人贩子，一边躲着警察和治安协管，恍恍惚惚地找一段时间，身上的钱花得差不多了，只得离开深圳。

此时，晓莉已经被我送回了老家。我回到增城，就一个人在同事那里落脚。这段时间，隔三岔五地从“卧底”那里也会传来消息，有线索我就会出去找，没有线索就回来继续等消息。“卧底”的这些消息，听起来真真假假，我也无法辨析，只能是“宁可信其有，不可信其无”，一个一个地走访，一个一个地排除。

从申聪被抢到2009年初的这四年里，我一直根据“卧底”提供的信息在找申聪，主要的地点是四个：珠海、深圳、东莞和广州。我判断“斜眼儿”肯定没有回老家，因为如果他回去的话，警方必然会得到消息并将其抓捕归案，而他也不太可能离开广东，因为他的罪恶链条应该也都是在这里。

就这样，我每个月给“卧底”2000元钱，持续了一年多时间，后来有一天他主动找到我说：“申大哥，我看你找孩子找了这么多年了，你走

在路上挺不容易的，以后不用给我酬劳了，这些钱留着找孩子吧。”他能有这句话，我很感谢他，因此之后每次我从外地找孩子回来，再跟他获取信息时，我都会请他吃饭，以作答谢。

后来几次出去寻找申聪，我把寻人启事上的悬赏金额提高到了20万元，我相信“重赏之下必有勇夫”。尽管当时我手上并没有那么多钱，但这并不是凭空的许诺，只要有人能够帮助找到申聪，我就是去借钱，去卖命，我都会给予酬谢。

果然，重赏之下，又有了新的消息。

2009 年 3 月 25 日，我接到了一个来自成都的电话，对方告诉我申聪在成都，还说“斜眼儿”也在成都。他说“斜眼儿”夫妇是刚搬过来的，带着一个小男孩，那个孩子和寻人启事上的照片特别像。

这个信息让我觉得见到了曙光。没错，“斜眼儿”的老家在贵州省川贵交界处，他的口音偏向四川方言。他们夫妇在广东混不下去，又不敢回老家，那么去四川找地方生存是极有可能的。

对方说完这些信息后，让我赶紧买车票过来，并张口管我要2000 元钱，他说这算是“订金”，我得先给他钱，他才能带我去找“斜眼儿”，等找到后，再给他其余的赏金。我马上让我妹妹帮忙给他转了钱，然后自己当天就订下了从深圳去成都的车票。似乎我已经能够看到，火车穿过一个个隧道后申聪就站在隧道口处等着我接他回家。

火车颠簸在漫长的轨道上，我忍不住掏出手机再次拨打了那个提供线索的神秘人的号码。然而，听筒里传来的却是对方已关机的提示音。这时我的心头顿时涌上一股莫名的不安，七上八下的，我开始有一种预感——我遇到骗子了。

火车缓缓驶入成都站站台，对方还是关机状态，无论如何也联系不到他，这时我已经确定我被骗了。无奈之下，我只有在这座陌生的城市里徘徊了三天，发了很多寻人启事，心中怀揣着一丝侥幸，如果申聪真

的被带到这边了呢？既然来都来了，就把寻人启事发完我再回去吧。

我不知道这个人为什么如此狠心来骗我，我的孩子找不到了，已经够痛苦的，为什么还要利用我的痛苦再来雪上加霜。在我看来，这种行为比单纯的诈骗还要卑劣无耻。单纯的诈骗，损失的不过是身外之物；而他的行径，却像是将我心中最柔软的信心生生撕裂。我的痛苦本已深重，他却以希望为饵，再次将我推向深渊。

然而，面对纷至沓来的消息，我又不能无动于衷。每一次消息的到来，都像是揭开我心中刚刚结痂的伤疤，痛彻心扉。

2009 年 10 月中旬，又有一个消息说，有个孩子被卖到了湖南长沙一个镇上，这个孩子又聋又哑，住在一个破庙里没有人管，平时只能靠捡垃圾里的剩饭吃为生。

这个信息让我不敢相信，那个孩子会是申聪吗？申聪被抢的时候，已经开始咿呀学语了，他不聋也不哑。但后来我又一想，当时人贩子抢走申聪的时候没给他穿衣服，是不是冻感冒了，发烧给烧坏了，结果造成了后天的残疾？想到这里，我不敢往下想了。

时间不等人，如果真的是申聪，即使聋了哑了，我也要把他带回来！

为了更准确地比对这个孩子，我们决定再次采血入库。那个时候采血还不可以异地采集，于是我带着晓莉先赶到广州市增城区刑警队进行采血，之后又马不停蹄地去往湖南长沙。

由于这条线索太过模糊，甚至连提供线索的人也说不清具体位置，我往返几次也没有找到这个孩子。最终我把信息提交给了公安专案组，民警也去了那个传说中的破庙寻找，但是里面空无一人，并没有聋哑的孩子。

后来，又有消息说，在东莞有个小孩子，看起来特别像申聪。警方迅速出动找到了那个孩子，经过 DNA 比对，并非申聪，希望再次破灭。

2015 年 12 月，贵州山区解救被拐儿童的行动轰动一时。警方把被

解救的孩子照片通过网络发布出来寻找原生家庭。我将那些照片都下载打印出来，整天拿在手上，白天看，晚上也看，自己看，也让家人看，我就想看看里面有没有申聪。

一开始看着，似乎没有一个孩子像的，我就把年龄跟申聪差不多大的孩子全都标出来，让晓莉再看，我们俩就这样反反复复、看来看去，可能是我们寻子心切，也可能是因为感觉这些孩子都太可怜了，后来又觉得这个也像申聪，那个也像申聪。

我想光这样看也不是办法，我听说这些孩子目前都在福利院里，就打电话过去想要做一次DNA比对。后来的鉴定结果显示，这些孩子里没有我的儿子申聪。

可我就是不甘心，还是一遍遍地打电话，想知道福利院在哪里。我想亲自去看看，尤其里面有个孩子，我觉得最像申聪。哪怕这个孩子不是申聪，我也想过去看看他，安慰一下他，也安慰一下我自己……

类似的经历还有很多，每一条信息对于我来说都是一线希望，只是，这些希望最终全都破灭了。

在寻子的路上，每次都是刚见到一点光亮，立马就熄灭了，然后又见到了下一缕光亮，紧接着又消失……这种感觉就像乘坐火车穿越在群山隧道，隧道出口的光亮总让人期待不已，不知道申聪是不是就站在那里，然而当火车驶出隧道后，却发现一如平常，迎来的却是下一个更加幽暗的隧道。

寻儿养家难两全

找申聪的这几年，我家里也发生了很大的变化，其中一件大事就是我家又添丁进口了。

2005 年农历六月十五，也就是申聪被抢大约半年后，我的二儿子帅

帅出生了。与申聪相似，帅帅也是迫不及待地提前来到了这个世界。当时我正在外地寻找申聪，本以为距离晓莉的预产期还有一段时间，想着老二出生之前赶回去照顾晓莉，然而晓莉毫无征兆地早产再次让我措手不及。

广州夏天的街头炎热至极，太阳的炙烤仿佛可以让全身的水分蒸发掉。就在我顶着似火的骄阳在街头分发寻人启事时，电话铃声突然响了起来，是晓莉打来的。那一天恰巧是我的生日，看到电话，我以为她是想祝我生日快乐，连忙接了起来，然而电话那头的哭声却给了我当头一棒。晓莉一边哭一边问我："怎么办啊？怎么办啊？"她这莫名其妙的问题更弄得我不明所以，赶忙询问家里出什么事儿了。她用颤抖的声音告诉我，爸妈在地里干活，家里就她一个人，而她马上要临盆了，这会儿特别害怕。

我听到这个消息，心一下子就提到了嗓子眼，那个时候我爸妈都没有手机，我整天在外面找孩子，开销越来越大，也没钱给他们买手机。我爸妈为了接济我，除了种自己家里的地，还承包了别人家的地，每天一早便会到离家十几公里的地方去做工。

我担心爸妈赶不回来，赶快给晓莉的叔叔打电话，这个叔叔就是当年介绍晓莉跟我认识的媒人，住得离我们村不远，对我们家也很熟悉。电话里我嘱咐他："你马上去我家，立刻就去，晓莉要生了，你一定要保证她的安全，要找好的医生，你知道我家再也经不起事了！"

这个叔叔答应了我的请求，当即从邻居家借了一辆摩托车就奔去了我家，还让家人去地里找我爸妈回来。

后来我还是不放心，一直在打电话，又找了晓莉的大姨和姨夫，还有其他亲戚，我千叮咛万嘱咐的只有一句话——千万别再出事了！

是啊，申聪被抢以后，我的家庭已经支离破碎了。两位老人因为思念孙子，身体越发不好。我成天走在找孩子的路上，无法顾及晓莉，她的精神状态也一直很消沉。

可以说，这个即将降生的孩子，是我家在申聪被抢之后为数不多的精神寄托了。若这个孩子再出问题，或者晓莉再出什么事情，我们这个家庭恐怕就彻底崩塌了。

我打电话叫去了两三拨人，经过几个小时漫长的煎熬和等待之后，终于接到了家里人跟我报的平安，晓莉在医院里顺利生产了，母子平安！至此，我悬着的心才彻底放了下来。

我知道，此时此刻晓莉的身边最需要的就是我的陪伴，然而我并没能够第一时间回家，因为那个时候我刚得到信息，来到珠海没多久，有线索还没有去核实清楚，正是心气足的时候，我感觉这次希望很大。我幻想着，要是能把申聪带回去，让他看看自己可爱的弟弟，也让二儿子知道，他还有个哥哥，之前被抢走了，又被爸爸找回来了，那该多好。

在二儿子帅帅出生之后，我又在珠海找了两个多月，依旧没有收获，我沮丧地回到了家，这个时候我才第一次见到了帅帅。看到孩子的时候，我心情很复杂。一方面我爱他，像爱申聪一样地爱他，他也是我和妻子的爱情结晶；另一方面，我很感谢帅帅，正是他的降生，给这个即将陷入深渊的家庭带来了一线生机和希望。如果没有帅帅的及时出生，我很难想象我和妻子会是什么样子，也很担心我爸妈是不是还能撑下去。

可是看到襁褓中的帅帅，我又想到了申聪，对申聪的思念和愧疚在胸口翻涌。申聪被抢，等于在我心里扎入了一根刺，每当看到帅帅的时候，这根刺似乎又更往肉里扎入几分。

在之后的很多时候，我都觉得对帅帅有所愧疚，因为他就是他，然而作为亲生父亲的我，却总在把他和他的哥哥去作比较。有时候，我们可能过于关注自己的目标，也习惯于亲人对自己的爱与包容，而忽视了这些我们生命中最重要的人的感受。

为了能够弥补这份愧疚，我时常在心里默念着："我应该更好地保护好帅帅！"

申聪被抢给我家带来的连锁反应，就是总害怕帅帅也被人贩子抢走。俗话说“一朝被蛇咬，十年怕井绳”，对二儿子帅帅的保护，我们全家显然更加重视，甚至说有些过激。

帅帅的成长环境和申聪完全不同。从小开始，我爸妈和妻子就填鸭似的教给帅帅背爸爸和妈妈的电话号码、名字、家庭住址。

尤其是晓莉，怕悲剧重演，每天都看得很紧，不让陌生人抱，也不跟陌生人聊起孩子，甚至都很少带着孩子出门。每次孩子睡觉，她都要检查好几遍门锁，恨不得把全家从外到内的每一道门都锁上。

我陪帅帅的时间很少，大部分时间我都是在寻找申聪的路上。帅帅刚开始学会走路的时候，我有一次回家住了十几天，这也算是我在家里陪他时间最长的一次了。或许是因为我总不在家，再加上他妈妈营造的警惕封闭的环境，帅帅后来性格非常内向，慢慢地成了“宅男”，不爱出门，每天都只在他妈妈身边。

申聪被抢对晓莉造成了巨大的打击，她的精神状态一直不好，除了看孩子看得紧之外，有时候还会自己坐在房间里发呆，抠着自己的手指头，或者是抬起手来看自己的手掌，一看就能看好半天，好像能从掌纹中看到申聪在哪里。

二儿子帅帅在妈妈身旁长大，也学会了这个动作，虽然没有像妈妈那样发呆，但有时候，也会看自己的手掌，不知道在想些什么。

帅帅出生后，我们总觉得身边的陌生人可能就是人贩子，随时可能会把帅帅抢走。在别人看来，这可能是一种病态的心理，但放在我们家这个环境里，却是再正常不过的想法了。于是，一家人商量着，决定再要一个孩子。用我爸的话说：“再要一个吧，要一个保险，孩子们还能做个伴。”

2007 年 10 月份，我的第三个孩子出生了，还是个男孩，我们给他起的乳名叫“奇奇”。

晓莉生奇奇的时候是冬天，村里面已经农闲了，我爸妈都在家照顾她，所以没有生帅帅时那么急迫。奇奇没有早产，恰好在预产期前后呱呱坠地，但是我仍然没有在晓莉身旁见证到奇奇的到来，那时我正好还在外地寻找申聪。

预产期快到的时候，晓莉打电话问我要不要回家，我想着家里人都在，母子应该都是安全的，我回去也帮不了什么忙。那个时候“卧底”给了我很多“斜眼儿”的信息，我就想不如继续在外面找申聪，也许再努力一把就找到了，找到了申聪，我家的一切就都恢复正常了，我就能回去上班，为三个儿子打拼未来，为两位老人养老尽孝。

我清楚地记得，奇奇顺利降生后，晓莉第一时间用我妹妹的手机打来电话，她很高兴地说：“申军良，我给你生了个闺女。”

“是吗，太好了，儿女双全了。”我激动地说。

这时，我妹把电话接过去笑着说：“是嫂子开玩笑的，还是个男孩儿。”

“好好，男孩儿也挺好。”我又傻笑着回复道。那天我真的很开心，也是很长一段时间以来难得的一次发自内心地笑。

帅帅和奇奇的到来，如同天使一样，为我家增添了不少的快乐，他们成了我一家人能够继续生活下去的精神支柱。

当时也有身边的朋友问过我说：“军良，你是不是太过妄执了，虽然你是申聪的父亲，但你同样也是帅帅和奇奇的父亲啊。”我明白朋友的意思，他也是为了我们的家好，然而申聪没有找到，始终是我的一块心病。我作为一个父亲，心里怎么会不装着两个小儿子？可是每次看到帅帅和奇奇懵懂可爱的样子，我都会想起申聪，我知道这对两个小儿子并不公平，也知道两个孩子今后可能会埋怨我。但我相信，当他们成为父亲的时候，他们也会认同我现在所做的一切。

父母对孩子的爱从来不分深浅轻重，所差别的只是在于每个孩子出生和成长的环境不同。是可恨的人贩子，他们将我的心撕开了一道巨大的裂缝，除非申聪回来，否则这道裂缝永远无法缝补。有时候我甚至觉得，我的两个小儿子这样蜷缩在我裂缝的心里，他们也不会温暖和快乐。当他们长大了，问起我哥哥在哪里，我恐怕无言以对，那时候，他们是否也会觉得我这个父亲是失职的，没有保护好哥哥，又怎么能保护好他们？

而且现在两个小儿子在家里，有妈妈，有爷爷奶奶，有姑姑和其他亲戚照顾着，他们是安全的，可是申聪呢？他在哪里？他过得好不好？他身边有人照顾他吗？我一定要把他找回来，给他安全，这是我这个父亲必须要做的。

就这样怀着复杂的心情，在奇奇出生后，我回老家待了十几天，看了看孩子，又走了。

白天里，我时常会看到沿街乞讨的残疾孩子，此时我都会仔细观察他们的残疾是被人为搞坏的还是天生的。我曾无数次地担心申聪也被人弄成这个样子，在路边仰人鼻息，过着生不如死的日子。

深夜里，居民楼中孩子的哭声又会勾起我对申聪的思念，那张白白胖胖的小脸仿佛又浮现在我眼前。我渴望紧紧拥抱这个哭声，甚至下意识地摸一摸自己的肩头，看看是否被申聪的泪水打湿。

在寻找申聪的执着方面，我和我的父亲是很像的。老人说，虽然又有了两个孙子，也很疼爱他们，但他还是挂念申聪，申聪是他心里的一个铁疙瘩，无论多长时间，只要申聪不回来，这东西就在心里坠着，沉甸甸的……

虽说添丁进口让家里沉重的氛围缓和了一些，然而我们一家又即将面临另一个棘手的大问题。

心力交瘁陷窘境

奇奇出生的那一年，我已经找申聪找了四年了。申聪被抢之前，我们家的生活条件可以说是红红火火、如日中天，周围的亲戚、朋友都有目共睹。然而在开始寻找申聪之后，我就不再工作了，没有了经济来源，我们家的生活也随之变了样子。

就像前面所提到的，从 1997 年 9 月 1 日我正式在广东上班，到 2004 年 3 月进入国联塑胶公司，7 年不到的时间，我的工资翻了十倍不止。当时厂里一个普通工人的工资大概是 400 多元，而我是他们的 15 倍左右。作为早期从偏远农村来到沿海开放城市的打拼者，我也算是赶上了改革开放的潮流，成了那个时代的一个小小的“弄潮儿”。

那个时候我每次回家探亲都穿得很体面，九牧王的西装、浪琴的手表，皮鞋也是名牌的，金戒指也戴在手上。而且每次回家我都要买好多东西，主要是名烟名酒，拿回去孝敬老人，也送给乡亲朋友。

我给我的姐姐和弟弟都买过手机，我姐姐家的女儿小时候穿的衣服都是我和我妹妹给买的。我妹妹 1999 年没读完初中就去了广东打工，一直到结婚才回到老家。那段时间，我们一起在外赚钱，家里过得很富裕。

给弟弟买手机的时候，他还在读高二，那个年代高中生能配上手机的极少，但我弟弟有，而且还是香港机。我跟弟弟说，你想要什么尽管跟哥说，哥带你去买。我弟弟说特别喜欢 361°的运动鞋，我说那好办。于是，每次我回家都带他去周口市里 361°的专卖店，一进门我就说：“你喜欢什么就挑吧。”

那段时间，经常有乡亲来找我介绍工作，甚至有的人我都不认识，一说起来才知道是乡亲，我总是一口答应，尽力帮忙，让他们也能在改革开放的大潮中分到一杯羹。他们互相都说：“有想进城打工的，找申军良就行。”

2004 年 4 月，趁着公司不是很忙，我回老家探亲。我岳父弄了一大桌子菜，请了许多亲朋好友来作陪。席中提到开收割机，下地去收庄稼，一辆收割机一年能挣两三万元，是个很赚钱的事情。

我当时就想，正好父亲常年在老家，管理一台收割机对老人来说总比下地干活舒坦，于是便问道：“一台收割机要多少钱？”

“应该用不了十万块，周口市里就有卖的。”

我说：“好，吃完饭咱们去买一台。”

吃完饭后，我们去了周口，看中了一辆收割机，上去试了试，感觉还可以。我问了问价，销售员说是 89700 元，加上一些配件共九万多元。我现场直接掏钱买了一辆，当天就把收割机开回了家。

我长期在广东上班不在家，这车主要是我爸跟别人用，于是我把收割机登记在我爸的名下，这样以后用车方便。

收割机“突突突”地开到我家门口，我爸听见动静吓了一跳，出来一看一脸蒙：“你从哪搞来这么个大家伙，这家里也没地放啊。”

我却得意地跟他说：“没事，家里还有空地，咱们盖个车棚！”那时的我，意气风发，对未来充满了期待。

就这样，我爸找来了工人，在我家门口的空地盖了一个车棚专门放停这台收割机。收割机就让我爸和晓莉的叔叔，以及我妹夫一起经营，我爸算是雇方，晓莉的叔叔和我妹夫作为两个司机，三个人开出去给周围村子收割庄稼，后来也确实赚了两万多元钱。

买完收割机后，我们还在周口市里买了房子。房子是我和晓莉结婚以后一年左右买的，当时觉得生活好了，想在市里买套房子，以后住着方便，孩子上学也便捷，毕竟在那个年代，市里的居住环境和教育条件还是比农村要强一些。

即便这样，我手里也还有十几万元的存款，甚至有时候还去接济同事和朋友。

刚开始找申聪的时候，我之所以敢于放弃工作去找孩子，一方面觉得申聪很快就能找回来，另一方面则是对自己的存款还有信心，认为在存款花光之前，申聪就能找回来。

但真正踏上寻找孩子的道路后，发现到处都是需要花钱的地方，我自己的积蓄不到两年就都花光了，头一年每个月给“卧底”2000 元，一年就是 24000 元，为了让他能更尽心地帮我打听“斜眼儿”的线索，我直接付了他一年多的钱，大约有 3 万元。

之后每次印刷寻人启事，一张大约七八毛钱，一次几千张，就是上千元。更大的消费还有路费、住宿费和饭费。我找的都是最便宜的旅店，吃的是面包和泡面，甚至有时候只能住在桥洞下面、马路上、车站里，或者根本就不吃饭，但巨大的花销很快就让我倾家荡产。

其实到 2007 年的时候，找申聪仅仅两年多，我就已经开始伸手借钱了。头一次借钱是找我姐，她结婚早，结婚十年一直到处打工，有一些积蓄。

我记得那是 2007 年 7 月的一天，我跟我姐说，有个人认识抢申聪的人贩子，他告诉我人贩子在什么地方，我想借钱去找申聪。

我姐直接就把银行卡给了我，上面有 38000 元钱。我不知道这是不是我姐姐这些年来的全部积蓄，但对于靠打工来持家的她来说，这个数字已经很可观了，我非常感激她。我姐心里也很惦念申聪，除了亲人之间的那份血缘亲情外，我姐心里也很清楚，申聪被抢对于我们一家来说都是一个痛，特别是我们年迈的父母，每天都经受失去孙子的痛苦煎熬，而找回申聪，则是这个家庭能够消弭痛苦的唯一方式。

从第一次向姐姐借钱开始，后来就不停地借钱了。我妻子的堂弟知道我家出事了，就经常给我家送钱来，有时候给一千，有时候给几百，都说：“你先拿着用。”

晓莉的大姨和大姨夫也经常接济我们，我有时候要出门去找申聪，张口管他借钱，大姨夫都是只问一句：“多少钱？什么时候用？”从来没见他含糊过，到了第二天，我准会收到钱。有一次我管他借钱，正赶上表弟要翻新房子准备结婚，姨夫直接告诉我，房子我们先不修了，你把钱拿去用就行。

除了家人借钱给我，还有同学和同事。少的几千元，多的上万元，这些钱都是恩情，我至今都记着。四川成都的那条线索，骗子骗走了我2000元，那笔钱是我妹妹的，我都记得。

除了借钱，家里把能卖的东西也变卖了。当年我近十万元买的收割机，只用了一年，转手七万多元卖掉了。除此之外，我们还卖了家里的一块地皮和我们周口市里的房子。拿着这些钱去找申聪，可是钱很快就又花完了。

值钱的东西都卖掉了，借钱也借了一圈了，生活越来越困难。再往后去借钱，虽然对方还是会给，但往往都会拖几天，或者打一些折扣。这个我也理解，因为谁知道什么时候是个头呢？在别人看来，借钱给我，就是个无底洞。

有时候我自己也在想，我能坚持下来的原因到底是什么，我也说不清。可能是因为性格吧，我从小性格就有些倔强，认定的事情不愿意轻易放弃，就像我做公司管理时，我知道自己的目标是什么。而作为一个父亲，孩子被抢走了，我的职责就是一定要把孩子找回来。

自从申聪被抢走后，我们家过年也没了喜庆的氛围。2008年年底，临近春节，我在外地找了一圈无果后回到老家，看到躲在桌子后面偷看我的三儿子奇奇和已经逐渐开始懂事的二儿子帅帅，心中有种说不出来的愧疚感。我走进侧屋，一抬头，看见申聪的一张照片夹在墙上的一个玻璃画框的角落里，那个角落那么闭塞，那么憋屈，似乎就要被人遗忘了，可是又在相框里显得格外突兀，让人一眼就能看到他。

想着别人家都是团团圆圆、热热闹闹地准备过年，而我们家却是一片死气沉沉，在那一刻，委屈、无助、痛苦，所有这些可以形容糟糕心情的词汇都随着我的号啕大哭涌了出来。那是我从小到大哭得最伤心的一次，那哭的声音，比当初申聪趴在我肩头的哭声要大得多。

面对眼前的一切，破败的家庭，缺少父爱的老二和老三，找不到的申聪，苍老的父母，还有我那每天被抑郁症折磨的妻子，我不知道如何给他们一个交代。这个家到底要往哪个方向走？我又要往哪个方向走？

我爸妈和晓莉听见我的哭声，都走了过来，他们站在原地什么也没有说，也不知道说什么。我坐在沙发上哭，我妈和晓莉就站在我身旁哭。

只有我爸没有哭，这个勤劳而坚强的农家老汉，默默地把玻璃框里申聪的照片取了出来，放进了一个大箱子里。打开箱子的那一刻，我看到我爸的手在抖，箱子里都是申聪的东西，几大包玩具，都是我从广州带回家的，这些都还留着，等待着它们的小主人。

我们一家人的哭声是怎么止住的，我已经忘记了，我只记得后来我们匆匆吃了晚饭，家里没有人说话，若不是碗筷相碰的声音，屋里就跟没有人生活一样。

晚饭后，我爸躺在里屋的床上，他把我喊了进去。当时天色已晚，但卧室里没有开灯，我看不见我爸的脸，只能够影影绰绰地看到他仰面朝天，把一只手臂搭在额头上，虽然父亲的年纪大了，但是臂膀却依然充满了力量。

我爸跟我说："无论发生什么事情，都要咬着牙坚持，我一直感觉申聪会找回来的，咱们自己不能垮了。"

我"嗯"了一声，没有多说。我知道，我爸表面上语气沉稳平和，但他心里此时肯定和我一样，不仅在流泪，还在滴血。

也许人就是这样，在面对不好的事情时，每隔一段时间总需要发泄一下。痛哭过一次之后，心里才会舒缓一些。泪水就好像雨水，雨下得越大，越能把内心的焦躁冲刷干净。

也就是那次痛哭，让我觉得应该调整一下了，申聪肯定是要继续找的，但至少应该换一种方式，兼顾一下我的父母、妻子和两个孩子。

毕竟，除了申聪需要我，这个家庭也需要我。而且，当时申聪的案子也陷入了僵局，公安那边始终没有新的进展，我自己打探的消息，也不总是那么靠谱。

正好也是在那年春节，我的一个表哥回老家，他知道了我家的事情，特意来我家拜年，陪我聊天，劝解我。

当时表哥已经在济南成家立业，经营着一家家具厂，效益还不错，他跟我说："军良，你这样下去也不是个办法，一家老小还要生活，你去我那儿吧，我一个月给你 5000 元，不比外面工资低，你帮我管厂子，以你的能力没问题的。"

其实，我当时回到广东找个工作也并不难，那段时间也有一些人劝我，给我介绍过工作，同时也有一些企业找过我。以当时我的能力和履历，在广东那边重新开始，工资最低也能拿到 5000 元。但我之所以拒绝，是因为存有找回申聪的那份执念，毕竟隔三岔五要出远门核实线索，没办法好好工作，又有哪个公司会允许员工三天两头请假去找孩子呢？

现在表哥给了我这个机会，我仔细地考虑了一下，确实也挺想过去帮忙，之后如果请假出去找申聪，至少亲戚之间好说话。

年后我便跟随表哥来到了济南，在看了一下工厂的情况后，我也把心中的顾虑告诉了表哥。首先，隔行如隔山，我之前一直是在塑料玩具厂工作，家具和玩具相差甚远，你让我管厂子，我肯定管不来；其次，我还要抽时间去找孩子，到时候老请假或者管理不好，可能会耽误生意。

表哥通情达理，又确实是想帮我，于是帮我安排了别的差事。恰好当时他们厂的一个司机请假没来，于是让我先临时顶替一段时间，然后再看情况。他给我的工资比厂里的司机们高了近一倍，每天 100 元，而且时间上比较自由，有时间就来拉货挣钱，需要去找申聪的时候也可以去找申聪。

我答应了下来。过完 2009 年春节，我把晓莉和两个孩子都接到了济南，并从此定居下来，直到今天。

我家在济南租的房子靠近黄河大堤，算是济南的城乡接合部，选择这里的房子，主要还是图个便宜，当时每个月的房租只有 600 元。刚来的时候，房子还是毛坯房，什么家具都没有，而且还是与人合租，有一对小两口是我们河南的老乡，他们住一间房，我弟弟带着女朋友住一间房，加上我们一家四口，一共是三户人家，客厅、厨房和卫生间则是三家共用的。

租下房子，我们三家一起去买了各自的床，都是选择特别便宜的家具，床是用建材板子钉的，130元一张。我弟弟还去二手市场买了一张吃饭用的桌子和四把椅子。

自从申聪被抢，我把全部的心思都扑在找申聪上这件事。直到全家来到济南后，我必须面对一个选择，到底是继续像之前那样一门心思地走出去、找下去，还是调整一下重心，把更多的精力放在照顾晓莉和两个孩子上。

人最怕做选择，我承认我没有勇气放弃任何一个方向，于情于理也都不允许我只选择其中一个方向。

就连我的两个小儿子也如此，我从不刻意在他们面前提起他们的哥哥。出于常理，我觉得他们还小，告诉他们也帮不上什么忙。而更深层的一面，则是我作为父亲的本能，不去刻意地提起申聪，也是为了保护他们，我不想让他们从小就陷入一种与其他孩子不一样的感觉中，从而背负起太多本不属于他们这个年龄所应该承受的压力。

有时候我经常一走就是一个多月，以至于老二老三出生、说第一句话、拿第一张奖状，我几乎都不在场。两个孩子从小就知道，爸爸不在家，是去找哥哥了，对他们来说，就跟别人的爸爸去出差一样的平常。只不过其他爸爸出门，带回来的都是零食、玩具、外地特产，而我每次回来，带回来的都是“申聪依然没有找到”的坏消息。

我不在家的时间里，晓莉更是一直紧绷着精神，只要家里来客人，她就会把帅帅和奇奇拉进卧室，房门紧闭，不让他们出来。

就这样，老二、老三始终在一个缺少父爱和安全感的环境中成长，时间久了，两个孩子性格变得十分内向。老二班主任的形容是：“孩子挺聪明的，就是不知道为什么，喜欢抠手指头发呆。”老三班主任则跟我说：“孩子成绩不错，但是说什么都不肯当班干部。”

权衡许久之后，我还是决定将奔波在外的时间相应地减少一些，但这并不意味着我就此放下了寻回申聪的信念，只是老二、老三都在慢慢长大，只有安顿好家中的妻子和孩子，我才能更安心地去找申聪。

就这样，我一边在表哥的家具厂上班开车拉货，一边出去找申聪，晓莉就在家里带着两个孩子，农闲的时候，我爸妈会过来帮忙看孩子，他们来了，我们就会在客厅再搭个木板，临时支个床。

那几年里，只要表哥工厂不忙，我就会立刻南下广东，继续找申聪。

2010 年我去广州寻找申聪的时候，曾经回到申聪被抢时的那个“家”看了看，那栋公寓楼还在，只是更破旧了一些。东莞的发展依然很快，周围的楼越来越多、越来越紧密，周围的人也越来越多了，只不过楼里相识的邻居绝大部分都不在了。

之所以再回到这个悲剧起始的地方，是因为我得到一条消息说，原先住在公寓二层的一个住户，其实跟“斜眼儿”很熟悉。我找到了那个人，向他打听“斜眼儿”的消息，可是他一听到我的来意，显得很惊慌，连忙矢口否认。但是他的表情和语气明显出卖了他，我能感觉到他跟“斜眼儿”一定认识，他们的关系甚至比我派去打探的那个“斜眼儿”老乡的关系更近！

然而最终他也没有说出关于“斜眼儿”的任何线索。我没有办法，只能把这个信息告诉警方，警方虽然也做了调查，但对方死咬住不认识“斜眼儿”，警察也只能终止调查。

赵路帮我找的那个“卧底”很仗义，虽然后来没有再给过他钱，但他一直帮我打探着消息，我十分感激赵路、“卧底”大哥，还有当初厂里很多帮助过我的同事们。所以每次到广东找申聪，一有机会我都会找他们坐在一起聊一聊。

后来赵路说他之所以如此帮我，是因为他的孩子跟申聪一样大，他能够和我产生更多的共情。的确，人说“不养儿不知父母恩”，我说“不寻子不知父母苦”，大抵也是如此的。对于寻找孩子的这份执着，当过父母的人往往更能感同身受。这一点无论是在与寻亲家庭接触中，还是在接受媒体采访中，都能够体会得到。那些有孩子的朋友、同学、同事、记者和律师，了解到我的经历后，也会更理解我的想法，更支持我的决定。

跟赵路以及其他老同事们见面时，我们除了聊一聊寻找申聪的最新进展之外，也会回忆一下以前的日子，聊起一些过往的人和事。

每个人的命运是不同的，听到老同事现在各方面都好，心里很替他们感到高兴的。再反观自己，如果丢失孩子的不幸没有降临在我身上，我们一家的生活也许不会像现在这样落魄，父母、妻子和孩子们也不至于挤在狭小的屋子中，连一个落脚的家都没有。这个世界上，真的没有几个人能够在面对命运转折时，还能够平心静气……

第三章

世上还是好人多

党和政府伸援手

找申聪的头两年，我真的很孤独，除了家人期盼的眼神，我几乎得不到什么支持，也感受不到什么温度。然而随着走在路上的时间越来越长，我慢慢能够感受到一些温暖的力量，这种力量来自于多方面，有的来自国家政策和法治的进步，有的来自党和政府对寻亲家庭的关怀帮助，有的来自社会组织和民间团体对寻子家庭的无私帮助。

记得那是 2005 年的 8 月的一天，我突然萌生了一个破天荒的想法，那就是给时任国务院总理温家宝写一封信。

虽然我曾经给公安部以及广东省公安厅都写过信，但当我把给温总理写信这个想法说给家里人后，他们认为我在异想天开，政府部门的领导们每天都要处理繁忙的国家大事，怎么会有时间管我的事情。可是我坚定地认为要尝试一下，我相信党和国家是我可以依靠的力量。

既然有了这个想法，那就立说立行。我买了崭新的信纸，我心里想，因为是给总理写信，那一定要正式，正式，再正式。我找出一支钢笔，因为我一直认为钢笔写出来的字更好看。

一切准备就绪，我就是开始琢磨信的内容。虽然上班时我也经常会写一些文章和工作材料，但是给总理写信却是第一次，我不懂得如何高谈阔论，更说不出什么大道理，文笔也绝谈不上细腻。但我有我的优势，我是事件的亲身经历者，我有我的真情实感，我想让总理知道我对孩子的思念之情是多么深切，对国家打拐工作的推进是多么的期盼。

经过反复推敲和斟酌，我开始动笔了，那一刻我感觉笔触凝重，每个字都承载着我的情感与期盼。信的开头我先做了一段自我介绍："尊敬的温总理，您好，我叫申军良，我的身份证号码是……我的家庭住址是……"

后面，我详细地讲述了申聪被抢的经过，人贩子对我们一家造成的打击和伤害，以及我走在路上寻找孩子的辛酸经历。

在信的结尾我写道："我知道您日理万机，但仍希望您能看到这封信，能安排公安部门早日抓到人贩子，找到我的孩子。"

这封信写好之后，我害怕还不够正式，于是我又打印到 A4 纸上，然后通过挂号信寄出。收信地址是我在网上搜的，信封上写着"国务院温总理收"。

信寄出去之后，家里人都没有抱太大的希望，感觉大概率会石沉大海，只有我抱有一丝希望，也许这也是我在万般绝境中唯一能给自己的安慰了。

这封信寄出一个多月，有一天我接到了一个陌生的来电，我下意识以为是提供线索的电话，赶紧接了起来。电话那边是一位女同志，她说话的语气非常平和亲切，她问我："您好，您是申军良先生吗？"

以前接到的线索电话，基本没有语气如此温和的，大多数是火急火燎的声音。我回答道："是的，我是申军良，请问您是有我儿子的线索吗？"

随后电话里的女同志温和地说道："申先生您好，我是国务院办公厅的工作人员，您寄给温总理的信我们收到了，已经转给公安部门，公安机关正在全力侦办，希望您不要着急，您和您的家人都要注意身体，公安机关一定会努力帮您把孩子找回来的。"

听到这里，我激动得半晌说不出话来，眼睛和鼻子一阵发酸，全身止不住地轻微抽搐。我不停地说："谢谢，谢谢，谢谢总理的关心！"

放下电话，我按捺不住激动的心情，赶快给我爸打了电话，我大声地跟他说："爸，咱们给国务院寄去的信，有回音了，国务院的工作人员给咱们回电话了，申聪有救了！"

电话那边，我爸也很激动，他嘱咐我，如果申聪有什么信息，一定要及时向总理汇报，总理那么忙，别让总理老惦记着咱们家的事情，要跟国务院的工作人员多写信，多沟通。

说句心里话，当年我从农村走出来到广东打工，风风光光地再回到老家时，多少有点自命不凡，但寻找申聪的这一路，几乎击碎了我内心所有的骄傲，我觉得特别孤独和无助。虽然父母和妻子一直站在我的身后支持我，但这份支持同时也是一种无形的压力。

而如今，我一个普普通通农民家庭出身的老百姓，抱着万分之一的希望给总理写信，并且我家里的事情得到了国务院总理的回应和关心，这种鼓励带来的勇气，我无法形容，我感觉我们的党和国家就在背后支持着我，关心着我，而且这种支持和关心给我带来满满的动力。

2007 年，公安部成立"打击拐卖妇女儿童犯罪办公室"，也就是我们所熟知的"打拐办"。从"打拐办"的成立，以及紧接着一系列打拐行动的开展，能够看出我们国家对于打击拐卖妇女儿童犯罪的重视程度。国务院办公厅给我的电话回访，更是让我们这样的寻亲家庭感受到了国家对打拐的决心。那几年，中国社会掀起了一波巨大的打拐浪潮，越来越多的人开始参与到打拐行动中。

运筹帷幄打拐办

随着"打拐办"的成立，一场规模浩大的打拐战役悄然拉开帷幕。

2007 年 12 月国务院办公厅印发了《中国反对拐卖妇女儿童行动计划（2008—2012 年）》（下称《行动计划（2008—2012 年）》）。2009 年有关部门全面开展了打拐专项行动，到这一年的年底，全国人大决定加入《联合国打击跨国有组织犯罪公约关于预防、禁止和惩治贩运人口特别是妇女和儿童行为的补充议定书》。

2009 年 4 月，春节的余温未消，公安部“打拐办”便开启了专项行动，这是新中国成立以来第五次打拐专项行动，也是规模最大的一次。在这次专项行动中，全国破获拐卖妇女案件 6574 起、拐卖儿童案件 4595 起，铲除犯罪团伙 2757 个，刑事拘留拐卖犯罪嫌疑人 17486 人，抓获此类在逃人员 3044 人，解救被拐卖儿童 6785 人，解救妇女 11839 人。

成果显著，令人振奋。然而，在这些令人瞩目的数字背后，隐藏着无数家庭的辛酸与泪水。每一个被解救的妇女儿童，都代表着一个曾经破碎的家庭，他们的悲欢离合，都深深烙印在这些数字之中。

打拐办陈士渠主任表示，孩子被拐后，对于被拐儿童的家长来说，是灭顶之灾。如果是财物上的损失，尚且可以通过自己的努力把钱挣回来，但是家里一个人不见了，对整个家庭来说是难以承受的。他说，拐卖犯罪带来的危害，用一个词可以形容——罄竹难书。

如今的《行动计划（2008—2012 年）》已经更新到《中国反对拐卖人口行动计划（2021—2030 年）》，其时间跨度延续至今，足见国家在打击拐卖行动上的持续努力与坚定决心。

大约是 2015 年 8、9 月份的时候，我给公安部打拐办陈主任的微博写了第一封私信。我想，他是负责这方面工作的，也是这方面的专家，如果他能够重视申聪这个案子，那找到申聪的希望就更大了。

相比给温总理写的信，给陈主任的信写得更加详细，因为他是“打拐办”主任，我希望他能够更直接了解案情，更直接地帮助到我。这封信我是这么写的：

“陈主任，您好！我叫申军良，身份证号是××××，现居住地山东省济南市××小区，电话是××××，QQ 是××××。我儿子申聪2004 年 1 月 6 日出生，于 2005 年 1 月 4 日在广州增城沙庄派出所斜对面的租住房内被租住在我们斜对门的邻居抢走，我老婆有看到，楼下租房的还有两个人也有看到，我老婆在 5 分钟之内就跑到了斜对面的沙庄派出所报警，当时值班民警动用了一辆警车往南追了两三公里。因为我家楼前是条南北道，说是不知道向南还是向北跑了！因为抢我儿子的人租房时用的是假身份证，我们找到了他的真实地址，派出所民警说去他老家了，他没有回去，至今也没有找到我儿子申聪。”

私信发出后，一直没有回信，但我没有放弃，继续给陈主任写信，每次写信我都非常认真，从来不会复制粘贴，每一句话我都字斟句酌，生怕错过任何一个能够引起他注意的机会。我知道陈主任很忙，全中国那么多寻亲的父母，他们都想找到自己的孩子，他们也都想把自己的事情告诉陈主任。所以，我每次的信，都尽可能言简意赅，同时又能够真实地表达我十年来的经历与情感。

有一天，一位叫张丹的寻亲姑娘跟我说，她找到了打拐办陈士渠主任的手机号码，通过这个手机号加陈主任的微信看看。我把号码要过来，添加了微信好友，但一直都没有通过。我很犹豫到底该不该打扰陈主任，后来张丹建议我，可能陈主任工作繁忙，顾不上看消息，不如直接打电话吧。我决定试一试。

一转眼时间来到了 2015 年 11 月中旬，那天我站在家中的客厅里，面对窗户，拿着电话。拨号码前我把想说的话在肚子里打了一遍又一遍的腹稿，最后还是找了张纸，把申聪的案件和自己的寻子历程简单地写了写，然后拨通了陈主任的电话。

电话很快就接通了，我既激动又有点慌张，第一句话是：“陈主任，您好，我是申军良。”

陈主任那边声音很低，他说：“稍等，我正在开会。”

“打扰了，我加了您的微信。”我怕打扰陈主任的工作，说完后就中断了通话。

电话挂掉还没有几秒钟，陈主任就通过了我的微信好友申请。我高兴坏了，马上把申聪被抢的经过，以及我十年中寻子的经历用最简短的文字描绘清楚，然后发给了他。

陈主任紧接着回了一条信息：收到。

过了几天，我又给陈主任写了几句话，汇报了一下案件的进展和我们的心情。不一会儿，陈主任给我回了微信：“已部署广东警方侦办。”

看到这几个字，我的眼泪夺眶而出，陈主任是公安部“打拐办”的领导，如果他交代广东警方，警方一定会更加重视，这样找回申聪就大有希望了。

心急如焚盼儿还

“‘斜眼儿’落网了！”

2016 年 3 月 4 日上午 11 时 56 分，我的手机上接到了这样一条短信，信息是打拐志愿者上官正义发给我的。

看到这条消息的时候，我正在济南的家里。那时妹妹正好来济南找工作，也暂时住在我这里。她正和晓莉用压面机做面条，马上就要压好的时候，我的手机信息响了。

我刚看到这条信息时，大脑突然一片空白，头有点沉，两条腿有些发软，并且不停地颤抖。我完全控制不了自己的身体，只好抱着手机慢慢蹲下，不至于晕倒。在我蹲下的那一刻，眼泪也哗哗地流了下来。

我是这一年的春节前从广东刚回的济南，本来打算过几天再次启程去寻找申聪，却没想到收到了这个好消息。我想着，这下终于可以结束

了，这次再去广东，终于不会空手而回了。此时的申聪已经 12 岁，我脑海中不断想象着，身边有个半大小子，跟我一起回家的场景。

虽然信息中只有简短的一句话，并没有提到我的儿子申聪，但光是“‘斜眼儿’落网”这几个字，我就盼了 11 年之久。这 11 年来，为了找“斜眼儿”，这个该死的人贩子，我耗尽家财，家不成家。走在寻子的路上，我被抢过、被抓过、被骗过，除了流血就是流泪。现在，这几个字毫无征兆地出现在我眼前，就好像从冰冷的冬季一下子跨入了温暖的春天，和煦的春风吹得我有些迷醉，既不敢相信，又非常期待。

紧接着上官正义又发来一条信息说：“再等等进一步的消息。”

我冷静了片刻，用手抹了一把脸上的泪水，跟厨房里的妻子和妹妹说：“你们不要做面条了，赶快去给申聪买东西吧！”

晓莉和我妹妹听到我突然说了这样一句话，又看我一个劲地擦眼泪，愣在原地没动，她们有点犯傻，问我：“怎么了？”

我妹妹从我的手里拿过手机，看到了上面的信息，激动得大喊着对晓莉说：“嫂子！人贩子抓到啦！”

此时才反应过来的晓莉，眼泪也哗地流了下来。自从 11 年前，被捆绑蒙头的她听到儿子申聪最后一声“啊”的叫喊后，她的世界便再无宁日。而今天，这个消息，对于晓莉来说如同曙光再现。我妹妹抱着她，两个人相拥而泣。

我安慰好妻子和妹妹，让她们赶快收拾一下，一起去给申聪买东西。她们一边笑着一边擦着眼泪，急急忙忙地掸了掸手上的面粉，去卫生间洗过手，换好衣服。

我们兴高采烈地来到了离家不远的服装城，二话不说便在摊位前挑起了衣服。直到摊位老板问起来，我们才意识到，我们根本不知道申聪穿多大的尺码。

是啊，申聪被抢走时还只是个襁褓中的婴儿，如今 11 年多过去，他

应已长成一个翩翩少年。他有多高呢？是不是比我都高了？

此刻，我回想起申聪出生那天的情景，当时为他选购衣物的场景还历历在目。11 年了，仿佛历史重演，我家好像又要有一个新生命诞生。只不过当年我给他买的都是婴儿的最小号，现在他应该已经是一个大小伙子了。

思来想去，我们只给申聪买了一个书包，和一些内衣、内裤和袜子。11 年多的骨肉分离让我已经无法预测孩子现在的身形，毕竟这些对身高的要求不高，而且孩子总用得上吧。

去服装城转了一圈回来，我们就开始打扫家里的卫生。2009 年，我和晓莉刚来济南的时候，屋子是跟我弟弟两口子和另外一对老乡夫妻合租的，2013 年，跟我们一起合租的老乡搬回了老家，整个房间就剩下我和我弟弟两家人。

我们当初搬来时，家具都是凑合着用的，经过这么几年，更加破旧了。当初我们几家买来的床都是用下脚料木材做的，如今床腿都歪了，下面靠砖头垫着才能稳固。老乡留下的旧桌子、案板，我们也没舍得扔，都继续用着，但也旧得不成样子了。

整个房间里空荡荡的，除了桌子和几个板凳，什么家具都没有。我想着，申聪如果回来的话，看到家里这个样子，恐怕孩子心理承受不了。我总得让孩子感受到家的温馨吧。

于是，我找到开家具厂的表哥，跟他说了申聪要回来的消息。“我家里没有床，能不能帮我想想办法。”

表哥听闻申聪要回来了，也是异常高兴，他知道这是我多年来的一个心病，如今心结终于就要解开了，这个家庭也终于要恢复正常了，表哥表示这个忙他是一定要帮的。

表哥说他的家具展厅里有几张床，虽然放置的时间比较长了，有一点瑕疵，卖肯定卖不掉了，但仍旧坚固耐用，便亲自开车给我家拉来了

三张大床。

我们换了三张床，把旧床扔到了楼下垃圾站，说是旧床，其实说是木板也可以。这时候我又看到楼下放着一个没人要的小柜子，除了外表破旧、有一些掉漆之外，还挺好用的，于是我又把柜子捡回家，放到房间里，擦得干干净净。

经过我们这稍微一布置，这个以前看起来跟仓库一样的房子，终于有了一点家的感觉了。

家里收拾完了，我们就开始筹划怎么去接申聪。表哥说肯定得找辆车吧，总不能带着孩子坐火车回来。我说对，得找辆稍微好点的车。

于是，表哥通过他的关系，帮我们借了一辆别克轿车。想着要从济南去广州，路上得开几十个小时，我赶紧开车去做了个保养，然后给车加满油。加油的时候，我眼睛眨也不眨地盯着油箱口，一直到油都快溢出来了才喊停。

接申聪的准备工作就绪后，我回到家，将车钥匙和手机放在一起等待着新消息的到来。晓莉和我弟弟、妹妹也都围坐在饭桌前，眼睛盯着我的手机，生怕错过任何消息。

然而时间一分一秒地流逝，手机却始终没有响。

一直等到了夜里十二点，手机依旧沉寂无声。

我让家人先去休息，我一个人盯着就行。我说警方解救孩子也是需要时间的，恐怕不是咱们想象的那么容易。我弟弟坚持不睡，他说警察没准都是半夜行动，把孩子救出来肯定就直接给咱们打电话了，不然警察能把孩子送到哪儿去呢?

于是我们两人便这样一直盯着手机度过了一个漫长的夜晚。

到了第二天，专案组的一个领导给我打来了电话，我的精神立马紧绷了起来，我认为一定是有申聪的消息了，然而当我接通电话，他只是说自己正在贵州出差，随后再给我消息。

贵州！一听到他说“贵州”，我又激动了。没错，那里就是“斜眼儿”的老家！警方正在抓捕“斜眼儿”夫妇。

就这样，我们一边等，一边讨论着申聪回家以后的事情，比如孩子怎么上学啊，喜欢吃什么啊，怎么跟孩子相处啊。我妹妹跟我说，让我把这些都拿本子记下来，别讨论了半天最后都忘了。

我弟弟也迫不及待地给老家打了电话，把这个好消息告诉了我爸妈。我爸还好，一如既往地沉稳和坚强，而我妈听到这个消息，当时就哭了，她一直问：“你们什么时候把孩子接回来啊”。

我们就这么一直等着，那辆别克车就在我家楼下一直停着，一个礼拜都没有动过。为此，我弟弟连着请了好几天假，最后干脆直接跟单位领导说：“您就别问我什么时候回来上班了，我随时可能出发。”单位领导知道我们家的情况后，倒也通情达理，并没有特别为难他。

然而随着时间的推移，我们的心情逐渐变得焦虑不安。我给增城公安局打电话，没有人接；我给上官正义发信息，他说让我等消息；我又给在贵州办案的领导打电话，他也只说让我等，不要太着急。

可是我怎么能不着急呢？11 年的分离，眼看孩子回家的希望近在咫尺，却又似梦似雾，触摸不到。我的心里就好像长了带刺的杂草，随着时钟的每一次“滴答”，这草就越长越高，越长越茂盛，直扎我的心房。

大约一周后，停在我家楼下的别克轿车终于还是开动了。不过是表哥把车开走了，还给了他的朋友，车是借来的，老占着不用毕竟不合适。而我，也实在坐不住了，收拾行囊，再次踏上了去往广州的路……

我不知道还要等待多久才能见到申聪，与他团圆。

怀抱希望再上路

前往广州的路，我已经走过无数次了，但这一次的心情却截然不同。

以前，我去广州，都是抱着找孩子的决心和希望去的，而这一次，除了期盼能带儿子回来，还有诸多忧虑和疑惑，“斜眼儿”到底抓到了没有？如果抓到了，为什么不通知我们去接申聪？难道申聪没有跟“斜眼儿”在一起？还是说申聪出事了？被人贩子给害了？他是不是也被折磨得残疾了？申聪，我的儿子，你在哪里？你现在过得好不好？

其实，在这个消息传来之前，我就已经决定要重新把全部精力都投入到找申聪这件事情上了。因为那段时间，无论从媒体上看到的，还是从有关部门打听到的，各种消息都让我燃起了更大的希望。

于是 2015 年 9 月，我向表哥正式提出了辞职，准备重新踏上寻子的路。

表哥对我的帮助很大，此前的六年，我一边给表哥开车，一边寻找申聪，断断续续地去了很多次广东，其中有许多开销都是我管表哥借的。我跟表哥正式辞职的时候，我们俩把这六年来我的工资收入和从表哥手里借的钱算了个总账，结果我这个“打工者”还欠了“老板”七万多元钱。我厚着脸皮跟表哥说：“干脆你再多给我点吧，凑个十万整数，我以后好记，也好还。”表哥二话没说就同意了。

2015 年 10 月，我拿着表哥借给我的钱再次南下广东，此后基本上就长期待在广东了，我也没有找任何临时工作，就在那边一门心思地去核实线索、分发寻人启事，去增城、去东莞、去深圳……到处寻找我的儿子。

那段时间里，我加了几十上百个寻亲群，也认识了许多寻子家长，看到他们，我就看到了自己，他们的苦痛跟我一样。

在群里，我很少说话，只是看着群里的父母发布着自己的寻子信息。

我记得刚进群的时候，有个小女孩的爸爸，每天都发自己寻女的视频，视频里经常是他们夫妇抱在一起哭。小女孩是小学五年级的时候，在放学路上，被一个骑摩托车的四五十岁老汉带跑了。当群里有人看到

哪里有疑似这个小女孩的线索，就会立刻告诉这位爸爸，他就去附近寻找，但是一直没有找到。

看到他发的那些视频，我心里很难受，主要还是为孩子揪心，那一段时间，我甚至琢磨着，要不我先不找申聪了，帮他找找女儿吧。

之后我跟这个小女孩的爸爸通过很多次电话，和他一起分析过孩子被拐前后的细节，希望能够帮他找到一点线索和方向，给他一些建议。但一两个月以后，这位爸爸就很少再往群里发信息了。

我知道他不是放弃了，或许是现实生活所迫，他不得不暂时放下寻找女儿。每个家庭都有各自的处境，并不是每个家庭都有能力一直走在寻子的路上。很多家庭其实都是在孩子失踪的前几个月或者一年的时间疯狂寻找，而后就慢慢地回归正常，直到再次得到确切的消息。

当然也有一些家庭，会放弃寻找，最后把全部希望寄托给公安民警身上，请他们代为处理。还有一些家庭，就像我一样，十几年来，甚至几十年来一直在找，没有停下过。

过了一个多月，有一天我接到了警方的电话，警察叫我一起去指认申聪被抢的现场，还有人贩子“斜眼儿”夫妇住过的房间。

这个电话让我有些惊讶，我以为“斜眼儿”落网了，甚至我都开始想象，去指认现场的时候，会不会就能见到“斜眼儿”夫妇，见到他们戴着手铐被警察押解着。如果是那样，我一定要当面质问他我的申聪在哪里？

在赵路的陪同下，我急急忙忙赶了过去，然而并没有见到“斜眼儿”夫妇，警察只是带我来到了当年申聪被抢时的公寓房。那个时候我才知道，申聪的案子已经从派出所转到增城刑侦中队负责了。而我以前住的那个公寓，也早已经物是人非，整个三层被一个企业租了下来，成为员工宿舍。所有的房间，都在过去的木门外面增加了一道防盗铁门。

我忍不住摸了摸这些铁门，心想如果当年我家能有这样一扇门，人

贩子也许就不能冲进屋去捆绑我妻子，申聪也就不会被抢走。我给警察指了指 305 的房间门说，这就是我们之前的家，我儿子就是在这里被抢走的。再次环顾周边的环境，一切都变得陌生，只有心中的疼痛还是当年的感觉。

当我们正要去指认“斜眼儿”居住过的 308 房间时，现在租住在 305 房间的住户正巧回来了。后来我才知道住在这里的也是一对夫妻，当时回来的是女主人，我们没有说话，她恐怕并不知道，这个房间里锁着我们一家人十余年的痛苦回忆。

她打开了门，民警带我进了屋，屋里面的陈设早就变了，我进屋告诉民警以前我家哪里放着床，哪里是厨房，我妻子是在哪里被捆绑的，我儿子又是在哪里被抢走的。

后来我们又去了 308 房间，指认了“斜眼儿”夫妇曾经住过的地方。与警察分开前，我又一次急不可耐地问了一下他们案件的进展情况：“‘斜眼儿’是不是抓到了？”警察同志说：“正在调查。”

虽然警察只是告诉我案件正在调查中，但我却从他们的话语中读出了一丝希望。案件肯定是有了实质性的进展，否则不会时隔十多年找到我来指认现场……

时间拉回到 2016 年 3 月底，我从济南马不停蹄地赶到广州，找到了专案组，专案组的警察同志说有些案件进展还不方便透露，我就托人多方打听，后来听说，警方确实抓住了“斜眼儿”周某平，其落网时间是在 2016 年 3 月 3 日，而且不仅他们夫妇俩被抓了，当时入室抢走申聪的两个帮凶也都被抓了，警方还顺藤摸瓜找到了一个叫张维平的人贩子，申聪就是经他手转卖的。

张维平落网后向警方交代，他是 2005 年 1 月 5 日从“斜眼儿”周某平手中接过了申聪，然后去了增城宾馆，当天就在增城宾馆门口把申聪卖给了当地的一个四五十岁的妇人，而这个妇人是他在富鹏地区的一个

麻将馆里认识的，但他已经没有了这个妇人的联系方式。张维平还交代说，这个妇人经常去增城湘江路那边的菜市场买菜，并且就住在湘江路附近。

得知张维平交代的这些信息，我突然意识到原来当时申聪离我是这么近，他说的这些地方都是我去反反复复找过好多遍的地方。

我以前上班的地方虽然在东莞，但其实和广州增城相邻。增城那边我太熟悉不过了，当年我和司机去追人贩子，就是往增城方向去的，而那个增城宾馆是当时当地最大的宾馆之一。

十多年里，在寻找申聪的路上，我去过珠海、深圳，甚至去过湖南、四川，去过全国很多地方，可我怎么也想不到，我的儿子申聪，就在增城宾馆的门口被卖掉了，并且我曾经多次路过增城宾馆，但从来没有想到进去打听。

有了这些信息，寻找申聪的范围就变小了，我有信心很快就能找到申聪了，而且买走申聪的那个老妇，我暗下决心，哪怕挖地三尺，也要把她找出来。

我立刻联系了上官正义和一直在广东工作的老同学马红卫，每天早上四点多就起床出门找申聪，同时也找这个买孩子的老妇。

马红卫是我的发小、中学同学，起初我们一同到广东打工，他孩子的年龄跟申聪相仿。申聪被抢后，他只要有时间，都会出来帮我找申聪。当时的老马已经是企业的部门领导了，家里还有生意，平时也挺忙的，但一听说申聪有线索了，还是一下就请了半个月的假，陪我一起拼命地找。

我们在湘江路附近四处打听，问遍了所有的麻将馆。由于距离张维平交代的转卖申聪的时间已经过去 11 年之久，我担心他供述的“富鹏片区的麻将馆”已经不存在了，只好在湘江路附近找一些老人打听以前麻将馆的线索。

在这期间，我遇到了一位热心的当地大叔。得知我是来找寻失踪的孩子，他毫不犹豫地伸出了援手。他领着我，将湘江路附近的麻将馆逐一探访，甚至对那些已经停业的麻将馆，也积极帮我询问其过往的位置和经营者。因为这位大叔是本地人，有了他的协助，我们搜寻线索的进程变得更加顺畅。

大叔已年过七旬，比我父亲还要年长，他一直鼓励着我。他说他自己也有孙子，跟申聪的年龄相仿，帮我找申聪就仿佛是在寻找自己走失的孙子一般。每次看到他，我都会想起自己的父亲，这也让我更加坚定了寻找申聪的决心，我深信只要再努力一些，再多走一步，再多问一句，我就能把申聪找回，带他回到我的父亲身边。

那几天，我整个人都是处于亢奋的状态，一到湘江路我就好像充满了电，感觉头发都立起来了，不知疲倦地四处打听，尤其是到了增城宾馆门口，我全身的鸡皮疙瘩都起来了。

找遍了所有麻将馆我们也没有发现什么有价值的线索，我们又去了菜市场。当时我们分析，既然张维平交代，这个老妇经常在湘江路的菜市场买菜，那我们就“守株待兔”。我们三个人堵在菜市场的门口，看到有五十岁上下的妇女就用手机把他们拍下来，从每天早上四点多钟菜市场开市上摊就拍，一直拍到晚上十点多菜市场闭市为止。那几天，我们几乎把菜市场里进出的适龄老妇都拍了个遍。

照片不停地传回到专案组，专案组民警也不停地提审张维平，让他来辨认照片上的人，但张维平只是一个劲地摇头，将所有的照片都否定了。

我觉得，既然张维平交代买申聪的老妇就居住在湘江路附近，那申聪就应该不会被卖到太远的地方去。眼看着申聪就离我不远了，我决定再加把劲，要在增城湘江路附近再好好地找一找，如果说前几天我们是把这里翻了个底朝天，那么下一步我就打算把这里再翻回去，我相信这就这么翻来覆去地找，一定能够找到线索。

我不停地打印寻人启事，每天都在湘江路附近的街头贴，不仅是电线杆、布告栏和小区单位的大门口，河边大桥的栏杆上也贴，连住户的家门上我都贴。从 2016 年 3 月到 2017 年 6 月，我在增城寻找申聪的那一年零三个月时间里，我发放和张贴了十几万张寻人启事。

有段时间，增城正在创建文明城区，我在前面贴寻人启事，后面就有环卫工人用小铲子铲。其实，我知道环卫工人们特别辛苦，贴寻人启事容易，而撕下来铲干净可就难了，大热天的，铲不了几个就会汗流浃背。

但奇怪的是，那些环卫工人们没有一点怨言，他们没有责备我，就只是跟在我身后默默地铲。

这些环卫工人里有年龄跟我差不多的，大多数比我还要大一些，我想他们里面绝大部分也已经为人父母，甚至可能都有的已经当爷爷奶奶了，或许他们能够理解我作为一个寻子父亲的苦楚。但同时他们拿着微薄的工资，又有自己的工作任务，要去维护着整个城市的形象。

我疯狂地张贴寻人启事，终究还是被有关部门关注到了。有位骑摩托车的领导，他找到我，跟我说，虽然理解我找孩子的心情，但这段时间创文明城市，他们的工作压力也很大。而且，我在前面贴，他们在后面铲，寻人启事保留的时间很短，对我来说也没有效果。虽然最终被有关部门劝阻了这种行为，但那段时间的疯狂寻找却让我更加确信，申聪就快回到我们身边了。

公益机构来助力

就在公安部成立“打拐办”的 2007 年，“宝贝回家”公益寻亲组织在东北成立。创立者张宝艳、秦艳友夫妇的孩子在童年时有一次意外走失，虽然后来很快找到了孩子，但那段经历让他们心有余悸，深刻体验了孩子失踪后给家庭带来的痛苦，以及给社会带来的压力。于是，他们毅然自费创办了国内首家公益寻人网站——“宝贝回家寻子网”。

后来，“宝贝回家”发展得很快，直到今天登记寻亲志愿者已将近四十万，遍布全国各地，帮助数以千计的孩子重返亲人的怀抱。

我与“宝贝回家”结缘还要追溯到2015年的一天。当时我正开着车给表哥的工厂送货，突然我接到了姐姐的电话，我姐用有些责怪的语气跟我说：“你不要老是一个人在路上瞎跑了，央视有个专门找人的节目，叫《等着你》，你赶紧看看吧，让电视台帮你找找。”

听到这个消息，我就好像黑夜中飘荡的一叶扁舟，看到了前方灯塔的亮光。可是我拿着手机，怎么搜也搜不到这个《等着你》这个节目。后来我又跟姐姐核实了一下，原来是她太兴奋太着急，说错了节目的名字，这档节目叫——《等着我》。

我就坐在车上，点开了节目的视频，节目里都是寻亲家庭的悲欢离合，有的是像我这样父母找孩子的，有的是被拐的孩子长大以后寻找父母的，还有的是寻找因其他一些特殊原因而走散的亲人。他们的辛酸、他们的团聚，都深深触动了我。

我拿着手机随着节目的情感起伏一会儿哭，一会儿笑，好像一个疯子。这个节目对我而言，让人上瘾，我一期接一期地“刷”，渴望看到每个寻亲家庭的圆满结局。那一天，我在车里，从晚上看到凌晨，从凌晨看到日出，除了几次充流量之外，中间就没有停过。

在其中一期的节目中，“打拐办”陈主任说，公安机关一定会严厉打击人贩子，解救更多的孩子回家，让“天下无拐”。听到这番话，仿佛将我心中十余年的委屈和压抑都释放了出来，我激动得使劲摁响车的喇叭，把它当成胜利的号角！

一直到天色大亮，我的眼睛已经酸涩红肿，说不清是哭的还是累的，几百元钱的手机流量也全都花光了，我看了看远处的朝阳，在清爽的早晨，照得我暖洋洋的，我决定也去联系节目组！

送货的行程一结束，我就迫不及待地到央视《等着我》栏目的寻亲团登记了，我觉得中央电视台是全国的媒体，各家各户都在看，如果他们能够把我寻找申聪的事情播出去，找到申聪的希望就会更大了。那个时候，《等着我》栏目已经和“宝贝回家”合作，我登记寻亲团的时候，就直接进入了“宝贝回家寻子网”的界面。

直到接触了“宝贝回家”我才知道，原来社会上有这么多公益组织和媒体机构都在关注着被拐儿童，我也才知道原来还有这么多跟我一样的寻子父母走在路上。

在报名登记的过程中，我结识了越来越多的寻亲家长，每个家庭都有一大把的辛酸泪。我们互相讲述着各自的经历，互相用自己的经历鼓励着对方。

以前我一直认为，我申军良为什么那么惨？老天爷对我为什么如此不公平？可是，当我看到一个身患残疾的家长陈升宽兄弟，每天爬着到全国各地找自己被拐孩子陈兆元的时候，我甚至觉得我是幸运的，跟他比起来，我有什么资格提一个“惨”字？如果人生真的是上天注定的，那么我们就应该努力地活着，活给自己看。如果人生不是老天注定的，那我们更要努力地活着，努力改变自己的人生。

与此同时，从 2014 年到 2015 年，连续两部打拐题材的电影《亲爱的》和《失孤》热映，也让越来越多的人意识到拐卖妇女儿童的危害，寻亲志愿者的队伍也越来越壮大……

随着越来越多的公益组织和影视作品开始关注到我们寻亲群体，媒体朋友也给予了我们很大的帮助。

在张维平落网后的一年零三个月里，警方想了很多办法，希望能够从他口中获得更多的线索。我给张维平写过信，也录制过视频，通过警方给他看。有想感化他的，也有想吓唬他的。但张维平是个老油条，无论我和警方怎么软硬兼施，他都无动于衷。

按照他之前的口供，我和上官正义、我同学马红卫一起，把湘江路附近翻了好几遍，整个增城也找得差不多了，但就是找不到申聪的下落，也找不到那个老妇的线索。

有一天，增城当地的一个自媒体“魅力增城”找到我，他们看到了我发的寻人启事，知道申聪可能被卖到了增城，拐卖的人贩子也落网了，但孩子还没有找到。他们对我的经历非常动容，希望进行一个采访，我觉得这是个好方法，比我张贴寻人启事的效果可能会更好。于是我们详细聊了“申聪被拐案”的整个过程，做了一篇报道出来，后来这个自媒体号又连着发了好几次，阅读量都不错，在增城当地达到了一定的扩散效果。

接着，还有一家北京的媒体，看到人贩子落网的消息，也找到我，做了一次采访，他们算是比较早的一批报道“申聪案”的权威媒体机构，尽管当时报道的影响力有限，但每一次曝光都让我感觉离找到申聪更近了一步。

其实，之前我也不止一次地想过找媒体寻求帮助。然而申聪刚被抢时，派出所民警嘱咐我，不要找媒体，他们怕申聪有危险。现在想来，这个担心不无道理。但后来过去了很多年，情况发生了很多变化，媒体平台的发展也很快，我觉得应该重视媒体的力量，就像我此前收看的《等着我》，帮助了许多的家庭团圆。

虽然有越来越多的爱心人士为我提供帮助，但是整个案件最关键的点还是在于要尽快“撬开”张维平的嘴。

为了突破张维平的心理防线，专案组还请来了公安系统内顶尖的审讯专家来提审他，后来还用上了测谎仪，但张维平心理素质极好，说瞎话跟说真话一样，连测谎仪都拿他没办法。

2016 年临近夏天，我回了趟济南，当时济南已经开始闷热起来，我觉得很烦躁，有一种说不出来的感觉憋在心里。当时我弟弟已经成家，

从我们租的地方搬走了，我和晓莉都有失眠的问题，我有时候晚上睡觉会做噩梦，会哭醒，为了不打扰晓莉休息，我一个人搬到另一个房间。那几天里，我就憋在房间里，整天抱着手机划拉来划拉去，夜里睡不着，白天更睡不着。

这已经是我寻找申聪的第 11 个年头了，原本以为随着“斜眼儿”周某平夫妇和张维平这些人贩子相继落网，我的申聪会很快回来，可是当人贩子咬死不交代申聪去向的时候，我又感觉距离申聪越来越远。更加雪上加霜的是，家里的情况已经到了山穷水尽的地步，生活的压力越来越大，我想去找申聪，但是又没有钱，能借钱的亲戚朋友我都借遍了。压力最大的时候，我都觉得我变得有些神经质了。

有一天我弟弟军伟问了我一句：“哥，有申聪的消息了吗？”其实这只是一句简单的关心，可不知怎的，我感觉似乎是在讥讽我，好像是在说：“你找了这么多年，有结果吗？没有结果的话，什么时候是个头儿呢？”一股无名之火陡然而生，我好像发了疯一样，跟弟弟吵了一架。后来我自己再回忆起来，感觉很对不住弟弟。

跟弟弟吵完架之后没几天，突然我萌生了一个念头，感觉光靠走是不行的，我要让全世界都知道我在寻找我的儿子申聪，我可以付出一切换回他，哪怕用我的生命！

尽管之前我也有过“以命换子”的想法，但我未曾尝试去实施过。然而那几天，我似乎被某种莫名的力量驱使着，我开始相信，一定是上苍看我还没有付出全部，所以没能感动它把儿子还给我。

那时候我甚至开始想，如果媒体看到我的遗言后，会深度报道申聪的案件，这或许会惊动高层领导，会引爆全社会的舆论点，所有人都会帮着我去找申聪。我又想，警察和律师看到我的遗言后，他们也许会更有压力去挖掘案情的细节。申聪的买家可能也会因为我的死而内疚，或许会把申聪送回来。张维平可能会因为我的死而良心发现，开口吐露

实情。

我好像走火入魔一般，被生命的缆绳拉扯着自己，一步一步往尽头走。

于是我开始躺在床上翻来覆去地想，究竟如何结束自己的生命，才能达到这样的效果。我想着我要亲笔写下遗书，将我死前的痛苦和死后的愿望告知大家，这样全社会的人才会帮我完成找回申聪的遗愿。

2016 年 5 月的一天，我穿好衣服，独自来到了小区对面的黄河大堤上。

在这里，我发呆地望着奔流不息的黄河水，心想正好可以把我的生命和委屈连同这黄澄澄的泥沙一起冲走。都说黄河是母亲河，我就这样投入母亲的怀抱里吧。

心中想着，我便开始沿着大堤往靠近河道的地方走。走了没一会儿，我的手机响了，是一条信息。

“你干什么呢？有申聪的消息了吗？”信息是“宝贝回家”创始人张宝艳大姐发来的。

我回了四个字：“我好累啊。”

或许是宝艳大姐从这四个字中感受到了我的情绪不太对，很快她的电话便打了过来。在电话里，宝艳大姐跟我聊了很久，我也把我的想法告诉了她。

她说，人贩子虽然落网了，但是孩子不一定能紧跟着这么快找到，他们以前帮助过的很多案例都是这样的，一定要调整好心态，相信公安，相信国家，申聪会找到的。

她给我举了许多例子，让我不要绝望。她还说，让我多想想这些年走过的路，已经走了 11 年，如果现在就结束了，之前的 11 年不就白走了。

而更打动我内心的话，是她让我多想想我的两个孩子和自己的妻子，还有我的父母双亲。我在寻子路上走了 11 年，两个孩子没人照料，两个

老人没有依靠，妻子患病在家，虽然我不常在家，但我仍是家里人的希望。现在眼看希望越来越近，一家人都等着申聪回来，也是等着我回来，等到申聪回家的那一天，而我却不在了，我们这个家也一样没有依靠了。

我们不知道聊了多久才挂了电话。天已经黑了，我坐在大堤上，看着滚滚的黄河，一边流着泪，一边思量着刚刚张宝艳大姐跟我说的话。

是啊，找申聪的 11 年里，我的父母，他们年事已高却还辛苦地劳作，贴补我们一家；我的两个儿子，他们从生下来就很少享受到父亲的陪伴，却没有什么怨言；我的妻子，因为申聪被抢而患上抑郁症，整日被病痛所折磨，只能留在家里足不出户地望着窗外，等待着我回来的身影。

要想改变这些，只有把申聪找回来，或者应该说由我把申聪带回来。这个家完整了，我们才都能从苦难中解脱。不然的话，少任何一个人，这个家都是残缺的，而残缺的家庭是很难有希望的。

经过一夜的痛苦和思考，天已经蒙蒙亮了，我抬头看了看黄河水天交界处的朝霞，站起了身，回到家收拾好了行李，再次踏上了开往广州的列车……

第四章

正义终至暖心田

初见仇人恨难平

转眼来到了中秋节，距离人贩子张维平被逮捕已经过去了大半年。我回到了济南的家，听晓莉说表哥工厂里那几天特别忙，需要些人手。毕竟在我最困难的时候，表哥给了我很多帮助，而且欠他的钱暂时还无法还清，该出力的时候，于情于理我都必须出力帮忙。于是第二天一早我便去表哥的工厂帮忙装卸家具。

当时表哥工厂里用的都是大货车，卸货的时候人需要站得很高，上下配合装卸，而且家具都是大件，装卸过程中需要高度的注意力。

但对于当时的我来说，从离开广州回到家的那一刻开始，我整天失魂落魄的，心里一直静不下来，满脑子都是广州的事情，琢磨着还可以用什么方法才能“撬开”张维平的嘴，如何才能尽快找到申聪或者那个老妇。

我就这样带着满脑子的焦虑和问题，在卡车上跟工人们一起搬运货物。突然，我一个“倒栽葱”，直接从两米多高的车上摔了下来，倒在了血泊中。

那一刻，我只感觉到天旋地转，虽然尚有一丝意识，但具体是因为什么摔下来的，却想不起来。耳边听到晓莉喊了一声“来人啊”，在场的

人都吓坏了，七嘴八舌地说："赶紧给他把头捂上！""千万别动他的脖子！"

我躺在地上没多久，救护车就把我送到了医院。在病床上，我的头裹着绷带，脖子打着固定，家人就在我的身旁，我头晕晕的，想动又动不了。那个时候，我一度以为我再也站不起来了。若真是那样，我就再也不能去找申聪了，那可怎么办。

后来我听晓莉说，当时我是头朝下，从车上摔下来的，幸好落地前有一个箱子挡了一下，我先摔在箱子上，头才着的地，减轻了下坠的力道，否则后果不堪设想。

本想陪着晓莉和孩子们在济南过中秋节，结果在医院住了一周多。住院期间每天都要打吊瓶，后来出院了就回家继续打，在家又调养了一个月。

那段时间，我甚至走不了路，上厕所都需要人扶着，这是我 11 年来躺在床上最长的一段时间。我人虽然动不了，但我的心早就飞了，我一直在想着广州的事情：法院是不是该开庭审理了？张维平交代新线索没有？申聪到底在哪儿？我心急如焚，眼里嘴里都快要生出火来。

我从货车上摔下来这件事，全家都瞒着我爸妈，直到后来 2017 年春节我回家的时候，我妈才看出来。当时我爸见到我回家，还挺高兴，但我妈看见我之后，觉得我怪怪的。因为我当时虽然摘了颈托，但脖子还是转不了，跟旁边人说话的时候不会扭头，只能扭身子。我妈就跟我爸说："你有没有觉得咱们儿子跟之前不一样？"

我爸心里比较能盛事，说没看出什么变化。我妈埋怨他说："你看他走路都什么样子了，脖子都不动。"我爸听完就盯着我看，看着看着，我妈先哭了，眼泪哗哗地流，我爸低下头不说话，转身走出了家门。

我能感觉到我爸心里的难过，他可能是不想让我妈和我看见他流泪，所以才避开我们。后来他提着很多菜回来了，吃晚饭的时候我才跟他们二老说，前不久不小心摔了一下，已经没大碍了。两位老人听到这个消

息，还是愁眉不展。

但是最开始的一个月，我是真的动不了，走起路来都摇摇晃晃的。偏巧,那个时候我突然接到广州市增城区人民法院的开庭通知,要在2016年10月19日对周某平、张维平等被告人拐卖儿童案开庭审理。

收到通知后我也感觉不到身上的疼痛了，这次开庭，我足足等了11年半的时间！我一定要亲眼看看当年抢走申聪的人贩子，我想要当场质问他们，到底把我的儿子申聪弄到哪儿去了！

当时我还带着颈托，走路也不方便。我弟弟军伟劝我："哥，你这个样子去广州，怎么去啊，不要命了啊！"

我说："不行，我必须去，这吊瓶我也不打了，让我留在家里我也受不了。"

军伟知道拗不过我，他给我订了一张飞往广州的机票，让我坐飞机去，以减轻疲劳。我就这样带着颈托，摇摇晃晃地上了飞机，我的同学马红卫则开车在机场等着接我。

这一次，我聘请了两位律师助我维权，其中一位便是之后在"申聪被拐案"中对人贩子量刑提升起到关键推动作用的张祥律师。

这两位律师都很负责，他们去看了卷宗，发现周某平、张维平等人只供认了抢走并拐卖了申聪一个孩子的事实。当时并没有可参考的案例，仅以量刑建议来看，主犯很可能被判有期徒刑12年，其他人仅仅只有几年。

这样的结果，我是不能接受的！

我记得，此前"打拐办"陈主任不止一次地在媒体上公开表示，对于行为恶劣的人贩子，应该判死刑。当时，社会上对于拐卖人口判死刑的呼声也非常高，大家都意识到，人贩子给一个家庭，乃至给整个社会带来的危害太大了。

我恨这些人贩子，对于我来说，他们抢走了我视如珍宝的孩子，令我们至今还骨肉分离，他们抢走了我意气风发的大好青春，害得我们负债累累；对于申聪来说，人贩子抢走了他童年的父爱，更抢走了本该属于他的优渥生活；对于我的妻子和父母来说，人贩子抢走了他们对未来生活的希望，让我的妻子精神崩溃，让我的父母日夜流泪。

所以，从我一个受害者的角度来看，人贩子必须得死，因为他们给一个家庭带来的痛苦，实在是太大了。

而且直到现在，这些即将面对法律审判的人贩子，仍旧执迷不悟，不肯供出申聪的下落，仍旧满嘴谎话为自己脱罪。若这样的行为在法庭之上只是轻轻判个几年徒刑了事，让我们这些寻子家长心中如何能够平复？

尽管我内心充满了仇恨，但也有另一个念头时时在挣扎。归根结底，我是要找到申聪的，如果人贩子能够告诉我申聪在哪里，我是不是应该用“谅解”作为交换？的确，我多次在媒体面前这样表态过，这是我对孩子的思念之情战胜了自己心中的公理之义。

人总是矛盾的，尤其是面对自己孩子的安危时，我既希望能找回申聪，又希望人贩子受到惩罚。但如果非让我做一个选择，我会优先选择找回申聪，而对于人贩子的罪责，我可以不过分深究。但这一切的前提是，他们必须如实告知我孩子现在身在何处，让我可以找到他，并且保证申聪是安全健康的。当然，如果你问我这样的选择是不是有些自私了，我只能说，若是能够给我一个更自私的选择，我宁可希望根本就没有发生人贩子抢孩子这样的事情。

现在，张维平、周某平他们既不交代申聪的下落，也不如实供述犯罪行径。我当然无法接受人贩子可能面临的轻微审判结果，于是我请求律师协助，一定要严惩他们。

两位律师非常专业，他们仔细研究案卷之后发现，张维平此前在 1999 年和 2010 年曾两次因拐卖儿童被判刑，分别被判了六年和七年，虽然之前拐卖的两个孩子都找到了，但申聪仍应该算作他第三次参与拐卖儿童。按照法律规定，拐卖儿童三个及以上的案件，应该由广州市中级人民法院来审理。律师说，我们可以此为由，争取要求增城区法院将案件移交到广州市中级人民法院审理，中级人民法院会更重视一些，而且即便以后上诉，也能到省高院，可能会争取到对人贩子更严厉的惩处。

庭审的前一天晚上，我焦急得无法入睡，我担心第二天法庭之上，法官会轻易就把人贩子判了刑，如果没有严惩他们，又得不到申聪的消息，那对于我来说是没办法接受的。思前想后，我决定寻求《广州日报》肖桂来记者的帮助。肖记者是上官正义介绍给我的，以前加过我的微信，但因为案件一直没有新的进展，所以我也没有过早地打搅肖记者。

于是我就开始不停地给肖记者发信息，求他帮帮我，争取让人贩子受到更严厉的惩处。最后，肖记者答应了我的请求，他说忙完手上的事情就立刻赶到增城来，明天开庭时会到法庭上旁听庭审。

我给他连回了好几个：跪谢、跪谢。

我等不及了，当天晚上就让红卫开车去广州把肖记者接来，肖记者还请来了《南方都市报》的徐勉记者。第二天，两位记者跟我一起进入了庭审现场，旁听了整个案件审理的过程。第三天，《广州日报》和《南方都市报》两家在国内赫赫有名的媒体，各出了一个整版的报道，他们的报道引起了全国的关注，也为之后我寻求公正和寻找申聪带来了巨大的帮助。

2016 年 10 月 19 日上午，在广州市增城区人民法院的庭审现场，我第一次见到了我苦苦寻找了 11 年之久的“斜眼儿”夫妇。当我看到“斜眼儿”周某平那张罪恶且丑陋的脸时，我脑海中飞速闪过了以前住在公寓时的画面。我对他确实有些许印象，直到那一刻我才确认，我曾经与他打过照面，只是从来没有说过话而已。

庭审大厅庄严肃静，而我坐在原告席上，死死盯着周某平，用尽全身的力气压制着心中的那团积攒了 11 年的怒火，我恨不得冲上去将他撕碎。

如果这不是在法庭，而是在大街上，我想我一定会这么做。

庭审过程中，这个身型瘦高、一只眼睛斜视的男人，大多数时间都是低着头，面对检察官的诉状和法官的询问。他憋红了脸，说话也表现出一副很急促的样子，一个劲地替自己狡辩。然而公诉机关展示的证据和论证过程，明确地证明他就是申聪被拐案的策划者和主导者，他不想承认，但面对环环相扣的证据，却又表露出了那种无法自圆其说的慌张。

周某平把案情交代得很模糊，他承认他们夫妇俩带了两个同伙捆绑了我妻子于晓莉，抢走了我的儿子申聪，他说抹在我妻子脸上的不是药，而是辣椒水，但是不知道孩子现在身在何处。

听到这里，我猛地拍了一下桌子，"腾"地站了起来，甚至忘记了我还戴着颈托，脖子不能过分用力。我指着"斜眼儿"骂道："在法庭上你们还不说实话，你们把我儿子弄到哪儿去了？还我儿子！"两旁的法警过来，警告我坐下，我的律师也拉住我，让我先不要激动。若非如此，我当时可能已经冲上去跟周某平厮打在一起了。

整个庭审下来，一共审理了五名被告人。首先就是"斜眼儿"周某平，他买了捆绑我妻子的胶带、塑料袋和涂抹的药，是案件的策划者和主导者。接着是杨某平和刘某洪，他们是冲入我家房间里捆绑我妻子的歹徒，其中杨某平就是那个穿橙色衣服、身材矮胖的男人。随后审理的是"斜眼儿"的妻子陈某碧。最后是没有参与抢夺申聪，但经手将申聪卖掉的张维平。

据他们交代，"斜眼儿"夫妇盯上了我家申聪，他们找来杨某平和刘某洪。事发当天，杨、刘二人不知道我家的具体门牌号，"斜眼儿"周某平就带着他们到了三层，把我家门指给他们，这两个人冲入我家，捆绑了我妻子，还抹了药。周某平看见我妻子被控制，申聪就在床上，便进屋抱起申聪下楼。这个时候，他的妻子陈某碧在楼下正跟两个"摩的"

司机聊天，“斜眼儿”抱着申聪下楼后，几个人便乘坐“摩的”去了东莞石碣镇方向，在一个超市门前，他们又换了车，去了提前在石湾租好的房子。

庭审进行了一整天，到下午五六点钟才结束。法庭上，刘某洪供述的内容最多，周某平和张维平说的内容含含糊糊，很多关键节点都说自己记不清了。而杨某平被法官问到作案细节的时候，他全程只有一句话应对，“不记得了”，表现得极其嚣张。

“你自己干的你会不记得？你还是不是人？”我又一次站起来痛骂这些人。

庭审结束后，我没有回济南，而是留在了广州，继续在增城寻找。

我戴着颈托，住在增城湘江路附近的一个小旅馆里，那是一个没有窗户、只有一张床的小房间，空间非常狭窄，床和墙壁之间仅够一个人侧身通过。房间的价格非常便宜，一天只需要 25 元。之前我找申聪，几乎都是住在类似小旅馆里。这种房间夏天还好，但到了冬天，洗完的衣服都晾不干，屋里全都是潮湿发霉的味道。我在那里一连住了几个月，心里想着申聪应该就在附近，我不要再四处游荡了，就在这里深入挖掘线索。

没过多久，随着《广州日报》和《南方都市报》对“申聪案”的深入报道，很多媒体都开始联系我，这个案子的影响力也逐步扩大。这个时候，有个陌生人联系到我，他说自己知道张维平的情况，还说认识张维平口中所说的那个五十岁上下的老妇。

因为有了之前被骗的经历，我对这个人说的话持谨慎态度。我和他见了面，他是个年龄比我大几岁，身材稍胖的当地人。他说，张维平口中所说的老妇，在当地非常有权势，属于“黑白两道通吃”，他不能告诉我这个人是谁，也不能告诉警察，因为他如果说了，警察就能查到是他说的，他一家人的命就保不住了。

这个人把那个老妇说得神乎其神，听得我半信半疑。但是当时任何的线索对我来说都是救命的稻草，我只能央求他告诉我那个老妇的情况，为此我请他吃过饭，给他买过烟，也给过他钱。但他始终说，这个事情只能向公安部直接汇报，对方势力太大，连广东省公安厅他都信不过。

最后我没有办法，就找到了上官正义，他更了解公安工作的流程，也有较多的人脉，他听我说我这边有老妇的线索，二话不说就到了增城给我帮忙。

此外，山东卫视有个《调查》栏目当时也正在跟进“申聪案”的情况，听到这个消息也过来了，在上官正义和记者朋友的帮助下，提供线索的人终于答应给我们指认那个老妇。于是他带着我们去了湘江路附近，远远地指着一个正在打麻将且以算命为营生的老妇，告诉我们，她就是张维平口中的那个老妇。

后来，我们把这个老妇的情况交给了警方，警方立刻提审张维平，他又否认了。直到最后我们才揭开了那个提供线索之人的用心，原来他是跟自己的邻居老妇有矛盾，又担心对方家里有权势，就想通过申聪的案子向公安部领导去反映她家的事情，借机报复一下邻居。在与这位“知情人”周旋了近两个月后，我们最后又落了一场空。

眼看快到年底了，我仍然在继续寻找申聪。有一次，当时正采访我的记者陪我一起去打印店打印寻人启事，电视台的记者扛着摄像机拍我打印寻人启事的镜头。这可吓坏了打印店的老板，他走过来问是怎么回事，口齿结结巴巴的。我问老板打印寻人启事一张需要多少钱，他可能是看到记者就在身旁，也没好意思多要，就跟我说是 3 毛钱一张。这个价格是我寻子 11 年来最便宜的，我估计基本上就是个成本价，我赶紧谢谢他，一口气打印了 3000 张。

900 元钱的寻人启事，两天就贴完了。当时身上已经没有多少钱的我，就厚着脸皮又去找打印店的老板，以 3 毛钱一张的价格又印了一摞寻人启事，又继续贴。后来想起这件事，觉得又好笑又愧疚，我不是占便宜没够的人，实在是当时真的没钱了。

在增城找申聪的一年零三个月里，我的开销有十几万元，大部分都是用在了打印寻人启事上。有一天我在路上贴寻人启事，突然有一辆车拦住了我，车窗摇下来，车里坐着的原来是“申聪案”的专案组组长，他跟我说：“申大哥，你先回家吧，这个案子我们一直都在弄，一直在想办法，别在这贴了。”

可是我哪能踏实回家呢？那个时候我几乎每周都会去专案组的办公室了解进展，我知道警方做了大量工作，但张维平始终不肯交代，贴寻人启事已经是我觉得当下最好的一种方式了。我几乎走遍了增城的大街小巷，连下面的乡镇都走了好几个来回。很多地方甚至还没有通车，我就半路上拦辆车去，虽然平时吃住都是最简单的，但这来回一两百元钱的车费，我是完全不含糊的。

随着增城整个区被我翻了个“底朝天”，寻人启事贴光了，随身带的钱也花没了，还是没有一点线索。当我贴完最后一张寻人启事，我双手按在寻人启事上，低着头叹气，我想问问上天：那个老妇究竟是谁？我的儿子到底在哪儿？

恶魔“梅姨”首曝光

2015 年 12 月，在公安部领导的批示下，“申聪被拐案”成立了专案组。

2017 年 6 月，“申聪被拐案”有了重大突破，专案组的民警经过不懈努力，终于“撬”开了张维平的嘴！

对于这个重大突破，我必须得感谢警方的坚持和努力。他们为了“撬开”张维平的嘴，先后请来了审讯专家，使用了测谎仪，但张维平因为

有多次犯案前科，对抗审讯有着丰富的经验，所以多次审讯都没有什么效果。但警方没有放弃，之后又试了很多种方法，功夫不负有心人，终于攻破了张维平的心理防线。

据张维平交代，除申聪之外，他还拐卖了 8 个孩子，这 9 个孩子中有 8 个被他卖到了河源市紫金县，另一个卖到了惠州市惠东县。同时，张维平还交代，这几个孩子，都是通过那个老妇联系到下家转手的，而那个老妇，大家都称呼她叫——“梅姨”。

这是“梅姨”这个名字第一次浮出水面。根据张维平的供述，“梅姨”平时以保媒拉纤做“红娘”为生，暗地里倒卖孩子，

带走申聪的时候，“梅姨”年龄大概是 50 岁，现在大约有 60 岁的年纪，身高一米五左右，讲粤语，也会说客家话，曾长期居住在增城、韶关等地区。

掌握这些线索之后，专案组立刻对另外 8 起案件一一进行了核实，也找到了受害家庭，并让他们对案发现场进行了指认，确定了张维平所述其他案件的真实性。

同时，广州增城警方根据张维平的描述，绘制出了第一张“梅姨”的模拟画像，并公之于众，也就是大家看到的那张“梅姨”的画像。自此，警方在全国展开了对人贩子“梅姨”的通缉寻找！

当我得知张维平供出这些新线索时，整个人异常兴奋，当即就要退掉在增城的房子去紫金县，房东也是个关注申聪案件的爱心人士，说天都入夜了，你也还没吃饭，住一晚，明天再走吧。可是我的心早已经飞到紫金县了，连连摆手说“不了”，还请他帮我联系了去紫金县的车。

就这样，我连夜出发，第二天，天刚蒙蒙亮，我就赶到了紫金县。紫金县在广州增城的东边，距离有 200 多公里。当时车走着走着就进了山区，越往前走，山就越多，我看着周围高低错落的山壑，又看到山间那些年久失修的瓦房，心里面的酸楚一下子就涌出来了。我的儿子申聪，

就是在这样的山沟里长大的吗？我的心就好像被人掏出来，在这铺满碎石的山路上摩擦，越磨越疼。

下车后，我先找了一个便宜的小旅馆安顿下来，推开房间的窗户，映入眼帘的还是一座座高山。我爬上宾馆晾衣服的天台，虽然山风吹得我心里一阵寒凉，但我却有一种直觉，这里会是我寻找申聪的最后一站，我要赶快把申聪带回去……

这次来紫金县，我还托人重新给寻人启事排了版，除了申聪小时候的照片之外，又加上了“梅姨”的模拟画像。寻人启事上每增加一条新的信息，我就感觉找到申聪的希望又多了几分。

张维平还交代，每次他告知“梅姨”手上有孩子可以出手的时候，“梅姨”总能在当天就找到买家，出手孩子的速度非常快。而且“梅姨”曾经还跟张维平说过，能搞来多少孩子她就收多少孩子，男孩女孩都行，让张维平“多搞快搞”。由此也可以看出，“梅姨”可能有一个庞大的贩卖儿童利益链条。

我在紫金县开始疯狂地张贴和发放寻人启事，希望有人能够主动联系我。分发寻人启事的时候，我也时常会想，毕竟 12 年了，“梅姨”可能不会有太大变化，但是申聪呢？如今他已经从蹒跚学步的幼儿成长为一个即将步入青春期的少年，可我却不知道他如今的样子，是高是矮？是胖是瘦？如果我与他擦肩而过，我们能否认得出彼此呢？毕竟我已经不能凭借哭声来辨认他了。

经过几天的寻找，这些寻人启事也引起了当地媒体的注意，尤其是当地的自媒体。当时有一家自媒体公司，运营着几个紫金县的生活类垂直账号，粉丝量都很高，基本上覆盖了紫金县大部分的市民。他们热心地帮助我转发了数条寻人启事，公司老板还安排编辑来采访我，还帮我推送了好几条文章。因为他们的账号本身关注度就高，而且受众群体又都是紫金县的百姓，所以后续很多紫金县的线索都是大家看到他们的文

章推送后提供给我的。我好几次想要当面感谢一下这位老板，然而每次他一听我是来致谢的，就赶快离开了。我至今都没有见过他，也没有机会向他当面致谢。

在这种情况下，几乎整个紫金县的老百姓都知道了我的事情，我收到的线索也越来越多，前前后后有四五十条，都是跟拐卖孩子有关的。

后来我也了解到，早年因为一些地方风俗的原因，买卖孩子的情况比较严重，一些家庭因求子不得，就从外面买个男孩回来养。我跟当地人聊天的时候发现，在很多人的观念中，他们只是花钱买孩子，并不是在纵容人贩子拐卖孩子。

“重男轻女”的陈旧思想如同顽固的毒瘤，在偏远的村落中依然根深蒂固。但我不认同也不理解的是，即便求子不得，一般来说，默认的方法也是经过一家人协商后，过继同宗子侄来延续香火，这是一种相对合情合理的方式。

可在这里不同，当地人求子不得时的第一选择，就是花钱买孩子，甚至不惜借钱去买孩子。

当地群众给我提供的四五十条线索，我都去一一进行了核实，准确率很高，但里面却没有申聪。这些线索我也都转交给了警方，希望警方能够帮助更多的寻子家庭找到孩子。

由于我收集到了太多拐卖孩子的信息，触动了当地买卖孩子的利益链条，搞得那些买卖过孩子的家庭鸡犬不宁、人心惶惶。结果没过多久，我便收到了许多的威胁信息，他们就跟我说：如果你再找下去，就弄死你。直到今天我也不知道那些威胁信息到底是人贩子还是买家发给我的。

但是在当时，我管不了这些威胁了，为了找申聪，我必须不放过任何一条线索。在紫金县，我感觉这里就是决战的战场，我可能随时都会面对人贩子和买家，但恰恰是这样，就更说明申聪离我已经很近了。

然而屋漏偏逢连夜雨，正在我疯狂地寻找申聪时，家里打来了电话，

说母亲得了胃穿孔，不得不接受手术。

听到这个消息，我急忙赶了回去，在病床前，我握着我妈的手，那双粗糙且布满老茧的手，曾经为我缝补过无数的衣物，做过无数次饭菜，拉扯我们长大，如今却已变得虚弱无力。

我妈说："军良啊，我和你爸年龄大了，身体也不行了，干不动了，以后家里只能靠你们自己了。我现在最放不下的就是申聪，我想俺孙啊，他啥时候能回来哎？还有咱家现在这个样子，以后就是俺孙找回来了，你们可咋过啊……"

听到母亲的话，我不知道怎么回答。我知道她的身体是为了我们的事情日夜操劳被累垮的，现在虽然人贩子落网了，可是申聪的下落依然是个谜。此时面对病床上的母亲，我只能用欺骗我自己的那些话去安慰她："现在人贩子都逮住了，也交代了，警察说很快就能找到申聪了，等申聪回来，我不用出去到处跑了，咱家就和原来一样好了。"

万幸的是，母亲的手术比较成功，照顾母亲恢复得差不多之后，我背负着老人的嘱托，再次马不停蹄赶到紫金县。

后来，我又陆陆续续地收到了30多条信息，也都第一时间交给了警方。这些线索中所涉及的孩子，我都躲在暗处观察过他们，大部分明显不是申聪。

然而其中有一个孩子，在我见到他的第一眼时，我立马感觉"没错了，他就是申聪"！

说到这条线索的由来，还要回到我来到紫金县一个多月的时候。那天我接到了一个热心群众发来的信息，他跟我描绘了一个孩子的情况：2005年1月买来的，买来的时候1岁左右，现在大约是十二三岁的样子，买回来的时候，脸型跟我的寻人启事上的孩子几乎一模一样，身上的体貌特征也和寻人启事上写的差不多。

2017年8月的一个清晨，我们按照线人提供的地址，找到了那个孩

子的住处。

为了不惊动买家，我租了一辆面包车，考虑到费用问题，车内条件很简陋，连空调都没有，我们顶着烈日，把车开到买家门口的马路对面，在面包车里压低身子，远远地观察着。车里非常闷热，我的衣服全都湿透了，就为了等待孩子从家里出来。

就这样窝了几个小时后，终于有一个十一二岁的小男孩从院子里走了出来，提供线索的人给我发信息说：“那个是不是你儿子？”

我远远看过去，脑袋“嗡”的一下，浑身的汗毛都竖起来了，没错啊，那不就是我朝思暮想的申聪吗？

那孩子的气质、相貌、神态，像极了我弟弟军伟小的时候，简直像得不能再像了。

我赶快用手机把那个孩子拍下来，传给画像专家林警官，林警官看了照片，也说非常相像。

我欣喜若狂，恨不得立即从面包车里冲出去，飞奔过去拥抱他。但理智还是战胜了冲动，我深吸了一口气，告诉自己一定要按捺住激动的心情。买家如果知道了，一定会把孩子转移到别的地方去，要是那样，我可能就再也找不到他了。

我又仔细观察了一下那户人家，那是一个山村小院，一栋破旧的小楼矗立在院子中间，整体看上去比较压抑。一个白发的妇女在院子里忙碌，我估计可能是申聪的“养母”。

这些都让我觉得，申聪在这个环境下长大，应该吃了不少苦。我开始盘算着，接下来如何跟买家谈才能让申聪回到我的身边，怎么跟申聪说才能既不伤害到他，还能让他认我这个父亲。

我的家人、我的同学、我的同事、我的朋友……一瞬间都在我的脑海里过了个遍，他们谁适合陪我一起去给申聪做工作呢？

后来我又一想，这些可以先放一放，当务之急是先把申聪带回家，

至于思想工作，回去后再慢慢想办法，万一申聪看到家之后，看到一家人迎接他的氛围被感动了也说不定。于是我立马给远在济南的弟弟军伟打电话，让他赶快准备烟酒，准备接待客人，我激动地告诉他："我找到申聪了，这绝对是申聪！"

军伟也很兴奋，马上就去准备了，准备了五箱白酒，好几条上等的香烟，连跟亲朋好友的"庆功宴"都开始筹备了，就等着我把申聪带回来。

我把找到申聪的消息告诉了专案组，民警叫我先不要轻举妄动，他们还要去采集 DNA，确认了才能够行动。"还采什么 DNA 啊，这个就是申聪，没跑了。"我已经抑制不住心情，想跑过去把孩子拉上车了。

然而我心里也清楚，警方办案还是有他们专业流程的，毕竟牵扯到拐卖犯罪，如果我仅凭一时冲动擅自行动，很可能会扰乱警方的解救计划。于是我听从专案组的安排，先回到了暂住的旅馆，而专案组那边也开始部署对孩子血样的采集工作了。

一眨眼，几天过去了，DNA 比对的结果一直没有出来，我在旅馆里急得如同热锅上的蚂蚁，吃不下也睡不好，那种度日如年的感觉折磨得我已经疲惫不堪。直到一周后的一个傍晚，专案组的领导给我打来电话，看到号码的那一瞬间我又精神起来，难道是结果出来了？我可以带儿子回家了？

我颤抖着接起电话。他问我："申军良啊，你吃饭了没有？"

"我在小旅馆里待着，还没吃呢。"

"咱们找申聪这个事情，还要继续加油啊！"

听到这个话，我顿感五雷轰顶，突然就情绪失控了，在电话里大声地对专案组的领导吼道："为啥啊？什么叫继续加油啊？那个孩子不是吗？你们是不是搞错了？是不是我和妻子的 DNA 有问题啊？"

我的一通怒吼，几乎就是给专案组扣了一顶"大帽子"——是他们的工作失误了，这个孩子就是我的儿子申聪！

专案组的领导很理解我，他没有反驳，而是耐心地跟我说："不会错的，这个孩子不是。我亲自去了化验室，比对了三次才给你打的电话。你和你爱人的 DNA 已经入库三次了，不会有问题的，这孩子确实不是。"

"好吧，我知道了。"

我只说了这六个字，就挂掉了电话。因为我不知道还能说什么，也不想再说什么，倘若再不挂掉电话，我的哭声一定会通过电话传过去。

那一刻，在那个只能放下一张床和一个行李箱的小房间里，我仰面朝天地躺在床上，泪水止不住地顺着眼角的皱纹落在枕头上，我觉得胸口好像被压了一块大石头，压得我喘不上气来，几乎要窒息了。

我想这一定是上天在故意捉弄我。在我最抱有希望的地方，最抱有希望的时候，出现了一个最像申聪的孩子。我知道世界上有很多毫无血缘关系，却又长得特别像的人，但为什么要在这个时候出现呢？难道对我的戏谑还不够吗？

那几天，我没有再出门，一个四十不惑的男人，就这么一直躺在小旅馆的床上，抱着枕头哭。没有声音，只有泪水，闭塞的房间里充满了哀怨的气息……

让我从这次失望中重新振作起来的，是案件在广州中院一审开庭的消息。

身涉九案罪昭彰

律师跟我说，我们向法院提交的申请通过了，"申聪被拐案"已经转交到广州市中级人民法院审理，开庭时间定于 2017 年 11 月 2 日。

等待的那段日子里，我既感动又激动。我感谢增城区法院对律师提出的申请给予支持，也感谢广州市中院对"申聪案"的重视。而让我激动的是，这次我顺利地联系到了同案的另外 8 个受害家庭，邀请他们一起来参加庭审，这让我感到与人贩子的斗争之路不再孤独！

时间来到广州市中院开庭的前一天，这次一共有六名受害家庭的代表顺利抵达广州，另有两家赶不过来，但通过电话向我表达了对人贩子的痛恨，希望我可以将他们严惩人贩子的诉求带到。

面对遭遇与我相似的 6 个家庭的代表，我跟他们说，不管明天庭审的现场是什么样子，我们都要团结在一起，现在已经知道咱们的孩子大概率就在紫金县了，范围已经很小了，我们大家一起去找，就一定可以把这 9 个孩子都找回来！

那一晚上，我们都没怎么睡，6 个家庭的家长围着我，讲起他们孩子被拐的经过和找孩子的经历。他们里面很多家长起初也曾努力地找过孩子，但面对生活的压力和寻找无果的绝望，便很少再有人能继续坚持下去了。

其实我能体会这些家庭的辛酸，孩子丢了，找还是不找？找几个月还是找几十年？每个家庭都有每个家庭的难处，无论父母如何选择，其背后的苦楚都只有自己知道。受害家庭没有错，错的，始终是那些毫无人性的人贩子。

我鼓励他们："无论现实多么残酷，希望还是要有的，找孩子的过程中，再苦再难咱们也要坚持，说不定哪一天咱们的孩子就找回来了呢。"这一点也是我经历了无数次的生死徘徊所得出的结论。人贩子不会主动公开自己的信息，许多线索还是需要我们去深入挖掘。在我寻找申聪、"斜眼儿"、"梅姨"的过程中，9 个被拐孩子的行踪也逐渐明晰，搜寻范围也在不断缩小，这不正是我们坚持的成果吗？

转眼到了第二天，我一大早便带着家长们来到了法院。

在庭审现场，张维平见到了其他家庭的代表，基本上全都是他认识的孩子家长。张维平默不作声，我们不知道他是因为愧疚而不敢说话，还是因为抱有侥幸心理，认为只要保持沉默就可以减轻刑罚。

然而无论他是出于何种心理，对于我们这些受害家庭，对于那些被他拐卖的无辜孩子们，即使拿他命来抵，也是无法一笔勾销的。更何况，我们到现在还不知道孩子们在哪里！

张维平这次在法庭上，更加详细地供述了他与“梅姨”的交易过程。交易申聪的当天，他跟“梅姨”约定在紫金县汽车站旁边的一个饭店内见面，到达目的地后，他担心被人怀疑，一直抱着申聪站在二楼窗户的位置。后来他看见楼下“梅姨”带着一对三十岁左右的夫妇来到饭店，跟他们一起来的还有一个五十多岁的妇女。几人到达饭店后，先是与饭店老板聊了几句，然后和张维平完成了交易，最后张维平、饭店老板、“梅姨”、掏钱的夫妇和那个老妇，一共六个人还在饭店吃了顿饭。

我记得最清楚的就是张维平说的那句话：“你去找‘梅姨’，找到‘梅姨’就找到你儿子了。要不就去找那个饭馆老板，他们应该都认识。”

庭审结束后，我当天便把这几个家庭的家长带到了紫金县，我给大家作了动员，说：“今天的庭审大家都听到了，我们的孩子就被卖到了这里，这里就是紫金县，一个山居小县，只有 80 多万人口，符合我们孩子年龄性别特征的，也就一两万个。之前我在这里已经找了几个月，找到了几十条线索，从今天开始，我们大家一起找，只要努力找，就肯定能找到我们的孩子，带他们回家！”

随后我们便开始一起在紫金县各处张贴寻人启事。

在相当长的一段时间里，我们把寻找目标放在了紫金县的各个中学里，申聪被拐已经 12 年了，算一算时间，他应该上初中了，其他几个孩子年龄也跟申聪差不多，大一点的可能会上高中。于是，一到孩子们放学的时候，我们就一头扎在孩子们中间，希望他们中能有我们的孩子。

寻找了一段时间未果后，其他几个家庭的家长也因为各自的事情，陆陆续续回去了，我又变成了孤身一人。那个时候，紫金县的中学生几

乎都知道，一到上下学的时候，就会有一个父亲，在学校门口疯狂地寻找他的儿子。

我先在初中发寻人启事，初中发完了就去高中发，高中发完了再找职高、技校发，到后来甚至把小学也发了，我估摸着学校基本上都被我分发一遍了，于是我开始调转方向去寻找“梅姨”!

张维平一审的时候交代说申聪的买家是“梅姨”带来的，只要找到“梅姨”就能知道申聪在哪里。而且张维平还提到，在紫金县水墩镇某村，有一个老汉曾经与“梅姨”同居，而他是在增城经过其他两个老汉的介绍认识的“梅姨”。

顺着这条线索，我拿着广东增城警方公布的“梅姨”模拟画像到了水墩镇某村。这里是一个四面环山的小村子，进出村子的路不多，鲜有人路过，有一种与世隔绝的感觉。到了那里，我感觉进入了另一个世界，没有办法跟任何人交流，要么他们说的话我听不懂，要么就是无论我怎么问他们都不理我。

眼看寻找“梅姨”和那位老汉的进展就要陷入僵局，中央电视台的一位记者联系到了我，想就广州中院开庭审理张维平、周某平案对我进行采访。我跟他说我正在紫金县找“梅姨”，记者同志当即表示要过来跟踪拍摄一些素材。当他们一行人到达水墩镇，发现我正遭到村民抗拒和排斥的时候，央视记者带着我去找到了村支部支书和派出所领导。他们表明了自己的身份，跟村支部书记和派出所领导说：“如果你们这样为难一个苦苦寻找孩子的父亲，你们这里的全部行为我们都会拍下来，回去我们就这么播放出来!”

村支部书记和派出所领导一听，慌了神，立刻就把我们带到那个老汉的家中。

2017 年 11 月 15 日，那是我第一次见到这位曾经和“梅姨”同居过的老汉，他一米七左右的身高，瘦瘦的，皮肤黝黑，满脸皱纹，基本上

烟不离手。经过与老汉的交谈我了解到，他以前结过婚，有儿女，后来妻子去世了，在 2005 年前后，经别人介绍，他和“梅姨”相识并同居了，断断续续有两三年的时间。因为两人只是搭伙过日子，所以他对“梅姨”的身份并不了解，只听“梅姨”自己说名叫“潘冬梅（音同）”，不知道是真是假，而且“梅姨”也没有留下任何的影像、照片，至于现在“梅姨”去了哪里，他也不知道了。“梅姨”离开后，这个老汉又找了一个老伴儿，因为老汉只会说客家话，所以我们跟他交流，都是靠他现在的老伴儿和儿媳妇来翻译。

经过一番交谈，我们并没有在老汉身上获取到关于“梅姨”更多有价值的信息。离开老汉的家后，我继续在村子里张贴“梅姨”画像和寻人启事。正贴着，有个老头叫住了我，向我要了一张寻人启事。老头离开后没多久，他就给我打来了电话，他的话我几乎听不懂，但大致能听出来，他见过“梅姨”，并且要提供线索。

我和他约定在村里一个偏僻的小路上碰头。那时候央视的记者还没有走，我把他们也请了过去，他们帮我找了一个懂客家话的村民做翻译一起赴约。见到老头后，他说了一大堆，最后他跟我们说，那个和“梅姨”同居的老汉知道“梅姨”在哪，让我们去殴打那个老汉，逼问“梅姨”的下落。除此之外再没其他有用的线索。我们当然不能随便动用“私刑”，于是便打发老头先回去了。

没过多久，又有人加我微信，跟我说：申大哥，“梅姨”已经不在紫金县了，而是在隔壁的和平县。

随后，这个人还发给我一张照片，上面是一个五十多岁的妇女，照片中的女人穿着红色短袖，微胖，个子不高，一头短发，小眼睛。他说，这个就是“梅姨”！

眼看对面传来了照片，而且语气如此肯定，让我一下子感觉到，这条信息的可信度很高。我立刻又找到刚才给我们支招儿的那个老头，给他看了照片，问他这个是不是“梅姨”。老头盯着照片看了一会儿，突然脑袋跟捣蒜似的一个劲地点头，激动地说：“是是是，快点抓她。”之后他还问我：“是不是悬赏抓她？你告诉我她在哪，我去抓。”

我看这老头的神情不像是在说谎，我非常兴奋，心想，如果这次真的能够抓到“梅姨”，那么找到申聪就指日可待了。

但经过这段时间对“梅姨”的追踪调查，我也意识到这个人贩子狡猾得很，抓“梅姨”光凭我一个人的力量恐怕不行，我再次联系了上官正义、孙海洋和其他几个寻子家长过来帮忙。

我和孙海洋一起，请哪位老头吃饭，给他买了很多烟，想通过更多的交流，核实信息是否真实。

等上官正义和家长们赶到后，我们详细地做了分工。孙海洋和几名家长负责在“梅姨”同居老汉家中拖住他，其一是因为如果得到了妇人清晰的影像资料，可以第一时间让老汉辨认，其二，如果老汉没有说实话，私下里其实还和“梅姨”有联系，那也能防止老汉给“梅姨”通风报信。上官正义则带着几名家长去打探那个女人的情况。我则带领其余的家长埋伏在老妇家附近，只要能够确认她是“梅姨”，我们就立马冲出去把她困住，交给警方。

行动那天，我的心紧张得“扑通扑通”乱跳，虽然我走在路上十多年了，但如此配合度高、分工明确的行动，还是第一次，更何况这个人还是跟申聪有直接关系的。

我们拿着照片，根据线索找到了那个老妇的住处，提前打听到她平时是以给别人介绍对象做媒人为营生，偶尔还会给人算命看相。这些信息也与张维平的供述相吻合，这让我们更加兴奋。

我和上官正义来到老妇的摊位前，上官正义试探性地跟她攀谈起来，让她算个命，看看他何时能够结婚，还让老妇帮忙给他介绍对象。上官正义和这个老妇聊得很投机，本来她算命只需要 20 元钱，我们给了她

50 元，老妇拿到钱后很高兴，同意了跟我们合影留念的要求。

拿到了合影照片后，我们立刻传给守候在“梅姨”同居老汉家中的孙海洋手上，同居老汉仔细地看了看照片，摇了摇头，说跟“梅姨”不太像。他的否定，让在他家的同伴们也很着急，让老汉好好想想，但老汉还是坚持说，照片里的妇女不像“梅姨”。

这让我们犯了难，没办法，我只能又把照片传给了专案组，专案组很重视，火速提审了张维平，让他辨别照片上的老妇是不是“梅姨”，可是张维平也说不是“梅姨”。

专案组的民警怕张维平说谎，当即安排查询了这个老妇的信息和行动轨迹，后来发现这个老妇虽然的确曾在紫金县生活过，但没有在增城居住过的痕迹，所以基本可以排除她是“梅姨”的可能性。

这个消息传到前方，我和同伴家长们都很失望。大家准备了十几天，都以为这次终于找到“梅姨”了，没想到还是落空了。这些前来帮忙的寻子家长，大多并不是张维平案的涉案家庭，但他们的孩子也是在广州被拐的，他们都希望能够找到“梅姨”，这样说不定连带着能有自己孩子的线索。

虽然最后大家什么都没说，但那种失望感是明显可以感受得到的。在回去的路上，我给大家鼓劲说：“没关系，我们还要继续寻找，一定会有希望的。”

后来，我和几个家长又在紫金县继续找孩子，还去了蓝塘镇。我们四五个人并肩而行，在蓝塘镇找了一段时间，又搜集了好几个被拐孩子的信息，我们把这些信息汇总整理后都交给了警方。遗憾的是，这里面没有申聪，也没有另外几个家长的孩子。

对于寻子家长来说，有的时候就是这样，你很努力地去找，找到的都是别人的孩子，自己的孩子却始终没有消息。但我们觉得，这仍然是一种慰藉，毕竟能够让一个家庭团圆，也是一份功德。

对于那些被拐卖孩子的信息，有的寻子家长认为应该通过媒体公布出去，毕竟买卖人口这么猖獗，当地政府和司法机构是有责任的；也有家长觉得，买卖孩子的恶习不是一朝一夕能够改变的，多一事不如少一事。

最后经过大家商议，我们还是找到了当地的媒体，但最终这些信息并没有被报道出来。至于是什么原因，我们心里也很清楚，也能理解。

就这样，我们一边寻找“梅姨”，一边找孩子，很快就到了腊月，距离 2018 年的农历春节已经越来越近，最后几天我们都病倒了。

当时为了节省开支，我们四五个家长住在一间没有窗户的房间里，房间很小，只有两张床，而且非常阴暗潮湿。本来大家心情就都不好，憋着火，每天又为了找孩子耗费很大的体力，各种原因交织在一起，结果交叉感染都得了重感冒，没办法，只能先各自回家过年……

其实我是很不想回家的，为了找申聪和打官司，家里已经家徒四壁。每次回到家，推开家门的那一刻，我的心理压力都特别大。一次次空手而归，我不知道怎么跟妻子和父母交代，怎么去面对两个与我逐渐陌生的儿子。有时候，我甚至感觉，我在家和不在家没什么两样。

这次回家主要也是几个原因促成：一是身体原因，在广东得的重感冒一直没有好转，已经没有体力再去街头张贴寻人启事了；二是手上的钱又花光了，只能先回家，等想办法筹到钱再继续找申聪；三是临近春节，也正好陪晓莉和帅帅、奇奇过个春节，虽然这个春节对于我们家来说依旧不完整；四是在我们上次抓“梅姨”行动的前几天，央视《等着我》节目发来邀请消息，让我去录一期寻亲节目，节目组的导演让我回济南准备几件比较得体的衣服，说这样拍起来会上镜一些，况且那时已是冬天，广州和北方的气温相差甚大，我即将前往北京录制节目，自然也不能穿得太单薄。

自从抢走申聪的人贩子落网，晓莉的精神状态也好了很多，因为她感觉人贩子都抓到了，那申聪肯定就快回来了。内心的希望往往是治愈疾病的一剂良药，这一点我是始终相信的。同时老二、老三也在慢慢长大，两个儿子已经可以帮妈妈化解一些忧愁了。为了分担家里的压力，晓莉也开始断断续续地出去打工，白天在酒店做保洁工作，晚上在家照看孩子。

刚从紫金县回来的那几天，每天我都会接到很多信息，这些信息我都会仔细地查看，一点一点地分析细节，有时候看得太入迷就会忘却了时间。

有一天，我像往常一样全神贯注地看消息，猛然一抬头，发现窗外天色已黑，而我本应该去接帅帅和奇奇放学的，也都忘记了，而此时他们还没有到家。

我匆匆忙忙跑下楼，准备去学校接他们，然而刚跑到小区外的超市门口，我看到帅帅和奇奇两个人手拉着手，背着书包从远处走了过来。

当时，帅帅已经上六年级，奇奇上四年级，两个孩子的书包都很沉，他们弯着腰，驼着背，那个样子，像极了两个承载生活重担的小大人。我赶紧跑过去跟他俩说："爸爸忘了去接你们了，把书包给爸爸拿着吧。"

我伸手去拿两个儿子的书包，他们却没有把包放下，帅帅抬头看了看我，笑着说："没事，爸，背得动，我们经常自己走回来。"说罢便牵着弟弟的手继续往家的方向走。

虽然这句话说得轻描淡写，两个孩子也没有表达出任何委屈的意思，但我的心里还是一阵酸楚。别人家的孩子都是车接车送的，我家没有车，也没有人接，甚至连公交车孩子都没钱坐。我没有问过两个孩子这些年来是什么感受，因为我自己知道，作为父亲，我亏欠他们太多，他们的童年时光缺少了太多父爱。我不敢想象，如果申聪再找不到，如果我再不回归家庭，即将步入青春期的帅帅和奇奇不知道会走向何种道路。

就这样，我跟在两个儿子后面，一手拎着一个书包顶端的提手，想要帮他们减轻一些重量。看着两个孩子的背影，我始终不敢抬头，因为

我怕他们一转头见到我眼中强忍着的泪水。进了家门，我背着身跟两个儿子说："你们回屋写作业吧。"说完，我也回到了卧室里，关上卧室门的那一刻，我愧疚的泪水再也忍不住了，不停地往外流。

第二天，我去给他们各自办了一张公交卡，里面充了点钱。我跟两个儿子说："以后要是爸爸妈妈没去接你们，就坐公交车回来。"

命运可能就是这样，往往在你濒临崩溃的时候又会给予你希望。2018年春节期间，我的手机一直响个不停，广东那边不断传来新的线索，来自紫金县的尤多。这说明，我之前张贴和发放的寻人启事有效果了。

这些热心市民给我提供线索，让我又一次燃起了希望。我的家庭，我的妻子和两个孩子，他们陪我吃了那么多的苦，不就是希望申聪早点找回来吗？现在有这么多好心人帮助我，我感觉离申聪越来越近了。这就好像长跑，我不能在撞线的最后一刻放弃，尽管我不能确定，距离终点到底还有 100 米还是 1000 米，但我确定，已经很近了。

春节刚过完，我又踏上了去广东的路程，目标还是河源市紫金县。

自从张维平供出申聪被卖到紫金县，我几乎把紫金县给翻遍了，前前后后张贴和发放了二十几万份寻人启事，如果按照当时紫金的人口数和家庭数来计算的话，平均每三四个人就应该有一个看过我的寻人启事，每两个家庭就有我的一张寻人启事。

就这样，我成了紫金县的"名人"，在县城几乎没有人不认识我，很多人见到我就跟我打招呼。他们可能不知道我叫申军良，但他们知道我是一个在寻找儿子的父亲，我的儿子叫申聪，被拐已经 13 年了……

恶贯满盈终有报

2018 年 10 月 24 日晚上，我接到广州市中级人民法院的通知，告知我将在 10 月 26 日补充审理张维平等人。当时我正在济南，可能无法在

一天之内赶到，便问法官能否延后开庭。法官也知道我很不容易，便让我坐飞机过去，他们书记员告诉我，他们负责报销。

直到我坐飞机到达广州后，我才知道，原来是那个法官要自掏腰包给我报销机票，我赶忙拒绝了他，他的好意我心领了，也非常感激，但这样于情于理都不合适。

2018 年 12 月 28 日，广州市中级人民法院对张维平、周某平等五名人贩子进行了公开宣判：

“被告人张维平、周某平、杨某平、刘某洪、陈某碧拐卖儿童，其行为均已构成拐卖儿童罪，依法应予惩处。其中，被告人张维平参与拐卖儿童九人、九宗，被告人周某平、杨某平、刘某洪、陈某碧参与拐卖儿童一人、一宗。公诉机关指控的犯罪事实清楚，证据确实、充分，罪名成立，法院予以支持。在共同犯罪中，被告人周某平、杨某平、刘某洪、陈某碧使用暴力手段入户强抢儿童一人，后交给被告人张维平贩卖；被告人张维平、周某平、杨某平、刘某洪均起主要作用，是主犯，依法应当分别按照其所参与的全部犯罪处罚；被告人陈某碧起次要、辅助作用，是从犯，依法应当从轻或者减轻处罚，根据被告人陈某碧具体犯罪事实、情节和危害后果，本院决定对其从轻处罚。被告人周某平是犯意的提起者，事前伙同同案被告人密谋策划、准备犯罪工具，具体参与入户强抢被害人的行为，后又将被害人交给被告人张维平贩卖，作用最重要，犯罪情节特别恶劣，给当地群众的安全感造成极大危害，依法应予严惩。被告人张维平曾因拐卖儿童被判处有期徒刑，刑罚执行完毕后，在五年以内再犯应当判处有期徒刑以上刑罚之罪，是累犯，依法应当从重处罚。被告人张维平拐卖儿童人数多，时间长，被害人至今均下落不明，主观恶性极深，社会危害性和人身危险性极大，情节特别严重，影响特别恶劣，后果特别严重，依法应予严惩。其归案后虽供述了部分罪行，但不足以对其从轻处罚。依照《中华人民共和国刑法》第二百四十条第一款第（二）项、第（五）项，第二十五条第一款、第二十六条第一款、第四款，第二十七条，第六十五条，第五十六条，第五十七条，以及《中华人民共和国刑事诉讼法》第九十九条第一款、《最高人民法院关于适用〈中华人民共和国刑事诉讼法〉的解释》第一百五十一条之规定，判决如下：

被告人张维平犯拐卖儿童罪，判处死刑，剥夺政治权利终身，并处没收个人全部财产。

被告人周某平犯拐卖儿童罪，判处死刑，剥夺政治权利终身，并处没收个人全部财产。

被告人杨某平犯拐卖儿童罪，判处无期徒刑，剥夺政治权利终身，并处没收个人全部财产

被告人刘某洪犯拐卖儿童罪，判处无期徒刑，剥夺政治权利终身，并处没收个人全部财产。

被告人陈某碧犯拐卖儿童罪，判处有期徒刑十年，剥夺政治权利三年，并处罚金人民币三千元。

驳回附带民事诉讼原告人申军良、于晓莉的诉讼请求。”

在法庭上，当我听到法官宣告周某平、张维平死刑，其他人贩子都得到严惩时，积压在我胸口 13 年之久的怨气终于得以释放，我觉得法官判得非常公正，这两个人，一个是策划抢走我儿子的人，一个是最终出手把我儿子卖掉的人，他们罪大恶极，死有余辜。

尤其是张维平，他曾两次因拐卖儿童坐牢，依然不知悔改，在服刑后继续拐卖儿童，这次一连让 9 个家庭骨肉离散，还直接导致被拐儿童杨家鑫的父亲自杀，以及包括我妻子于晓莉在内的多名家长患上了精神疾病。这样的恶魔，不杀，不足以平民愤，不足以彰显法律的威严，不足以昭示人间的正义。

杨某平和刘某洪无期徒刑，我觉得法院判得也很公正，这两个人虽

是帮凶，但他们对我的妻子实施了暴力捆绑，并且将密不透风的塑料袋套在我妻子头上，如果不是我妻子及时挣脱束缚，险些造成窒息，而且他们直接把我儿子从家里抢走，罪行简直罄竹难书。他们此后的一生将在高墙内度过，再无自由，这是罪有应得，咎由自取。

然而，法院并未支持我和妻子提出的刑事附带民事赔偿请求。驳回的理由，判决书中是这么写的："按照相关规定，附带民事诉讼只赔偿被害人由于被告人的犯罪行为所遭受的物质损失。本案中，被害人申某至今下落不明，其所受损失情况目前无法查明，因此被害人申某的父亲申军良、母亲于晓莉不能以法定代理人的身份提起附带民事诉讼；但是，本案被告人在强抢被害人申某时，强行捆绑、控制住申某的母亲于晓莉，期间致于晓莉一定程度的伤害，于晓莉本人作为被害人，有权提起附带民事诉讼。因此，申军良不是本案附带民事诉讼原告人的适合诉讼主体，应驳回其所提出的附带民事诉讼请求；同时，于晓莉作为本案的附带民事诉讼原告人，因其未提供相关的诊断证明或者医疗费票据等证据，证明其当时所受损伤、误工或者所产生的交通费用情况，其所提出的附带民事诉讼请求依据不足，应予以驳回。"

对于这一点，我是有异议的。因为我坚信我提出的民事赔偿请求是有充分依据的。

周某平一伙破门而入抢走申聪，对我们一家造成的伤害，远不止作案当天对我妻子实施的捆绑、套头、抹药等恶劣行为，还应包括后续给我们一家人造成的精神伤害和家庭剧变。所以我认为精神抚慰赔偿也是必不可少的部分。

而且在我长年寻找申聪的过程中所产生的交通费、住宿费、寻人启事印刷费等实际费用，我更要主张索赔，这些都是实打实的开销，是人贩子犯罪后直接造成的损失。若没有这个事情的发生，现在我的家庭完全是另外一番模样，我和我的家人，特别是我的儿子申聪，都被这几个

人贩子改变了命运。

我从来没有想过要靠着民事赔偿发财致富，也知道这笔赔偿根本不足以弥补我们一家所失去的一切，但这是我的权利，更是对犯罪分子实施犯罪行为后应有的惩罚。

同时，我提出民事赔偿，也并不仅仅为了我自己。从“申聪被拐案”第一次开庭审理到宣判，很长的一段时间里，我和我的律师，以及许多记者朋友们曾反复交流过。大家普遍认为，法律的作用除了惩戒罪犯外，更应该去避免犯罪行为的发生。

人贩子为图暴利而拐卖儿童，那么除了刑法惩处外，赔偿受害家庭也是理所当然的。这既合乎情理，也契合法治与公义的要求，更能对拐卖人口这一犯罪行为起到警示作用。我们希望让所有人贩子在准备实施犯罪前，都去给自己算一笔账：为了几千块钱的蝇头小利，不仅自己会面临牢狱之灾，还会把自己赔得倾家荡产，那么他们就很有可能会收敛恶念。所以如果只针对他们作案过程中的行为来认定损害程度和赔偿标准，显然是不合理的。

宣判结束当天，我的心情很复杂。一方面是对几名案犯的刑事判决感到欣慰；另一方面是对民事赔偿被驳回感到不甘。然而更重要的是对申聪下落感到迷茫。我认为张维平必须死，这是他罪有应得，但他真的将所有的作案细节都交代清楚了吗？如果他真的被执行死刑了，是不是就不会再有关于申聪的任何线索了？那我又该去哪里找申聪呢？

一方面，面对确确实实的损失，以及这 15 年里巨额的花费，我们理应向人贩子提出相应的赔偿；另一方面，当时在拐卖妇女儿童案件中，支持刑事附带民事赔偿的案件并无先例，但先例也是人通过合理的途径争取来的。我愿意为众多寻子家长迈出这重要一步，鼓励他们提出自己合理的诉求，为打击拐卖儿童尽一份力。经过与律师商议，我当庭表示上诉。

按照规定，如果提起上诉，我需要在七个工作日内提交关于刑事附带民事上诉书，所以我从法院出来后急急忙忙地赶回济南，请律师开始准备上诉的相关材料。

在家等待的那几天，正好一个亲戚来看望我。聊着聊着，他拿出手机，建议我下载一个抖音短视频软件，他说这款软件现在用户很多，许多寻子家庭也借助这个软件直播寻找失踪的孩子。申聪的案件备受关注，我或许能在抖音上找到新的线索。

在亲戚的帮助下，我下载了抖音软件，那是我第一次接触直播，也是第一次在自己的账号里露面，将我的经历和案件的情况告知给网友。很多人在上面点赞和留言，很多弹幕都在给我加油鼓劲，看到这些鼓励的话语，我的心无比温暖。

一切准备就绪，我再次来到广东，把上诉状和材料递交给了法院，然后马不停蹄地赶往紫金县，又去了“梅姨”居住过的地方。

我当时想，张维平已经被判处死刑，之后也很难再有更多关于“梅姨”的线索了，要想找到申聪和那 8 个孩子，只能依靠我们自己了。

在寻找“梅姨”的过程中，当地有几个年纪大的妇人已经跟我比较熟悉了，她们七嘴八舌地议论着“梅姨”，说她们印象中的“梅姨”和我手中的模拟画像不是很像。我反复跟她们核实画像中“梅姨”的相貌和特征，她们也说不上来“梅姨”具体的样子，只是一个劲地摇头。

那天晚上，我又跑到那个曾跟“梅姨”同居过的老汉家里，让他帮忙辨认画像中的“梅姨”到底像不像，老汉看了也直摇着头说不像，我问他：“哪里不像？”

他摇着头说：“哪里都不像。脸型就不像，没有这么瘦。”

这不禁让我陷入了思考，我其实也一度怀疑，老汉和村民们所说的“梅姨”到底是不是张维平口中的“梅姨”。

后来经过我与老汉多次交谈得知，老汉在与“梅姨”同居期间，还

见过两个跟“梅姨”有关联的人，一个人自称是“梅姨”的女儿，另一个人则是张维平，“梅姨”曾经把他俩带到过老汉家中。由此可以断定，张维平所供述的“梅姨”的确是存在的，但是到底谁对“梅姨”相貌的描述更准确，我们目前还无法断定。

这个重要信息我迅速反映给了专案组，后来又坐车去了增城，找到专案组的领导，希望他们可以解决这个事情。我跟他们说，见过“梅姨”的人大多都说画像不像，那这画像就没有意义了，没办法通过它找到“梅姨”，案件也就没办法继续推进，我也就没办法找到我的儿子。

专案组也将这个事情向上进行了汇报，上级领导表示会重新绘制一张“梅姨”的画像。

新画像上的“梅姨”跟之前完全不同，脸圆圆的，小眼睛。我曾经问过那个老汉和村里的老妇，这回画像中的人像不像“梅姨”，他们都说有七八分相似了。

专案组拿着画像进行了排查，一方面去找“梅姨”曾经接触过的人，另一方面则是用一种最先进的“人脸识别”技术手段进行比对。从那时起我也第一次知道了“人脸识别”这一高科技技术，更没想到的是，这一技术最终促成了我们一家的团圆……

时间来到了 2019 年 11 月中旬，众多权威媒体纷纷跟进报道申聪的案件，大家都迫切地想知道“梅姨”长什么样子。“梅姨”的画像发布之后，引起了社会广泛的关注。《人民日报》《央视新闻》《南方都市报》等各大媒体纷纷转发，寻人公益组织“CCSER 儿童失踪预警平台”也在微博上转发了画像，并将“梅姨”的黑白画像和彩色画像拼接在一起，呼吁大家共同寻找“梅姨”。

“CCSER”这个公益组织的创办者名叫张永将，他以前是一名公安民警，他的儿子曾经走失过，虽然很快就被找了回来，但他通过自己的亲身经历体会到警方在儿童失踪案件过程中的力不从心。后来，他四处

调研，引进了一套预警机制，借助互联网技术和地理信息系统的支持，形成了一个手机端的儿童失踪预警系统，帮助很多走失儿童的家庭找回孩子。

此前张永将也曾编辑采访过申聪的案件，他把我的经历写成文章发布出去，反响热烈。这次他转发了“梅姨”的黑白和彩色拼接画像，瞬间被大量传播，一时间，“梅姨”的画像刷爆了互联网，朋友圈、微博等社交媒体上到处都是她的身影。

这种刷屏是我未曾预见到的。那一两天，我只要打开朋友圈或微博，十个人里就有七八个人在转发“梅姨”的画像，各种资讯客户端推送的弹窗消息也都是“梅姨”的画像。

那几天我的手机似乎快要爆炸了，接到的都是有关“梅姨”的消息，全国各地的都有，近的有广东的，远的甚至有新疆的。

各地的公安机关也纷纷接到类似有关“梅姨”的线索，有湖南的、四川的、河北的、辽宁的、浙江的……公安机关相继“抓获”了好几个疑似“梅姨”，当然里面也不乏参与、实施拐卖行为的人贩子，但经过深入调查核实后，都不是申聪案中的“梅姨”。

说实话，我当时看到这种势头，我是有些紧张的，但更多的是兴奋和期待。那种感觉就好像小时候看革命战争片一样让人热血沸腾，寻找人贩子“梅姨”似乎演变成了一场全民参与的打拐斗争。我觉得，如果全中国能有更多人一起来找“梅姨”，那么这个可恨的人贩子一定无处遁形，抓到她只是时间问题。

世间冷暖映沧桑

参与拐卖申聪的 5 名人贩子刑事判决已经出来了，对于民事赔偿我也递交了上诉书，在等待后续开庭的时间里，我再次踏上追踪“梅姨”

和寻找申聪的路程。

这个时候，我只能按照张维平所说的，前往紫金县汽车站旁边的那个饭店，尝试找一下当年参与饭局的那个老板。

2019 年 6 月 25 日，我到达紫金县，当来到张维平所供述的地址时，却没有看到什么饭店，我又在周边转了一大圈，依然没有找到他说的那个饭店。难道张维平又说谎了？他又在耍什么阴谋诡计？

后来我经过多方打听才知道，15 年前，汽车站旁边的确有一家饭店，那家饭店算是当时紫金县比较有名的一家，去那里吃饭的都是当地非富即贵的人。听到这些，我突然萌生了一个想法，既然当时来这里吃饭的都是县上的有钱人，那我想要找到饭店的老板，是不是可以先从那些有可能当时在那里吃过饭的富贵人家入手。

想到这里，我赶紧通过各种关系，找到了一位在紫金县做生意的大哥。这位大哥比我大几岁，知道我走在路上 15 年的寻子的经历后，觉得我很不容易，愿意帮我。

他说，自己以前经常在那个饭店吃饭，跟饭店的老板也认识。那个饭店原本开得不错，但后来因为老板嗜赌，把家业都输光了，饭店也转让了，现在那个老板在一个小巷子里开了个小餐馆维持营生。

他约上了几个朋友，带了几瓶好酒，去那个小餐馆里吃饭，想先去探探口风，看看能不能打探出什么信息。

当天晚上，他们一行人便去了那个小餐馆，吃着吃着就把老板叫了过来，拿着几瓶高档酒，让老板陪着喝。随后就借机跟老板聊起来，说最近紫金县大街小巷贴满了一个叫申军良的找孩子的寻人启事，上面写着孩子就是在你以前的饭店被卖掉的，你知不知道这个事情？

据大哥回来跟我说，当时饭店老板听到他的话，先是愣了一下，几秒钟没说话，然后才说“不知道”。接着无论他们怎么问这件事情，这个老板都是只有三个字——“不知道”。

我把饭店老板的信息告诉了警方，警方也去找过他几次，但他都是一问三不知。问起他有没有跟人贩子或者买家吃过饭，他只说自己做生意，有客人都会应酬一下，这是常态。

那段时间已经临近年底，我想着这样下去也不是办法，总要有个结果。警方问不出来，朋友探不出来，我就自己去找这个饭店的老板。

这个饭店老板比我大十几岁，瘦瘦矮矮的，是个典型的广东人。我找到他店里时候，直截了当地跟他说，我叫申军良，2005 年的时候，在他开的饭店里，我的儿子申聪被卖掉了，人贩子说你和买家很熟悉，还一起吃了饭，你能不能告诉我买家是谁。

最终饭店老板还是没有松口，他说 2005 年的时候，他已经把饭店盘出去了。

这条线索暂时算是断了。饭店老板三缄其口，“梅姨”又找不到，张维平提供的线索又回到了原点。

2019 年，我真的能够感觉到申聪已经离我很近了，当我满大街张贴寻人启事时，申聪的身影仿佛就在我的眼前晃动，但当我试图触碰时，却又消失得无影无踪。

与此同时，小儿子们也在悄然成长。以前两个小儿子还小，除了生活必需品，没有其他的需求。但现在不一样了，无论是物质上，还是心理上，都需要更多的关心，即便他们自己不说，我也能察觉得到……

记得那是 2019 年 10 月的一天，我难得回一次济南，正在家中整理线索，突然，家门被急促地敲响。我打开门一看，二儿子帅帅回来了，后面还跟着七八个孩子，好几个都叼着烟，有的比他年长，十七八岁的样子，有的稍显稚嫩，十三四岁的样子。他们进门就说，帅帅偷了他们的自行车。

我转向帅帅，询问事情的原委。他解释说，他在对面小区的草坪上发现了一辆被遗弃的破旧自行车，他把它推回家，并让爷爷帮忙修好了。

为了这辆车，爷爷还花了一百多元钱。然而，当帅帅骑着修好的自行车外出时，却被这群孩子误认为是偷了他们的车。

虽然我不常在家，但帅帅的品性我是知道的，家里就是再困难，偷东西这种事情我申军良的儿子也不会干。我当时就跟这帮小子说：“我自己的儿子我知道，你们去问问我们小区楼上楼下的邻居，小区里种着那么多果树，我儿子偷摘过一个没有？你们再去问问他的老师同学，我儿子捡到同学的东西，是不是都交给老师？你们现在说他偷自行车，不可能！我不信！”

我转身问儿子，到底是怎么回事。帅帅说，他去隔壁小区找同学玩的时候，看见小区的草坪上有一辆破旧的自行车，废弃在那里很长时间了，车把上的塑胶套只剩一只，车胎也已经瘪了，车轱辘也变形了，显然是一辆没人要的废弃自行车，于是他就把车子推了回来，恰好当时爷爷在家，就让爷爷修了修。没想到被这群孩子看到，他们一群人拦住帅帅，非说这自行车是偷他们的。

了解了事情的原委后，我心中忍不住一阵酸楚，对于帅帅来说，他只不过想拥有一辆属于自己的自行车，可我这个爸爸却只能看着他去捡别人废弃的车子。虽然我相信帅帅说的这辆自行车是别人废弃的，但它终归也不属于我们家。

我报了警，警察也很快赶到，最终警察同志也提出了同样的方案说：“那自行车不是废弃的吗，那就在哪儿捡的放回哪儿去就好了。”随即就把那帮小子轰走了，之后我把车子放回到了帅帅捡到它的地方。

我原本以为这件事情就这样过去了，可几天后的一个晚上，我在家等孩子放学回来，帅帅却一直都没回家。等到晚上八点多，天都黑了也没有回来。猛然间有一种不好的感觉出现在我的脑海中，帅帅不会也被拐走了吧？

我赶紧起身下楼去找，从小区找到学校，从学校又找回小区，来来

回回找了两个多小时都没见到帅帅的身影。此时的我已经吓坏了，心想，我已经丢失一个儿子了，老天爷你现在不会让老二也离开我吧？

正当我踉踉跄跄地赶回家，准备打电话叫全家人去找帅帅的时候，帅帅自己回来了。他背着沉重的大书包刚一进门，我立刻一步冲上前去，双手狠狠地按住他的肩膀吼道："你上哪去了？怎么十点多了才回来！"

帅帅低着头，略带哭腔地说他自己放学走到小区门口的时候，看见上次那几个小孩在小区里转，他特别害怕，怕这帮不良少年又来找茬儿，于是就在院子里找了个漆黑的角落躲了起来，躲了好几个小时，直到天黑，那些孩子走了他才敢出来。

听完帅帅的话，我愣了许久，双手也没有了力气，也不敢再去吼他。我能理解孩子的委屈，当时在济南，像他这么大的孩子几乎都有自行车骑，而他没有，甚至我们家都没有，帅帅自己捡了辆废弃的自行车，还被人冤枉和侮辱。这件事情不仅伤害了帅帅的自尊，也深深地刺痛了我的心。

这让我不得不再次反思自己。我常年不在家里，不在孩子们的身边，只有妈妈陪着他们成长，可以说我们家跟单亲家庭已经没有什么两样，孩子不仅是孤独的，而且还缺乏勇气。虽然我相信儿子，更想保护儿子，但在他的心里，对我这个爸爸又是一种怎样的感觉呢？

同样还是在 2019 年年底那次回家，赶上小儿子奇奇的学校要开家长会，碰巧那天晓莉要上晚班，于是从来没有给老三开过家长会的我，第一次以父亲的身份去参加他的家长会，结果到了班里才知道，奇奇那次考试成绩比较突出。

班主任老师让我上台分享教育孩子的经验，当我走上讲台的那一瞬间，我的头脑里完全是蒙的，因为我自己知道我算不上一个合格的父亲，很少在家的我都难得和小儿子说几句话，更谈不上辅导他学习了，这个成绩完全是儿子靠自己努力得来的。最后我站在讲台上，费了好大一会

儿工夫，才一个字一个字地蹦出来："我没有辅导过孩子，都是孩子自己学的。"老师还以为我是谦虚，其实我是真不知道。

后来班主任老师私下跟我说，奇奇的成绩很好，所以一直想让他当个班干部，但他似乎缺乏一些勇气。听到老师反映的这个事情，我很内疚。我当然知道做班干部对孩子来说是一次很好的锻炼机会，但我也知道小儿子为什么会这样。长期处在一个并不算完整的家庭中，他始终缺乏安全感，所以性格变得如此内向。

经过这几件事后，我的心里是挣扎的，到底是要继续找下去，还是回归家庭，照顾两个孩子、父母和晓莉。过去的 15 年里，我从没有这么纠结过。但是随着时间的推移，老二和老三一天天长大，即将分别步入高中和初中，父母双亲也在一天天老去，晓莉也不像年轻时那样精力充沛，充满干劲。

可偏偏这个时候，又是申聪离我最近的时候，我已经找到了他被卖掉的地方，咬着牙再往前走一步，申聪可能就回来了。但是，如果还是没有结束呢？我还有能力往前再走一步吗？谁又能告诉我一个答案呢？

正当我一筹莫展、踌躇不决的时候，专案组那边传来了一个好消息，张维平拐卖的 9 个孩子中，有两个孩子通过人脸识别技术找到了！

专案组的领导第一时间给我打来电话，他说："申军良啊，申聪的事情你别着急，我们既然能比对出这两个孩子，那就证明方法和方向是正确的，相信申聪也肯定会很快找到。"

从话筒里可以听出来，专案组领导的语气显得非常兴奋，我同样也很高兴，一方面，找到两个被拐卖的孩子，就意味着又有两个家庭终于可以团圆了；另一方面，就像专案组的领导所说，方法和方向对了，之后寻找其他孩子也会事半功倍。

回到住处以后，我躺在床上，十五年来的经历像电影一样在我的眼前展现。从我接到晓莉的电话，到我通过"卧底"去珠海寻人，再到在深圳被抢、被抓，而后我们搬到济南，给温总理和陈主任写信，得到公益组织、媒体朋友的帮助，然后“斜眼儿”周某平落网，张维平供出了“梅姨”……不能说品尽人间疾苦，也可以说是历经冷暖百态了。

申聪刚被抢的时候，我的同学、同事、老乡、亲戚都帮我四处打听，有同事还请假帮我一起找。

比如赵路，他帮我找了那个“卧底”大哥，“卧底”大哥又帮我打探出了那么多的信息，每一条线索对我来说都是一份希望。

还有我的同学马红卫，有着自己的事业和家庭，但一次次地出来帮我找申聪，找“梅姨”。

还有帮助我联系到“打拐办”陈主任的张丹，都说上天眷顾善良的人，善良的她也在 2022 年找到了自己的亲生父母。

还有积极帮助打拐和寻亲的打拐志愿者上官正义，他不仅帮我，还帮了那么多寻亲家庭。

还有太多太多，不胜枚举。

都说滴水之恩，当涌泉相报。即便只是一句鼓励的话语，对我这个孤单前行的寻子父亲来说，也是一份恩情。

在增城的那一年零三个月里，虽然我没有找到申聪，但我深深地感受到了来自周围人的温暖和支持。后来在紫金县，我又遇到了许多给予我帮助的人。

记得那是 2017 年临近年底的一天，我和几个寻亲家长正在紫金县广场上发放寻人启事，有一位在旁边体育馆工作的大姐，看到我们顶着烈日、满身大汗，觉得我们这些家长太不容易了，就到库房里给我们拎了一箱矿泉水过来，我们把水喝完了，她又给我们拎了一箱。到中午的时候，还安排人给我们送来了盒饭。盒饭里的菜荤素搭配，对于当时的我们来说简直就是珍馐美味。

说到盒饭，可以说我走在路上的 15 年里，最可口的盒饭就是在紫金

县吃到的。那个时候家里已经是负债累累，我为了省钱，经常每天只吃两顿饭，而且大多数时候都是泡面。如果哪天赶上白天走路多，实在饿得不行了，就买个巴掌大的小面包垫垫，甚至去小吃店吃一份炒河粉，都已经算是改善伙食了。

当时有一个戴草帽的大姐，看到我整天在马路边张贴寻人启事，了解到我不舍得花钱吃饭后，就每天中午骑着自行车给我送饭。她每次都是把盒饭放在盖着布的车筐里，然后在我经常活动的区域找我，找到我时，大部分时候盒饭都还是温热的，而且几乎每次的盒饭都不重样，里面有菜有肉，十分丰盛。

大姐普通话不好，只会说客家话，我基本上听不太懂，但能猜得到她每次都会问我一个问题："吃饱了没有，够不够吃？"我在那附近贴了一个星期左右的寻人启事，在那一周里，我吃着大姐给我送来的盒饭，心里既温暖又感动。

但是很遗憾，因为语言的关系我无法跟大姐做太多的交流，更没有来得及很正式地感谢她。我曾经留过她的手机号码，但后来因为各地奔波，记录号码的本子也丢失了。直到今天，我的心里一直没有忘记大姐对我的帮助和恩情……

同样是在紫金县的时候，我为了尽快找到申聪，可以说任何能想到的办法我都要去尝试一下，甚至包括模仿广告贩子在楼道里塞小广告。

那时候每到一个小区，我就挨家挨户地把寻人启事塞到人家门缝里。说来也巧，其中有一户是县里一位领导的家。后来这位县领导给我打来了电话，询问了一下我目前的情况以及案件进展，他告诉我说："在紫金县，有任何问题，任何需要，都可以随时来找我，不要客气。"

随后的日子里，这位县领导多次邀请我去他那里做客，他也来我住的宾馆看过我。再后来，他觉得我住的地方条件实在太差，就安排人给我在好一点的酒店开了房间，并预付了半个月的房费。那个酒店的房间

宽敞明亮，比我之前住的小旅馆要舒服得多。但是我实在不好意思继续麻烦他，等半个月时间快到的时候，我提前跟酒店前台说，如果有人给我的房间续费，请千万不要收。房间一到期，我就赶快搬了出来。

转眼间临近春节，正是大家返乡过年，街上人头攒动的时候，可我的寻人启事却发完了。本来想去再多打印一些，结果发现打印店都放假停工了。无奈之下我只能再次麻烦这位县领导，得知情况后，他立刻帮我联系了一家印刷厂，印刷厂加班帮我印了几万份寻人启事。

总而言之，在那段时间里，这位紫金县的领导给予了我太多太多的帮助，我讲都讲不完。

在紫金县这个不大的县城里，几乎每一寸土地上都留下了我的足迹，也留下了我的记忆。这些帮助过我的人，我永远不会忘了他们的恩情。

如果有机会我再次去到广东，我想我一定会再去找找那位给我们送水的大姐、那位给我送饭的大姐、那位帮我解围的县领导……好好感谢每一位给予我鼓励和帮助的人。也许我无法用合适的语言去表达我的感激，但我还是想告诉他们，他们的每一份恩情，我申军良都铭记在心。

同舟共济大家庭

想到这些，我心里开始有一丝愧疚。有时候，人们对于陌生人的点滴帮助会铭记在心，但对于家人的帮助却显得很漠然，似乎他们的帮助是“理所应当”的。

这些年，我一直在外面找中聪，经济上负担很大，就像我在民事诉讼书里写的：

“原告人 2016 年 6 月经律师提醒才保留了部分票据，后在 2017 年 11 月广州市中级人民法院开庭审理过程中，因为法院告知孩子还没找到，不用提交票据，之后原告人就没有再保留票据。这一年零五个月保留的

票据总共金额有 205313.9 元，其中，打印寻人启事费 89270 元，住宿费 50274 元，生活伙食费 42308.5 元，交通费 13748 元，其他 9713.4 元。这些年每月与案件相关的开销需要 12000 元左右，现案发至今已 15 年，实际已开支 1979999.9 元，加上误工费、精神抚慰金等，总共 4813911.9 元。”

当然，这件事情给我们一家带来的打击不仅仅是物质上的。

每年一到申聪生日的那几天，晓莉就会全身疼痛，特别是头，痛得厉害，用她的话说是那种来自身体里面的痛，无论吃什么药，如何揉按，都不管用，经常在床上一躺就是一整天。这已经形成了一种规律式的反应。我知道，她其实就是想孩子了。都说“孩子的生日，母亲的苦日”，孩子的生日对于母亲来说自然是意义非凡的。十月怀胎，一朝分娩，母子之间的心灵相连，又岂能轻易割断？

回想申聪被抢之前，晓莉是个大大咧咧的人，特别喜欢聊天，对谁都是笑脸相迎。然而申聪失踪后，晓莉就像变了一个人，精神状态每况愈下，也不跟别人说话了，她用布帘子挡着床，整日一个人坐在床上，时而看着手掌发呆，时而号啕大哭，睡不着觉，半夜里也会突然哭出来，眼眶总是通红通红的。

再往后，晓莉的脾气也变了，变得特别暴躁，经常莫名其妙地砸东西、骂人，最严重的时候甚至产生了轻生的念头。我带她去医院做了检查，医生确诊是精神分裂症。对于这个结果，虽然我早有心理准备，但真正面对那张冰冷的诊断书时，我的心里还是被重重一击，只能感叹命运对我们一家的不公。

从那之后，晓莉的生活中便离不开药物。对于吃药，她是很抗拒的，我和母亲只能像哄小孩一样哄着她，虽然吃了一段时间的药，但情况依旧没有好转。

后来随着两个小儿子的出生、长大，让她有了继续生活下去的勇气，但能看得出来，晓莉心中对申聪的思念丝毫没有减少。而她，作为一个

普通的农村女性，却只能将这份思念强压在心底。

对于我年迈的父母，我更是深感愧疚。作为家中的长子，我并未尽到应有的孝道。自从我们搬到济南后，我一边要在表哥的厂里打工，一边要出门去找申聪，所以基本没有回过老家。除了我爸妈在农闲时候来我家帮晓莉带孩子之外，我就没怎么见过二老。对于他们在老家的生活，我更是一无所知。

直到 2018 年 6 月的一次意外，才让我知道父母这些年来是怎么过来的。

当时我正在广东找申聪，晓莉突然打来电话，说我岳母从房子上掉了下来摔伤了，好像比较严重，她让我赶紧回一趟老家看看。

于是，我从广东出发到了周口，下车后直接去了岳母家，了解到岳母当时是踩着梯子上房顶晾晒野菜，下来的时候不小心踩空了，滑了下来，虽然磨破了腿，不过好在医生说没有大碍，包扎后静养几天就好了。

岳母这边没事，我也就放心了，我想着反正回来了一趟，正好去看看我爸妈那边。第二天一早，我辞别了岳父母后，便开始往小申村赶。

刚刚进入村口，我就明显地感觉到村子和以前大不一样了，新农村建设得非常好，只要家里有点条件的，日子都过得比以前红火了。很多村民都已经盖起了二层小楼，外观看上去既干净又整洁。

就在这一幢幢鳞次栉比的小楼房中，有一栋明显比别人家矮了一截的破旧老屋显得尤为刺眼，没错，那就是我的家。谁又能想到 15 年前它还是村里最高最漂亮的房子。

走到家门口，大门是锁着的，爸妈都没在家，我想他们可能是去镇上买东西了，就坐在屋外的车棚里等他们。这个车棚就是 14 年前，为了停放那台收割机特意搭建的，如今收割机早已卖掉了，现在只放些柴火和废品。

两个小时过去了，眼看就要到中午了，室外的温度也越来越高，炙热的阳光刺得人睁不开眼睛，可是爸妈还是没有回来。按照以往的时间，一般去镇上买东西的话，顶多一个小时左右就能回来，显然他们不是去镇上了，那这大热天的，他们会去哪里呢？

于是我敲了敲邻居家的大门，开门的是我一个邻家大叔，他一见到我也很惊讶："哟，军良回来了？好些年没见你了啊。"

寒暄两句之后，我问道："我爸妈去哪了，叔。"

"你妈啊，她平时到处跑，天天在外面捡东西，不知道这会儿去了哪里。"

"那我爸呢？"

"你爸他去给人家修路去了，也不知道什么时候回来。"

听到大叔的回答，我的脑袋"嗡"地响了一下。此时正值夏季三伏，最闷最热的时候，我妈去捡东西了，我爸去给人家修路了，而我这个当儿子的却一点都不知道。

直到中午 12 点多的时候，我终于看到了母亲拖着瘦弱的身躯从远处缓缓走来。此时的太阳已经将大地烤得火热，母亲穿着的薄衫也已经被汗水浸透，紧紧巴巴地贴在身上，背后则扛着一个沉重的大包袱，手里拎着一个大包袱，胳膊下面还夹着一个大包袱，腰已经被压得接近九十度。

我赶忙跑过去，把母亲身上的包裹卸下，只见她额头上汗水涔涔，不停地顺着皱纹滑落。而我的泪水也忍不住夺眶而出。

"咦，军良，你咋回来了？"母亲看到我突然出现在面前一脸错愕。

"妈，你干吗去了这是？"

我妈说，她去捡人家地里收割完后散落不要的麦穗了。看着那三个满满当当、犹如磐石的大包袱，我不敢想象我妈是如何在炎炎烈日下，将一根一根小麦穗捡起并背回来的。

我扛起地上的包裹，三大包麦穗的重量着实不轻，别说对于一个身体瘦弱的小老太太了，即便是我也被压得有些喘不上气来。

我扶母亲进了屋。但她也不坐下休息，在屋里东找西找，拿来好多零食小吃，都是我姐和我妹送来的。她说：“你饿了吧，先吃点，我给你做饭去。”

看到母亲现在的样子，我哪里还有心思吃东西？

“别忙活了妈，天这么热，你先休息休息吧。”虽然我很想跟我妈聊聊天，但是她手上的活总是停不下来，一直在忙里忙外的，没等说两句话，就又洗洗手要去做饭了。我觉得心里憋闷得慌，在家里如坐针毡，便出了家门到外面转了一圈。

午饭母亲煮了我最爱吃的干菜面条，说实话，自从申聪被抢，到我踏上寻子之路，再到这次回老家，已经 13 年没有吃过我妈亲手做的干菜面条了，虽然只是简简单单的一碗面条，但这是家的味道，是走到其他任何地方都无法吃到的味道……

吃过饭后，母亲又要准备出门。我赶忙拦住了她，说什么也不让她再去了，最终她听了我的话，没有再出去，但是我知道，今天的阻拦只是暂时的，当我离开老家，母亲肯定还会顶着烈日去忙碌。

那天下午，我帮我妈把麦穗铺在院子里，我们一边铺着，她一边询问着寻找申聪的进展。每次只有讲起关于申聪的事情，我妈才会暂时停下手中的活儿，而且听得特别认真。

天渐渐黑了下来，我爸也骑着电动车回来了。车的一侧绑着一把铁锹和一支铁镐。我爸一进门，我就看到他一身大汗，从头到脚全都是湿的，像刚淋过雨一样，头发被汗水浸得一绺一绺的。

那时我爸妈都已经七十多岁了，我说：“爸、妈，你们不能再这么干下去了啊。”

我爸没有说话，而我妈说道：“军良啊，俺俩又不是干不动，你在外面找申聪，晓莉在家还得照顾着帅帅和奇奇，开销大，我们能帮就帮你点。”

直到那一天，我才知道爸妈除了农忙的时候自己种地之外，还会去给别人家打工种地，种完了地，就来济南帮我们带孩子，等到了快收成的时候，就再回到老家收种、捡小麦、捡豆子，再没事的时候，就出去打工，捡东西、修马路……干的都是又脏又累的体力活。

若不是这次回老家亲眼所见，我真想不到他们这些年是怎么过来的。我虽然曾在表哥的工厂送货挣过一些工资，但相对于寻找申聪的开销来说简直是杯水车薪，而晓莉身体和精神状态都不好，在家照顾两个孩子都已经力不从心，更别说添补家用了。事实上，这些年一直是爸妈在背后默默地支撑着我们这个家。

想到爸妈辛劳了一辈子，除了我在广州工作的那几年过上了稍许安逸的生活外，其他时候一直操劳着、忙碌着，我感到无比的自责和愧疚。

寻找申聪这 15 年里，除了我父母对我们的照顾和扶持外，我的岳父岳母、晓莉的弟弟妹妹们也一直在默默地支撑着我们。

中国农村经常有一种说法“嫁出去的女儿，泼出去的水”，然而这种说法在我们这个大家庭里并不存在。我的岳父岳母很疼爱他们的外孙申聪，申聪被抢走后，更没有因为晓莉嫁了出来而不管不问，反而给予了我们巨大的帮助。

在搬来济南之前，晓莉在老家住了三年多的时间，大多数时间我的岳父岳母都会过去跟我爸妈一起照顾晓莉和两个孩子。每次我岳母去县城买菜回来，总会给我爸妈那边捎上许多，让晓莉和两个孩子有新鲜的饭菜可吃。

后来我们搬到济南，我岳母有时间就会过来帮我们看看孩子。有一次，她在我家住了一段时间后，感觉到我们家生活太艰难了，回去没多久，就让晓莉的大弟弟带着弟妹从广东辞工来到济南，帮衬我们。

晓莉的大弟弟原本在广东的一个餐饮公司工作，我在广东寻找申聪

的时候，他为了帮我们家节省开销，经常会让我拿着他的饭卡去公司的食堂吃饭，每次都给我盛一大碗饭菜，让我能有体力继续找孩子。

岳父岳母让我大舅子夫妻俩到济南来帮忙，他们也是二话没说立马辞掉了已经稳定的工作赶了过来，因为有厨师的手艺在身，大舅子便在济南的一个饭店里打工。我长期不在家，空荡荡的家里就只剩下晓莉和两个孩子，我就让大舅子夫妻俩住在我们家，这样不仅能陪陪晓莉，也能帮晓莉照看两个孩子。

那段时间，大舅子和弟妹真的给予了我们很大的帮助。他们打工挣的钱都跟晓莉和两个孩子一起花，经常是一发工资，还没给自己家添置物品，就急匆匆地前往商场给帅帅和奇奇买东西。而他们自己的孩子，则留在老家由岳父岳母照看，成了留守儿童。

虽然我直到今天也未曾询问过岳父岳母和大舅子他们当时的想法，但我知道这里面承载的是一个大家庭里，亲人之间血脉相连的浓厚情感。

反观现如今的生活环境下，我们会发现家庭的组成结构已经不像我们以前那样一家子六七口人，甚至十几口人了，规模变得越来越小，城市里大多是三口之家，偶尔有个四口之家、五口之家已经算大家庭了。

其实我还是很庆幸有一个庞大的家庭在背后支撑着我。无论是我这边的亲属，还是晓莉那边的亲属，我们都是一个大家庭。我想，在我寻找申聪的 15 年多里，之所以能够坚持走下来，离不开我们这个大家庭中每一个人的血泪和付出。

第五章

人间最美是团圆

佳音预至枕难眠

2020 年 1 月 16 日，农历腊月廿二，就在小年的前一天，我正在济南的家中打扫房间。突然，电话铃声响起，是派出所打来的。“喂，你是申军良吗？你现在在家吗？”

“是，我是申军良，现在在家。”我一头雾水地回答道。

紧接着，电话那边的警察同志问我是不是已经从广东回来了，并且核对了一下我的居住地址，最后又问了问申聪案当年的经过和现在的进展，然后电话就挂了。

这次打来电话的不是当年案发地的增城沙庄派出所，而是我在济南居住地的派出所。这让我有些奇怪，在济南住了这么多年，辖区派出所从来没有打电话来问过申聪的案子，今天这是怎么了？突然，有一种直觉在我的心中陡然而生：难道是申聪找到了？

我赶忙把电话又拨了回去，但这次电话那头却没有人接。我又急忙给专案组的领导何队长打电话，很奇怪的是，专案组领导也没有接。

自从申聪的案子成立专案组后，这位领导很负责任，每次我给他打

电话，他都是“秒接”，即使在开会，也会先接我的电话，然后小声告诉我稍后回过来。而这一次却一反常态，我连续拨了四次电话，专案的组领导都没有接。又过了半个小时，我第五次拨打了何队长的手机号码，这次终于接通了。

“何队，申聪是不是找到了？”我开门见山地问道。

“对，是的。”电话里传来了铿锵有力的三个字。

我听到这个“对”字的时候，脑袋已然“嗡”地响了一下，一时间一片空白，脸上的表情也不知道是在哭还是在笑了，只感觉面部的肌肉在不停地颤抖。

我不是在做梦吧？我听到的是真的吗？我曾无数次梦到过这个场景，可每次我都还没来得及在梦里享受那份重逢的喜悦，我的梦就醒了，梦醒之后带来的便是更加钻心的疼痛。

我沉默了两三秒钟，我想如果这次还是梦的话，那我这会儿应该已经醒了吧！

可是过了两三秒后，我发现我依然拿着电话，这不是梦！我下意识地说道：“我马上过去接他回家！”然而，何队长却阻止了我：“别别别，你先别来，刚刚比对上申聪，还有很多工作要做。”

我说那我现在就去广州，我在广州等着。他告诉我：“你千万别来，等我的消息，我们有我们的工作流程，现在还不能对外说。”

既然专案组的领导这么说了，那我也只好听从安排，但此时我最想知道的是申聪现在的情况如何，他身体怎么样？上学了吗？是不是在紫金县找到的？

专案组的领导跟我说，申聪现在身体健康，正在读初三，但不是在紫金县找到的，而是在紫金县旁边的梅州市找到的，然后他就挂了电话。

挂断电话后，我依然不敢相信，因为在找申聪的这些年里，我经历了太多的希望、失望、再希望、再失望……我已经怕了，我怕再有其他

意外情况，怕 DNA 结果有变化，怕这一次又不是申聪。

我再次拨通了专案组领导的电话，这次我打开了通话录音，我把刚才的问题又问了一遍，专案组领导再次给予了肯定的回答：“是的，确定找到申聪了！”

我一个人在家，把这段录音反反复复听了几十遍，至此我才相信申聪真的找到了。

这个电话我盼了 15 年零 12 天，而当真的等到它时，我的心里却五味杂陈，既开心，又难过。开心的是，申聪身体健康，分离 15 年后，我们终于能够团聚了；难过的是，我曾经去过好多次梅州，为什么没能早一点在那里找到我的儿子。

此时此刻，我好想把这个天大的喜讯分享出去，但一时又不知道该跟谁说。

我暂时还不敢把这个消息告诉老家的父母，因为对于我们这个已经很脆弱的家庭来说，每一次有新的消息传来，都像坐过山车一般，带你冲到顶峰，旋即又拉你跌入深谷。人贩子被抓的时候，我们兴奋过；找到一个跟申聪很像的孩子时，我们也兴奋过，但最后往往都是兴奋有多大，失望就有多大。

我也没有第一时间告诉晓莉，我打算等去接申聪之前再跟她说。主要原因是我担心晓莉的身体，一旦她知道申聪找到了，又不能马上去接儿子，她的心里肯定会非常着急。这些年里，失眠、头疼、焦虑已经将晓莉折磨得精神萎靡，她不能再接受任何的大起大落。

但我实在无法抑制心里的激动，这个消息停留在我心里就好像一颗炸弹，如果我不说出来，它就会随时爆炸，我只有把这个好消息说出来，才能够顺带着把积压在我心中 15 年的苦水倾泻而出。

最后，我决定先把这个消息告诉我的弟弟军伟。拨通电话后，还没等他开口，我就直接喊了出来：“申聪找到了！”电话那头同样沉寂了两

三秒钟才传来弟弟激动的回复："真的吗？哥。"我想弟弟刚才肯定和我一样，也是激动得忘乎所以，之后便一个劲地问我，消息可靠吗？是谁说的？我告诉他："绝对可靠！专案组的领导和辖区派出所民警都这么说！"

虽然这份喜悦我已经告知了弟弟，但这还远远不够，我多么想向全世界宣布：我，申军良，经过漫长的 15 年，终于找回了我儿子申聪！

接下来便是等待的日子，那些天，我犹如热锅上的蚂蚁，坐立难安，夜不能眠。我每天都给专案组打好几个电话，问他们什么时候去接申聪，我已经准备好了，只等着他们"一声令下"了。然而专案组的领导始终叮嘱我要有耐心，他们春节之前还无法行动。

专案组领导说主要有两方面的原因：第一，这么多年都等了，也不急于这一刻，你难道不想让孩子开开心心地过一个春节吗？第二，孩子虽然已经找到了，但还有大量的工作要做，申聪被拐的案子里还有好几个孩子没找到，"梅姨"还没有落网，要等调查工作都做好。

我听了专案组领导的话后略微平静了一些，于公于私，我确实应该再忍一忍。

又过了两天，专案组看我实在快憋得快要疯了，也怕我一时冲动跑去广州，他们决定先派人从广州来济南，当面安抚我。

专案组的民警都要来家里了，这件事情终究还是无法瞒着晓莉了。民警来的前一天晚上，我推开卧室的门，工作了一天的晓莉正躺在床上休息，沉重且繁忙的酒店清洁工作让她疲惫不堪，我坐到床边，跟她说："跟你说个事儿，申聪比对上了。"

晓莉听到我的话后，猛地坐了起来："真的？谁说的？你怎么知道的？"她连着问了我三个问题。我这才把事情的来龙去脉都跟她说了，她的眼睛瞬间通红，"呜呜"大哭起来，一段时间里没说一句话，就只是埋着头哭。我攥着晓莉的手，不知道该如何平复她的情绪，也许只有让她大哭一场，才能把她心中 15 年的痛苦和委屈释放出来吧。

晓莉哭了一会儿后问我什么时候去接申聪，她现在就想见儿子。我说还要等等，等专案组民警的安排，不过我相信一定很快就能见到申聪了。

那一夜，我们两个彻夜无眠。晓莉一直低着头，一边啜泣，一边抠着自己的手指头，好像在数申聪已经离开我们多少个年头了……

第二天一早，专案组的三位民警来到我家，其中一位是广州市公安局的领导，一位是增城区刑侦大队的领导，还有一位警官。他们向我们详细地讲述了申聪被找到的过程，说是使用了大数据人像比对技术，此前比对成功的两个孩子，也是用的这种方法，只不过申聪的照片在比对的过程中遇到一些问题，所以慢了一点。他们还告诉我们，申聪买家父母长期在外打工，主要是买家里的奶奶照顾着申聪，申聪目前状况良好。

那天我问了民警很多问题，但最核心的问题还是“我们何时能去接申聪”。民警说：“等过完春节假期，上班第一天我们就去解救申聪。”民警跟我约定好了时间，也算是给我们吃了一颗定心丸。

最后我问，能不能给我看一眼申聪现在的照片。我太想知道我的儿子现在长什么样子了，因为我害怕如果再有什么意外，孩子被买家转移走，我以后走在大街上最起码能认出他来。

民警把手机递给我，上面是一个十来岁男孩的黑白照片，瘦瘦的，理着一个小平头，我一眼就看出来，没错，这就是申聪，他的脸型、神态跟寻人启事上的那张周岁之前的照片几乎一模一样。

晓莉看到照片后忍不住又哭了起来，激动地说道：“太像了，太像了，这是咱儿子！”

民警离开后，我和晓莉立马开始忙碌起来，给申聪收拾房间，准备迎接他的归来。说是给申聪收拾房间，其实是他们兄弟三人的房间。

房间里原本只有一张木板搭起来的板床，帅帅和奇奇从小就挤在那张床上，直到2016年“斜眼儿”周某平落网，我们都认为申聪就要回家

了，于是才给这个房间换上了一张大双人床，宽度刚好够三个人睡开，谁承想，这期间又隔了四年。

晓莉把床头床帮沿都刷了一遍，地也扫了，被褥也买了新的。虽然哥哥被找到的事情我还没有对两个小儿子说，但他们俩看到我和晓莉收拾屋子，好像也猜到了点什么，都跟着上手帮忙。

2020 年的春节，我感觉过得无比漫长，我们一家早早地做好了接申聪回家的准备，却迟迟等不到让我们出发的通知。正应了那句古话“从来好事多磨难”。那一年的春节，新型冠状病毒爆发了，全国各地都开始抗击疫情。

去接申聪的日子一拖再拖，我们又一次陷入无尽的等待。

那段时间，我们都隔离在家。我的心里无比焦急，专案组那边也没有更多消息传来，只能在家里一圈一圈地走。万般无奈之下，我只能把“微信步数”当作事情推进的“晴雨表”。

我与专案组的领导添加了微信，可以看到他每天走动的步数。当专案组的领导每天只走动一两千步，我就明白事情还没有多大进展；当专案组领导某天走动了几千步，甚至上万步，我就知道一定有了重大进展。

时间来到了 3 月 3 日，专案组领导的微信步数突然增加到 8000 多步，我预感到：“就快要去接申聪了。”我实在等不及了，又给专案组的领导打了电话，我问他：“明天我能过去吗？”收到的回复依然是：再等等，等通知。

3 月 5 日中午刚过，有位记者朋友和他的摄像同事来到我家，他们是山东卫视《调查》栏目组，来找我做一个采访。他们扛着机器爬了五层楼，刚进门，气还没有喘匀，我的手机就响了：“申军良，你可以出发了！路上注意安全。”

电话是专案组打来的，我挂了电话，立刻精神百倍，也顾不得招待两位记者了，拎起早就收拾好的包拉着妻子就往楼下跑。

15 年前，我疯狂地跑出办公楼，却没有追到人贩子，没有见到申聪最后一面；15 年后，我已不再年轻，时间在我的腰和腿上都留下了痕迹，走起路来关节生疼，但我还是用当年一样的速度跑出了家门，这次，我不想再失去见到申聪的机会了。

领回爱子大团圆

我和晓莉，还有我弟弟，三个人，开着车往广东赶。车是我弟弟的，他提前好久就把车停放在楼下，就等着这一天了。油也早就加满了，车里还储备了水和泡面，以防路上渴了、饿了。

车上还有很多锦旗，在济南等待专案组消息的这些天里，我脑海里不断回闪着过去 15 年的片段，很多人帮助过我。公安民警，他们夜以继日地工作，帮助我找回了孩子；媒体记者朋友，他们一次次地帮我发声，帮我把寻人信息扩散出去；千千万万一直默默关心和帮助我们一家的爱心人士们，有些我不知道地址，有些我甚至不知道他们的名字。

我第一批做了十七面锦旗，后来想想并不够，又去做了一批，一共有几十面。当时我想了好多锦旗上的词，例如，“大爱无疆 利刃出鞘”“打击拐卖儿童犯罪 服务百姓弘扬正气”“寻回被拐孩子 展现刑警风采”……有送给警方的，有送给媒体的，也有送给爱心人士和团体的。

然而去制作锦旗也是一波三折。因为疫情的原因，一开始小区不允许进出，我没办法去做锦旗，后来好不容易放开了，但很多做锦旗的门店又都没开门。我骑着电瓶车转了大半个济南城，最后还是找到经常给我打印寻人启事的那家店的老板，在他的帮助下才找到一个做锦旗的地方。

从济南到广州大约 2000 公里，大概是因为马上就要见到申聪了，我们既激动又兴奋，一路上话没停过，从申聪的身高、样貌，一直聊到对

申聪日后的规划和接下来美好的生活，甚至具体到万一申聪长得很高，那我们以后出去玩，我想搭儿子的肩膀，能不能搭得到。但是对于申聪是否愿意回到我们身边这个前提，我们三个像有意避开一样，谁都没提。

车子飞快地跑在高速公路上，路程已经行驶了一大半，晓莉最先憋不住了，问："你说，申聪要是不愿意跟咱们回来怎么办啊？"

我弟弟军伟嘴快，他一咂嘴，大大咧咧地说："不能！怎么会呢？亲儿子怎么可能不认亲爹妈？不会的！"他还开玩笑说："他要是不回，拉也给他拉回来！"

当聊这个话题时，我攥着方向盘没说话。这 15 年来，我见过无数个被亲生父母找到的孩子，然而他们中的大部分在认亲之后，都选择继续留在买家，因为买家那边有他们熟悉的"家人"、要好的"朋友"，虽然没有血缘关系，但还是有感情的。甚至有的孩子回到了亲生父母身边后，但因为不适应新环境，又跑回了买家。所以，申聪到底愿不愿意回来，我心里真的没底。

3 月 6 日傍晚 7 点左右，我们赶到了广州市增城区公安局刑侦大队。原本需要 30 多个小时的路程，我们只用了 27 个小时。路上大部分时间是我开车，为了赶路，我们每个人除了一桶泡面什么都没吃过，尽量减少休息的时间，加油的时候，只要看见加油站排队，马上就开往下一个加油站。

专案组安排了三名警官接待我们，在做检测时，公安机关通过官方渠道发布了"被拐十五年儿童申某获救"的消息，这个消息经过网络一传播，我的手机就瞬间"炸开了锅"！

晚上，专案组的接待民警为我们准备了饭菜，让我们先吃点东西。虽然路上的 27 个小时基本上没有吃什么，但当时的我们怎么也吃不下，一心只想着快些见到申聪。接待民警告诉我们目前还有一些工作要进行，见面也得等到明天了，于是把我们带到了住的地方。

3月7日上午10点多，专案组安排民警把我和妻子、弟弟，还有我的同学马红卫，一起接到了增城区刑侦大队。在路上，同车的专案组领导掏出手机，跟我说："来，军良，看看你儿子。"

手机上是申聪被解救之后跟民警在一起吃饭的视频。看完视频，晓莉半躺半靠地倒在座位上，手捂着胸口，好像觉得喘不过气来，憋得难受，脸色蜡黄。我看她不舒服，只好握着她的手默默地陪在她身边。

大概十几分钟的路程，车开进了增城区刑警大队的大门，还没有停稳，晓莉突然"哇"的一声嚎哭了起来。她的哭声如同暴风雨般汹涌而来，15年前，她的第一个孩子被人入室抢走，从此她的丈夫四处奔走寻子，她一个人顶着病痛的折磨，辛苦带大两个小儿子，每日盼着她的丈夫把儿子带回来。我知道晓莉的泪水里饱含了她这15年中所有的委屈。

看着妻子泪流满面，我也无法控制自己的泪水了。在过去的15年里，我曾无数次踏入增城区刑警大队，在这里我从来没有落过泪，但这一次，我真的想在这里哭个痛快。

我抹着眼泪和两位女警一起搀扶着晓莉下了车，民警把我们带到一个会议室，进去的时候，已经是中午11点多了，他们给我们安排了午饭，但我们依然吃不下。一位市局领导看我们情绪太激动，担心我们的身体，强令我们吃点东西，他像下命令一样说道："你们谁不吃饭，一会儿就不安排见面。"

听到这话，我和晓莉才勉强地往嘴里塞了点东西，但那一刻，即便是再美味的佳肴，在我口中也变得苦涩难咽。

后来，民警就给我们两口子做心理工作，要我们调整情绪，不能太激动，不然会吓到孩子。虽然理智上我们理解并愿意配合警方的要求，但情感上真的难以自抑。

警方后来让我和晓莉分别做了笔录，把当年的案情又大致地表述了一遍，后来着重问了我们对未来家庭的规划，当问到希望以后孩子在哪

里生活和学习的时候，我们都坚定地说："回家！"这两个字是我们 15 年来始终不变的信念。

做完笔录，民警又把我们带回到会议室，继续引导我们的情绪，一直到下午 3 点多。

这次来广州，由于担心会涉及一些法律方面的问题，我提前联系了律师，约好在广东汇合。但律师并没能跟我们一起进入公安局内部的会议室，他在大门口就被媒体团团围住了。

媒体希望从律师口中得知案件的情况，律师就把案件目前的一些进展向大家作了介绍。那个时候，媒体的信息传播速度已经非常快了，律师说一句，媒体就发一句，每发一句，就上一次热搜。

这一下，舆论的压力一下子铺天盖地而来。后来我听民警同志说，有一些消息在传播中变了味，已经被申聪在手机上刷到了，比如"申聪强烈要求和父亲回家""我们会对申聪买家提起诉讼"等，让他感到压力巨大，和警方表示不想见亲生父母了。

一位公安领导就找到我说："申军良，这些话都是你说的吗？孩子还没有说一定要跟你回家呢！你这么说，孩子不愿意见你了，你儿子甚至怀疑你说这些话的动机了，怎么办？这些话如果不是你说的，你赶紧出去澄清！"

我顿时感到一阵蒙，连忙点着头说："好好，我去澄清。"

然后我一路小跑着从会议室来到了刑警大队的大门口。老远就看见大门外密密麻麻地挤满了记者，手机、相机、摄像机全都对着我。媒体记者们看见我出来了，就都大喊着："申大哥，怎么样了？见到申聪了吗？"

那么多记者挤着那个大门，反而让大门显得摇摇欲倒，这个时候我的脑子里也是一片空白，我用手扶着铁门的栅栏，避免自己因为缺氧而摔倒。我跟记者们说，现在我们还没有见到孩子，之前的消息也不是我个人当前的观点，我们还在处理一些事情，感谢大家的关心。

澄清完情况之后，我和晓莉就被安排在会议室里等着。

这个时候，广州市增城区公安分局举行新闻通气会，所有的记者都聚集在了另一个会议室里，增城区公安分局副局长、负责刑侦工作的李警官就“申聪被拐案”向媒体作了说明。

李警官说，2019 年 11 月警方成功找回申聪被拐案中并案的 2 名被拐孩子后，在 2020 年 1 月确定找到了申聪。申聪被找到的地点不是在张维平供述的河源市紫金县，而是在相邻的梅州市，2020 年 3 月 6 日，申聪被带回到广州。他跟媒体说，申聪才刚刚知道自己的身世，这个孩子目前身体健康，也很阳光，心智比较成熟，喜欢打篮球。当年将申聪买回家的并不是他的买家父母，而是他买家中的爷爷，但是买家爷爷已经在 6 年前过世了，所以案情的调查还在继续进行中。

时间来到了 3 月 7 日晚上，增城公安局媒体通气会一结束，专案组的民警就把我和晓莉引领到了准备和申聪见面的大厅。在这之前，我们已经等了两个多小时，其间警察依然在给我和晓莉做思想疏导，怕我们一会儿再次情绪失控。

房间里人很多，虽然门是开着的，但是我依然觉得憋闷得慌，坐也坐不住，站也站不稳，盒饭也吃不下，连塞都塞不进去了。

随着墙上时钟一分一秒地划过，突然，我听到楼道里有一阵很乱的脚步声，一下子涌进来好多人，有穿着便装的、有穿着警服的，被人群围绕在中间的是一个十几岁的小男孩，戴着口罩，穿着黑色的帽衫和裤子。

我和妻子同时把目光投向了这个孩子，虽然口罩遮盖着大半张脸，但我们从眼神中就能够认出他来，是的，他是我的儿子申聪！

我和妻子一下子就扑了过去，晓莉更是一把抱住申聪，“哇哇”大哭起来，泪水如决堤的洪水倾泻而出，我则将他们母子两个紧紧地搂在怀

里。民警之前给我们做的心理疏导，在这一刻完全失效了。我虽然极力控制着不让眼泪滑落，但那种时候，除了哭，我感觉已经没有更好的宣泄方式了。

申聪的脸圆圆的，胎记也很明显，长得跟年轻时的我简直一模一样。然而他从一个嗷嗷待哺的小婴儿一下子长这么大了，那种在他成长中的缺失感，让我倍感自责。儿子，对不起，爸爸现在才来。

晓莉抱着申聪哭喊着："儿子啊，这些年你在哪儿啊，你知道你爸爸一直在找你吗？"晓莉的这句话，像一把钥匙，打开了我内心深处的闸门，我彻底绷不住了，泪水顺着脸颊流淌下来。15 年里，为了找到申聪，吃的那些苦，受的那些罪，全部凝结在了这句话里。

我记不得申聪当时是什么表情了，只记得他慢慢用手搂着我们两个人，偶尔轻轻地拍打我们的后背，仿佛哄着两个受伤的孩子。过了一会儿，旁边的民警轻声说："赶快安慰一下爸爸妈妈吧。"申聪拍着我们俩说："妈妈不要再哭了，爸爸不要难过了。"

这声"爸爸""妈妈"，我们等了整整 15 年！

在公安局的会议室里，哭着哭着，我突然感到一阵恍惚，我看不清对面的人，也听不清他们在说什么。我想说些什么，但只能张嘴，却发不出声音。好像我的感官在慢慢消失，我如同行尸走肉，大脑一片空白，只感到头晕、耳鸣。

隐约中，我听见有人呼叫我，似乎是要办理某项手续："申军良，你过来。"我不住地点头，嘴里嘟囔着："嗯，啊，是，好。"但是两只脚却如同灌了铅一般沉重迈不开步。

我就这么坐在沙发上，听着旁边妻子和申聪在不停地说着话，聊的什么我却一句都听不清，我不得不竭尽全力凑过去，才能偶尔捕捉到一些片段，晓莉问他喜欢吃什么，申聪说他喜欢吃西红柿炒鸡蛋和蒜蓉炒青菜。

过了一会儿，民警带着我弟弟和红卫也进来了，他们一推开门看到申聪，也忍不住泪流满面。特别是我的老同学马红卫，在寻找申聪的15年里，他一直陪我四处奔波，有时候为了带我去核实线索，一请假就是半个多月，这份付出也让他对申聪有了些不一样的感情。

我们继续在会议室里聊了一会儿，也许是激动过度的原因，我感觉我已经不行了，头晕得厉害，好像随时就要两眼一黑倒下去。此刻的我，不再有任何的坚强，我苦苦支撑了15年，现在终于如释重负。

让我觉得特别欣慰的是，申聪的身体非常健康，身高现在一米七左右，性格也十分阳光开朗。他说喜欢运动，也很喜欢我们给他准备的衣服，而且跟我们说话的时候也十分有礼貌。在见到他之前，我无数次想象过他与我们交谈的场景，但没想到儿子已经有了一副小大人的模样，感觉比很多同龄的孩子要成熟许多。

我和晓莉紧挨着申聪左右两边坐着，虽然这是跟儿子时隔15年之后的第一次见面，但冥冥之中仿佛有一种神奇的熟悉感连接着我们一家，儿子见到我们后表现得并不陌生，反而相处得非常融洽，他也会一直安慰我和晓莉。连警方都说，打拐这么多年，还是第一次见被拐的孩子中有状态这么好的，又阳光又懂事，他们相信我们一家未来会越来越好，也相信等申聪长大了，一定会是个懂得感恩的人。

当时已经是晚上10点多了，民警给我们每个人都打来了盒饭，我强吃了两三口就吃不下了，晓莉也是一样，军伟和红卫也都吃不下。此时我们的心思全部都在申聪身上，看到儿子大口吃饭，比我们自己吃都高兴。

吃过饭后，民警开始为我们安排住宿，并想办法让申聪避开媒体跟我们上了车。宾馆在当地一个比较偏远的风景区内，像一个安静的世外桃源，环境很好。

安顿好我们一家，民警同志们便打算先离开了，临走的时候，还特意嘱咐申聪，以后就要跟爸爸妈妈在一起了，和爸爸妈妈好好聊聊，多

陪陪爸爸妈妈，你爸爸找你这么多年，特别不容易。

申聪点着头，嘴里说着“好好”，可是我却能听出来，申聪的回答里带有一丝哭腔。

我看了一眼儿子，只见他低着头，脸颊两侧满是泪水，一边小步蹭着后退，一边嘟囔：“我要找姐姐。”

听到这句话，在场的所有人都一愣，哪个姐姐？是买家的姐姐吗？难道申聪想回买家那边去吗？我不由得心中紧张起来。这时其中一个民警问申聪：“你说的是找‘民警姐姐’吗？”申聪点了点头。在场的民警赶快联系，找来了一位女警。

这时我才知道，原来申聪要找的是给他做心理疏导的这位“民警姐姐”。申聪是 3 月 4 日被警方告知自己身世的，当时为了调节孩子的情绪，警方特意安排了两位年轻的民警照顾他，一位女警一位男警。两位年轻的警员在这段时间一直陪在申聪身边，一起吃饭一起聊天，给他进行心理疏导。

那位警察姐姐走过来，拥抱了一下申聪，拍了拍他的肩膀，申聪眼睛里噙着泪水，两条腿不住地发抖。

警察姐姐拿出来六个警察样式的小玩偶，安慰他说：“不要哭，你特别棒，以后，你要是想姐姐了，就看看这个玩偶，这个就是姐姐。”

申聪一边抹着眼泪，一边点着头。警察姐姐挎着申聪的手臂，陪着他往我们这边走。申聪突然又停下来，回头说：“我要找哥哥。”

那位警察哥哥立马跑了过来，不断地鼓励申聪：“弟弟，你很勇敢，回去之后好好学习，加油，咱们之后有机会再见的！”

我站在不远处，看着申聪和两位年轻的警员拥抱告别，心里充满了感慨。短短几天的陪伴，申聪就和这两位警员建立起了如此深厚的情感纽带，我很欣慰我的儿子是个重情重义的人。同时我心里也感激他们，这几天里他们是申聪情感和精神的依靠和寄托，申聪所有的安全感，都来自于他口中的“哥哥”和“姐姐”。

这让我不禁又回想起申聪被抢走前，那次我下班回家看到他在学步车里哭的情景，我把他抱起来哄，搭在肩膀上，最后我的T恤被申聪的泪水浸湿了一大片。之后走在路上寻找申聪的时候，我总是会想，以后他再哭，身边还会有人抱他哄他吗？

那天晚上警方安排我、晓莉和申聪一家三口住在一间房间。当我们收拾妥当进到房间的时候，已将近晚上12点。为了让申聪尽快适应“新”家庭的氛围，晓莉、我的弟弟和红卫夫妇，四个人共同陪着申聪聊天，而我则倚靠在床头看着他们聊。

突然，我问申聪：“儿子，你之前知道你是被抢被拐的吗？之后有没有什么心愿想让爸爸妈妈帮你实现？”申聪跟我说，他也是被警察找到后才知道的，此前一点都不知情，但他愿意跟我们回家，这是他自己的选择。申聪还说，当他从警察那里知道我是经过了15年多的四处奔波才终于找到他的时候，他也非常震撼。而且他确实也有一个心愿，未来他想继续上学，想好好读书，用他自己的话说就是“感觉好人多学知识会变得更好”。

当我听到申聪的回答，我的心里其实既感动，又有些担心。感动的是，儿子说愿意跟我们回去，他并没有因为15年的分离而排斥我们，我们终于可以一家团圆了；担心的是，此时我们的家里已经一贫如洗，家具都没有几件像样的了，而且还欠着高额的外债，不知道回去之后会不会让儿子感到失望。

我告诉他，即将回到的“新”家，什么都没有，但是我会尽自己最大的努力帮他找到一个好的学校，也会努力让这个家越来越好。毕竟申聪之前的“买家”没有给他一个良好的学习条件，让孩子的成长中有了一些遗憾，我要帮我的儿子去实现他的愿望。

我还对儿子说，我15年前也是企业管理出身，现在终于找到他了，

以后不用再四处奔波了，等咱们回到家以后，爸爸一定全力以赴去经营好咱们的家庭，我相信咱们以后的生活会慢慢好起来的！

就这样聊着聊着，不知不觉中我逐渐失去了意识，连衣服都没有脱，就昏沉沉地睡着了……

算起来，从得知要见申聪那天起，到一路赶来广东，再到与申聪相见，我已经连续三天三夜没有合眼了，再加上开车的劳顿，父子相见后的激动，以及对接记者朋友、办理各种手续等，我已经疲惫不堪，头特别晕，脑袋也转不动了。虽然我是靠着床头坐着睡过去的，但那一觉却是我这 15 年里睡得最踏实的一觉，因为我知道我的儿子就在我身旁陪着我。

当我醒来的时候已经是清晨 5 点多了。晓莉和申聪已经在收拾东西了，我不知道他们是一夜没睡，还是只休息了一会儿。此时我的身上披着一件外套，暖暖的，晓莉笑着冲我说，这是咱儿子给你披的。我一听，赶紧把外套又往上拽了拽，好想就这样一直披着睡下去。

一大早，民警同志就把军伟的车开到了宾馆，问了问孩子昨晚的状况后，就告知我们可以启程回家了。

我们来到广州，后备箱里的锦旗一直还没有机会送出去，马上就要返程回家了，我赶紧把这些锦旗送到了广东省公安厅、广州市公安局、增城区分局等相关部门以表达我的谢意。

寻找申聪的这 15 年多里，警方为了我家的案子付出了很多，他们抓到了主谋“斜眼儿”周某平和他的老婆，抓到了张维平，抓到了捆绑晓莉的杨某平、刘某洪，审出了“梅姨”，而且我提供给他们的每一条线索，无论是关于被拐孩子的，还是关于人贩子的，他们都会去认真地核实排查，找到了疑似申聪的孩子，也会立马安排 DNA 比对。

后来我从一些渠道了解到，为了申聪的案子，广州市公安局最多的时候同时抽调一百余名警力进行线索排查。在民警们的身上，我看到了他们矢志不渝的信念和铁血担当的精神。

在民警的陪同下，我们踏上了回家的路程。

再次经过“广东界”的路标时，我的心中百感交集。当年我从河南周口那个封闭的农村来到蓬勃发展的广东，在这片土地上，我经历过意气风发、平步青云，也经历过骨肉分离、风餐露宿，终于也由这片土地见证了我们一家团圆。

在路上，我们怕申聪寂寞，不断地跟他聊着天。

正当我们的车刚刚驶入江西地域，申聪的电话突然响了起来，他接起电话，用广东当地的客家话沟通，我们都听不懂他跟电话那头的人在聊些什么。

然而，从那个电话第一次响起之后，就不停地有电话打来，有的他接听了，有的他没有接，没接的电话，他就会拿着手机“啪啪”地按键发信息。

起初，我们还在车上轻松地聊着天，随着那些电话和信息的频繁来临，申聪便不怎么说话了，到最后干脆一声不吭，哪怕我们主动跟他对话，他也不予理睬。

当我们的车行驶到一个服务区的时候，天空下起了小雨，申聪说让我们先休息，他则拿着手机下了车，走到不远处开始打电话。

我其实已经注意到了申聪情绪的变化，但我一直没有说话，不是不想说，而是顾及儿子的情绪。我知道申聪正面临着诱惑和抉择，这个时候，我想还是应该让孩子自己做决定，这样，未来他和我们才会是幸福的，心里也是踏实的。

我看着申聪在蒙蒙的雨雾中打着电话，起初他还很镇定，说着说着眼睛就开始有些泛红，脸上也湿了，分不清是雨水还是泪水。接着，他的情绪变得激动起来，声音也提高了几倍，手不停地挥舞着，好像在跟谁理论吵架。

晓莉看到申聪这样子，想过去问问是怎么回事，申聪看他妈妈要过来，摆了摆手，不让晓莉靠近他。一个电话打完后，我们招呼他上车出发，他又摆了摆手，接着又打了一个电话，还是时而哭泣，时而愤怒。他一个电话一个电话地接，就是不上车。

其实从申聪接第一个电话开始，直觉告诉我，应该是买家那边打来的。

民警曾告诉我，申聪的买家父母之前生了三个女儿，一直渴望有个儿子，于是决定买一个男孩来养。申聪被买回去后，买家将他与刚出生几个月的三女儿一起以"龙凤胎"的名义办理了户口。然而令人意想不到的是，买下申聪后不久，买家又生下了一个儿子。后来买家父母外出打工，申聪便在买家奶奶的照顾下长大。据说，买家奶奶跟申聪的关系还是相当不错的。

我猜测，给申聪打电话的不止一个人，应该有他的买家父母、他的"兄弟姐妹"，没准也有把他养大的买家奶奶，他们或动之以情，或晓之以理，甚至有可能还用言语威胁申聪叫他不要再往前走。

就这样，申聪在雨中站着已经打了两个多小时的电话，表情一直很凝重，而且迟迟不肯上车，让我心里感到既心疼又气愤。心疼的是儿子淋着雨在风中哭泣，我们却无能为力，因为我们不想去逼迫孩子；气愤的是买家那边不断地骚扰申聪，给他压力，这哪里是关心孩子？

于是我给专案组的领导打去了电话，跟他讲了眼前遇到的情况，最后我说："我的儿子现在不愿意往前走了。我不管他作何决定，如果他想回买家那边去，我们就开车一起去买家那边，反正我儿子去哪儿，我就去哪儿。我找了他 15 年，才见面几个小时，我不会再跟他分开了！"

专案组的领导安慰我说不要激动，他们会去了解一下是怎么回事。

我挂了电话没多久，申聪又接了一个电话，这次他的情绪明显平复了很多，之后走过来跟我们说："上车走吧，没事了。"

到底是谁给申聪打的电话，电话那边到底跟他说了些什么，我至今

也没有问过申聪。我的心中只有一个念头，我的儿子如果不走，我也不走，他去哪里，我就跟着去哪里。我跟专案组领导说的，绝不是一时的气话，而是心里话。

我们继续启程上路，路上申聪又接到了一条消息，是申聪的买家爸爸发过来的，信息里问我是不是在开车，申聪回给他说："爸爸没在开车，现在是叔叔在开。"

随后，正在副驾驶休息的我接到了申聪"养父"的电话。他说："我之前给你打过电话，你知道吗？你查查通话记录，就是这个号码。当时我还专门为了孩子这个事情回的老家，就想打电话告诉你，别找了，孩子就在我这。"

我其实很清楚申聪的买家爸爸在这个时候给我打电话说这些话的目的。他是担心我会追究他们家的责任。因为我之前在媒体上说，只要买走申聪的家庭主动地站出来，我就会既往不咎。所以他赶紧打来电话告诉我他之前就联系过我，显得好像自己很早之前就良心发现一样。

我始终认为，申聪的买家确实早就知道我在找申聪，至少在两三年前我在增城寻找申聪的时候，他们就已经知道了。买家的二女儿就在增城上学，那一年零三个月里，我几乎把整个增城翻了个遍，尤其是增城的学校，每个学校我都去张贴或者发放过寻人启事，我不相信他们家二女儿没有看到。退一万步讲，即使没有看到，后来媒体铺天盖地报道，尤其是"梅姨"画像刷屏朋友圈的时候，他家的亲朋好友也不可能完全不知道。

申聪的买家爸爸还说，他前一段时间其实就想要告诉申聪真相，只不过还没来得及开口，警察就把申聪带走了。此时申聪"养父"说的这些话，是如此的苍白无力。我无法判断真假，即使是真的，他肯定也是知道自己很快就要瞒不住了，想办法减轻罪责而已。

不过说实话，在过来接申聪的这几天里，我还没有时间和精力去考

虑有关买家的这些事情，我也不想听他们现在找的那些借口。因此我没说几句话就挂断了电话，此时我满脑子想的就只有一件事：平安地把我儿子带回家。

在路上，我试探性地问了申聪一句："爷爷奶奶这些年一直在等你回家，你愿意和我们一起回去看看他们吗？"申聪点了点头。

经过 7 号那天的认亲与交流，我知道申聪是个通情达理、性格开朗的孩子，尤其是他答应跟我们一起回老家看爷爷奶奶，至少说明他对我们这对亲生父母是认可的，对爷爷奶奶也是关心的。

从济南去广州的时候，我们马不停蹄地赶路，没有在任何一个服务区休息，因此只用了 27 个小时。但回来的时候，我们都太累了，尤其是我，根本就开不了车了。于是，我们走走停停，几乎每个服务区都停一下，眯一会儿或者吃点东西，用了 40 个小时才回到济南。

抵达济南后，我们先去了我弟弟家。申聪说想洗个澡，军伟就带他上了楼，而我和晓莉因为实在太累了，则留在车里休息。我看着申聪上楼的背影，心中不禁闪过一丝担忧，此时帅帅和奇奇也都在军伟家，面对第一次见面的哥哥，三兄弟能处好关系吗？

我弟弟似乎明白我的担忧，上楼后他就给我传过来很多视频。

第一段视频是申聪刚一上楼，帅帅和奇奇就带着小堂弟在门口列队欢迎他，他们一个接一个地和申聪拥抱，喊着"欢迎哥哥回家"。

第二段视频是申聪和弟弟们在玩五子棋。他们玩得不亦乐乎，输了就换下一个人上。视频中我的侄子两只眼睛直勾勾地盯着申聪，他没见过这个哥哥，似乎觉得很好奇。

弟媳买了许多菜，已经提前在家里准备了一顿丰盛的晚餐。孩子们有说有笑，吃得津津有味。

申聪洗过澡、吃完饭后，我们就开车往周口老家赶。这次我弟弟没有回去，路上是我一个人开车，由于连续几天的奔波，我们都已经非常

疲惫，车开得比往常要慢一些，原本四个小时的路程，这次开了七个多小时。车程行驶到一半的时候，晓莉已经靠在后排座位上睡着了，手紧紧地攥着申聪的手，她累坏了。

等我们到了周口老家，已经是第二天的清晨，天色微微发亮。我们提前给家里打了电话，我妹妹和妹夫把二老接到了他们家等待着我们，一起过去的还有我姐姐、姐夫和他们的女儿。

车还没到妹妹家门口的时候，我们离老远便看到一家人在前方等着了。当申聪下车的一瞬间，奶奶一把抱住了申聪，紧接着便大哭起来："我的孙儿啊，你咋才回来啊，奶奶想你啊，你可回来了啊。"哭着哭着身子不住地往下滑，我们赶紧上前扶住母亲，申聪也用力拖着奶奶，以防奶奶跌倒，看到母亲这个样子，我们一家人都忍不住流下了眼泪。

相比较母亲的痛哭，父亲显然沉稳许多，还笑着劝慰母亲："申聪回来就好，你别把咱孙吓到。"尽管父亲表面上这样说，但是我能看到父亲眼中也是含着泪水，身体在激动地颤抖。

随后申聪搀扶着奶奶，我们一家人一起进了屋。父亲忙着给申聪拿各种好吃的，而母亲则拉着申聪的手聊个不停。由于母亲不会说普通话，她只能用河南话与孙子交流，我就在旁边用普通话翻译给申聪听。

后来回忆起那天的情景，申聪自己说，当时见到这么一大家子人，每个人都对他关怀备至，让他深深地感受到了家的温暖，因为之前在广东的时候，"养父母"常年不在家，他和"家里人"几乎没有交流，更喜欢独自骑着摩托车出去闲逛，或者和小伙伴们一起打篮球、捉鱼。

申聪还说，他之前在紫金县玩的时候，经常能够在街头的电线杆上或者篮球架上看到一张张寻人启事，上面大字写着"悬赏十万寻找爱子申聪"，还有一个孩子的照片和一个人贩子老太太的画像。但他当时只顾着玩，从来没有仔细看看上面的具体内容，更不知道上面的那个孩子其实就是他。

回老家看过老人之后，我们又让申聪在我弟弟家住了几天，一直拖着没有回我们自己家。晓莉私下里多次拉着我问：“怎么办啊？咱们家那样，怎么把孩子带回去？”我也没有什么好主意，内心备受煎熬。直到有一天，申聪主动问起“什么时候回家”，我们才把这件事提上日程，并且特意选在了晚上。

作为一位父亲，我是自卑的，在带儿子回家的那一刻，这种感觉达到了顶点。一路上，我都在给申聪做铺垫，“家里什么都没有”“两个弟弟还在读书”“家里欠了很多外债”。直到拿着钥匙准备开门时，我都还回过头和申聪说：“咱们家里没有暖气和空调，晚上睡觉可能会有点冷。”

怎么说呢，这种感觉就好像某个方面有巨大的缺陷，想尽可能地掩饰，不让儿子看见。这既是出于一个父亲的自尊，更是担心儿子心里会有落差，继而选择回广州去。

但是现实就是现实，总要去面对的，我也只能硬着头皮打开了门。

随着生锈铁门“嘎吱”的响声，申聪第一次见到了我们济南的家。房子是毛坯房，地面是水泥地面，墙壁灰一块白一块，家具的漆已经斑驳脱落，橱柜的抽屉也摇摇欲坠。屋里没有衣柜，每个卧室的角落里都放着一两个行李箱，用来装衣服。过去 15 年，我一直在找申聪，寻人启事一摞一摞地印，塞到行李箱里，天南海北地走，申聪找到时，我已经用坏了四五个行李箱。

一想到呈现在儿子面前的是这幅破败不堪的景象，我心里就七上八下的，进屋后我就低着头坐到了门口的小板凳上了。

申聪在客厅里转了一圈，又探头看了看他即将和两个弟弟共同使用的卧室，然后问道：“这就是我们家吗？”我抬起头观察了一下他的表情，好在并没有表现出沮丧或嫌弃的情绪，而是以好奇为主，我这才稍稍松了口气。

我回道：“是的儿子，这就是咱们的家。”

“还蛮不错的，比我预期的要好很多。”申聪笑着说道。

过去那些年，为了尽可能地节省开支，我们家一直没有交过取暖费，我接着问从南方回来的儿子感觉家里冷不冷，这个16岁的大小伙子说：“没事，挺挺就过去了。”

我不知道申聪当时说的是心里话，还是看出了我难过的表情而安慰我，总之儿子的几句话就像一束温暖的阳光，照亮了我的心房。

两个弟弟怕哥哥第一次来到“新家”尴尬，张罗着一起玩牌，他们兄弟三个一边打牌一边闲聊，弟弟们跟申聪谈论着作业、考试，以及学校里各种有趣的事。同时他们很好奇申聪过去的生活，但申聪只是简单地提及了干活、捉鱼、篮球，他说身边的同龄人都是差不多的状态，四处闲逛，以玩为主，至于念书，能念就念，考不上学就和父辈一样出去打工，很少看到另一种可能。

两个弟弟表示他们希望以后能上高中、读大学，找到一份体面且自己喜欢的工作，申聪说：“真羡慕啊。”我听到后对他说，如果他想读书的话，爸爸也可以让他和弟弟们一样拥有好的学习环境。申聪听到后很开心，也就是在那天，申聪决定了以后就留在济南了。

至此，悬在我心里的石头终于落了下来。我拍着申聪的肩膀承诺道：“儿子，接下来的一年里你负责努力学习提高成绩，爸爸负责努力让咱们家变得更好！”

晴空万里艳阳灿

申聪回家了，这是我期盼了15年的事情，但兴奋与激动的同时，我也意识到，15年的寻子生涯，让我们这个家已经没有了当初的样子。

一切都需要重新适应，包括这个家中的父亲，以及刚刚归来的儿子。

回到济南十多天后，申聪的嘴里开始起泡，满嘴的溃疡，但他自己

却忍着没有说。后来我察觉到儿子应该是水土不服，他一时喝不惯北方的水，于是我就去买了桶装水。

我再三嘱咐申聪，有什么问题一定要第一时间告诉爸爸妈妈，申聪点了点头，说了声："嗯。"

通过这件事我也开始不断地自我反思，是不是我对申聪的关心还不够细致？是不是哪些地方还做得不到位？我越想越紧张，越想越焦虑，担心申聪吃不惯，担心申聪睡不好，担心申聪不能习惯北方的气候……

自此之后，我如同装有雷达一般，时刻关注着申聪的一举一动。每当发现异样，我都会及时与孩子沟通，同时说话时也变得小心翼翼，开口与申聪交流前，总会先斟酌一下这样表达会不会让孩子不舒服。

申聪也是一样，起初的那段日子里，他的举动让人感觉他更像是一个客人。当我和晓莉叫他时，他会站起来，毕恭毕敬地走到我们跟前。吃水果的时候，他也会先问一下家里其他人吃不吃，甚至会把果皮去掉，切成小块端到客厅里。每次出去买东西，申聪除了买学习必需品，从未主动要求过其他东西。他懂事得让人心疼。

有一天夜里，我跑完代驾回到家，已经凌晨三点多了。我接了杯水，坐在沙发上准备稍作休息就去睡觉。申聪穿着拖鞋，从卧室走了出来，他靠着桌子站了一会儿，似乎有话想说，但又有些犹豫，于是他给自己也接了杯水，然后就端着水杯坐在了我的身边。

"今天忙吗？活儿多不多啊？"申聪首先打破了沉默，但他的开场白显得有些生硬，似乎是在没话找话。

我察觉到申聪有些许不自然，于是试探着问他："儿子，你是不是有事要跟我说？"

"没有，没有。"申聪说。之后我们又彼此尴尬地聊了几句，便各自回房休息了。

申聪回屋后睡没睡着我不知道，但我躺在床上却久久不能入眠。我

开始琢磨，是不是自己最近忙于代驾工作晚上很少在家，导致孩子与我产生了疏远感？孩子主动来找我聊天，我却把话题“聊死了”。

躺在床上胡思乱想已经成为我15年来的习惯。以前走在路上时，我的睡眠就特别不好，夜里总做噩梦，梦着梦着就呜呜地哭。每次一哭，晓莉就用胳膊肘把我杵醒，而我一旦醒了，就再也睡不着了，总是胡思乱想，申聪有没有可能被欺凌了？申聪会不会被残害了……

现在申聪回到了我的身边，我内心虽有千言万语想对他表达，却不知该从何说起，因为我不想给儿子增加负担，更害怕哪句话会一不小心伤到他。我只能打电话给一些聊得来的朋友去倾诉，“澎湃新闻”的朱远祥记者是我经常倾诉的对象之一。

我会跟他诉说申聪回来后的快乐和担忧。“每天一睁眼儿子就在身边，感觉像做梦一样。”“我今天搂了一下申聪的肩膀，他好像躲了一下，感觉我们还是有隔阂。”“虽然申聪回来了，但是我现在还是晚上睡不着，要不就是睡着惊醒了，浑身冒汗。”……因为朱记者与我年龄相仿，而且都是孩子的父亲，所以他对我的倾诉更能够感同身受。

后来有一次朱记者说道：“老申啊，你们父子俩沟通的时候是不是彼此都放轻松一些会更好呢？”

朱记者的一句话，让我如梦初醒，至此我才意识到，我和申聪之间这种刻意的关心反而会让我们彼此都很累。特别是对于申聪来说，他需要放松下来，只有更轻松的氛围，才能让我们父子之间的感情更紧密。

那如何才能让申聪放松下来呢？我又陷入了思考……

自从申聪被抢走之后，我们家就很少拍照片了，即便是带着老二、老三出去玩，也基本上不会拍照留念，因为每次看到相片里只有四口人的时候，我和晓莉的心都如同针扎一般。

现在申聪回来了，我突然萌生了一个念头，那就是照一张我们一家五口在一起的全家福！这既能弥补过去15年的遗憾，也是纪念我们的儿

子平安归来，更能借这个机会让申聪增强对“新家庭”的认同感，也许他之后就不会这么拘谨了。

有了这个想法就要落实到行动上。起初我骑着车子转了好几家摄影店，发现价格都很昂贵，最后有一个济南本地的记者朋友得知了我的想法后，他说：“申大哥，交给我吧，我帮你拍。”

记得那是 2020 年 7 月一个阳光明媚的早晨，我们一家五口连同记者朋友来到了黄河边上的一个公园。为了这次拍照，我们出门前特意换上了统一的白色 T 恤，这样能拍出亲子装的感觉。

我们找了一处有茂盛的绿树，景色还比较不错的地方。我和晓莉挨着坐，彼此看着对方，孩子们则坐在我们的两侧。随着一声清脆的相机快门声，我们第一张五口之家的全家福就诞生了。

后来每每翻看起那张照片，我都感觉如做梦一般，那种团圆的幸福感，是我以前走在路上从来不敢奢求的。

之后我们还拍了好多照片，有我和晓莉分别跟孩子们拍的，有三兄弟在一起拍的，也有我和晓莉在一起拍的……我不会摆动作，申聪就带着弟弟们指导着我摆，以前特别害怕拍照的我，从没有像那一天一样疯狂地想多拍一些。

回家的路上，三个儿子走在前面，晓莉拍拍我，指了指前面走的三个孩子，发现申聪走路的姿势和两个弟弟特别像。我满心欢喜，血缘真的很神奇，无论相隔多远，彼此相连的痕迹是怎么也抹不去的。

到家之后，我想把那张难得的合影设为我抖音账号的背景，为此我还特意委托朋友帮我把孩子们那部分打上了马赛克。在发之前我也特意征求了申聪的意见，申聪说没有问题。

然而我的背景图片没换多久，正在外面做代驾的我突然接到了妻子的电话：“你把儿子惹哭了，因为那张照片。”

正当我一头雾水的时候，妻子跟我说，是买家那边给申聪打来电话

了，他们跟申聪说，我发的那张照片，熟悉他的人一眼就能认出他来。

我突然觉得很委屈，明明是我自己的儿子，却不能公开地告诉大家，甚至连一张打了马赛克的背景都不行。为了照顾儿子的情绪，我没有说什么，默默地删掉了那张照片。

其实对于那失散的15年，是我们一家五口人在闲聊时尽量回避的话题，特别是关于“买家”的部分，更是我和申聪之间小心翼翼避免触及的敏感地带。有时候，申聪会接到买家亲戚的信息或者电话，他也会主动给“养奶奶”打过去问候一下。如果我正好在家，就会主动回避，走出孩子的房间，还会把房门带上，给孩子营造一个宽松的环境。因为我相信我的儿子，相信他自己可以把握好尺度，同时我也相信我们给予申聪的爱无可替代。

不过经过那次全家一起去拍照，申聪在家里的状态明显改善了许多，话更多了，也不再像以前那样事事谨小慎微了，这让我感觉一切的付出都是值得的。

跟儿子的沟通“破冰”之后，接下来就是我答应过儿子要给他安排上学的事情了。

想要入学，首先要解决的就是户口问题。我将我们的家的情况整理成材料，上报给辖区派出所，最终在广东省梅州市与河南省周口市户籍民警的通力配合之下，申聪原来的非法户籍被注销掉了，而我们家中的户口本从此新增添了一页。申聪在我们家户口本上的名字排在两个弟弟前面，代表着他依然是这个家中的长子。

在给申聪上户口的同时，我们也给他改了新的名字。以前在买家那边用的名字今后肯定不能再用了，那个名字是罪恶下的产物，本就不应该代表我的儿子，而“申聪”这个名字也已经家喻户晓，为了保护儿子，同样不能再用。而且我还记得，当初申聪被抢，老家有一些神神叨叨的人说，申聪的名字里“聪”与“冲”谐音，孩子就是被“冲”走的。虽

然现在看来，那都是一些封建迷信的说法，但在那个迷茫且无助的阶段，也确实成了我心里的一道坎儿，甚至二儿子出生的时候，我都已经不敢给他起名字了，特意找了老家的一个先生帮忙起的。

如今申聪回归家庭，已经是一个大小伙子，他比两个弟弟幸运的是，他可以自己决定自己的名字了。我们一家人共同商量了一整晚，最终我们还是参考了两个小儿子的取名规则，为申聪取了一个新名字，新名字包含了感念、感恩的寓意。

从此以后，“申聪”成了我大儿子的一个代号，代表着我曾经被拐走的那个儿子，新名字则代表着现在与我们朝夕相处的儿子。后来包括媒体报道的时候，仍旧使用“申聪”这个名字，我觉得这样也好，方便好记，而且保护了孩子的隐私。

户口的问题解决后，紧接着我便开始着手给申聪找学校。为了尽早达成我对儿子的承诺，我找到了一位山东当地的记者朋友帮忙，在记者朋友和天桥区教体局的协调帮助下，为申聪安排了一所不错的初中。

学校也对接好了，但此时申聪的学籍仍在广东。新学校的领导找到我，让我尽快与申聪以前的学校沟通，将孩子的学籍转过来，这样可以早些安排孩子上课。

当天我就致电申聪原先在广东时的学校，学校领导接通电话知道是我后，略带责备地说：“申军良啊，你原来好歹也是个企业管理者，在路上这么多年，什么事情都应该能处理得很好，但唯独我们学校这边你没有处理好，你直接把孩子带回去了，也不让他来跟老师和同学们道个别，难道是想让他把以前的老师和同学都忘了吗？”

我知道学校领导并没有刻意为难我的意思，他只不过是希望申聪离开之前可以再跟老师、同学们见一面，毕竟师生之间的感情、同学之间的友谊是宝贵的。

我赶忙笑着表示了歉意，最终申聪原学校的领导也全力配合，成功地将申聪的学籍转到了山东，确保他能顺利参加初中会考。

就这样短短不到两周的时间，我就把申聪的户口、学校、学籍的问题都解决好了。

2020 年 5 月 25 日，那一天是申聪回归家庭后上学的第一天。临出门前，申聪又提出了一个要求，他想让妈妈送他上学，不想让我跟他一起。

我和晓莉理解儿子的想法，因为他不希望成为众人关注的焦点。此前的 15 年里，我经常接受媒体采访，报纸上、电视上、网络上，到处都是我拿着寻人启事的镜头画面，很多人都认识我。

此时的儿子只是想用自己普普通通的学生身份去上学。所以后来我也跟全家人强调，不可以在外面叫“申聪”这个名字。我理解并尊重他的选择，毕竟他已进入青春期，有自己的想法和考量。自那之后，申聪上学时要么是自己一个人去，要么是跟妈妈一起做伴，就算我陪他一起去，也只是远远地跟在他的身后。

不过，即便这样，申聪还是被认出来了。毕竟我们“申”这个姓氏本身就比较少见，再加上年龄、口音等特征，稍微用点心的老师和同学就能猜出个八九不离十。

“你是不是申聪？”开学不久，在 QQ 对话框里，有同学这样问。申聪不置可否，只是调皮地回答了一句：“你猜呢？”

申聪的性格很好，公安机关曾经给申聪和申聪案并案里寻找回来的几个孩子做过心理测评，申聪是各项指标最好的一个。然而即便如此，重新适应自己的生活和身份，对于一个 16 岁、正处于青春期的孩子来说也并不简单。

在梅州市的时候，申聪的买家父母长期在外打工，买家奶奶只负责他们姐弟几个能吃上饭就行，至于学业成绩，从不过问。

“你小时候都不写作业吗？”我问儿子。

“不写，大家都不写。”申聪说。

“那老师也不管吗？”

“谁管啊？”

“家里也没人管吗？”

“家里就只有‘奶奶’，每天就想着靠买‘六合彩’赚钱，买完了不中，她能生气好几天，能管我们吃喝就行了。”申聪说。

申聪继续回忆，他小学三年级之前的成绩其实还不错，学习也并未感到吃力，但后来随着家里需要忙的活越来越多，学习时间分散了出去，就开始慢慢学不会了。他说他的学生时代可以说是在“干活”和“闲逛”中度过的，家里不忙的时候，他喜欢骑着摩托车去周围的村镇闲逛，或者约上几个小伙伴一起去打篮球、捉鱼。

听到这些，我不禁回忆起过去 15 年里，我也曾遇到过许许多多被拐的孩子，和申聪有着同样的遭遇。许多买家将孩子买回来之后，过了不久又有了自己的孩子，他们便会冷落买来的孩子，好的条件用来照顾自己亲生的孩子。这也导致很多被拐的孩子到了买家后，没有学上，吃不饱饭，只能去干活或者闲逛。

我能够感受到，以前的申聪只是贪玩，但品行上是没有问题的，这让我十分欣慰。至于学业方面，我始终相信我的儿子并不笨，只要他想学，我愿意陪着他一起往前追。

由于基础薄弱，申聪在新学校里也的确吃了不少苦头。

第一次考试，他就拿了个全班倒数第一。同样一张数学卷子，老二能考 130 分，而申聪只考了 40 分。他甚至无法完全认出 26 个英文字母，语文试卷上也是随处可见的错别字。开家长会前，他会低着头跟我说：“今天的家长会可能会有点刺激。”那意思是让我提前做好心理准备。

在班级中，这样的成绩显然让他倍感压力，再加上远离曾经熟悉的小伙伴，并且说话带有浓重的粤北口音，申聪内心的苦楚可见一斑。他曾经跟我说过，如果自己能再聪明一点，或许就不会这么吃力了。

听到这话，我心中也不禁感到一阵刺痛，这种刺痛来自我对儿子的担心，担心他在新的环境中会丧失自信。所以我从来不会因为申聪成绩不理想而责备他，因为我知道他已经很努力了。

我曾跟两个小儿子说："你们都是亲兄弟，以后要一起玩，哥哥在外面流落好多年，功课落下了很多，需要很多帮助和陪伴，你们能理解吗？"

帅帅和奇奇看着我，点了点头。后来，我发现两个小儿子对申聪特别照顾，三兄弟间的相处没有任何拐弯抹角。申聪喜欢打篮球，两个弟弟就经常陪着哥哥去打篮球。尤其是三儿子奇奇，特别黏着申聪，甚至超过了从小跟他一起长大的二哥，而且奇奇的英语成绩很好，经常帮助哥哥学习英语。二儿子帅帅也非常懂事，跟申聪读同一年级的他，在学习上也给予了哥哥很大的帮助。

当然，身为父亲的我，也要以身作则。陪着申聪上网课，陪着申聪背单词，给申聪买辅导书，给申聪买课外读物……

同时申聪自己也有一股不服输的韧劲，他明白目前在成绩上遇到困境的原因，于是便加班加点地主动学习，每天都会学到很晚。

那段时间，许多一直关注我们一家的爱心老师表示愿意免费帮助申聪补习，我对此感激不尽。但我深知过去走在路上的那些年里，已经接受过大家太多的关心和帮助了，如今申聪回来了，我不能再让大家破费，便东拼西凑了一些钱给申聪报了补习班。

由于自身的努力，再加上老师和家人的帮助，申聪成绩上升得很快，没过多久就摆脱了倒数的尴尬。由于基础太过薄弱，虽然短时间内难有质的提升，但每次看到儿子一点点的进步，我都感到无比欣慰和骄傲。

山重水复疑无路

申聪回到家以后，我的感觉很复杂，我享受着父子重逢的无尽喜悦，同时也为家庭的现状所苦恼。

在申聪被抢前，我有蓬勃的事业、温馨的家庭和亲密的朋友，然而申聪被抢后，我的全部精力都用在寻子这一件事上，一切美好的生活都离我们远去。现在申聪回来了，但我似乎还未能从那种应激状态中完全恢复，紧张和焦虑依然伴随着我，对于自己未来的工作，更是倍感迷茫。

记得我们带着申聪刚回到家的时候，每天都有很多媒体过来跟踪采访，那段时间我们小区里但凡出现挂着相机的、拎着话筒的、扛着摄像机的，大家都知道这是去申军良家的。

有一天，记者们正在我家采访，突然一阵急促的敲门声打断了我们。“申军良大哥在家吗？”打开门后，外面站着的是一位西装革履、戴着眼镜、梳着分头的中年男人。因为每天来找我的人太多了，我也没问他是谁就先请他进了屋。

面对着满屋的记者和镜头，他开始自我介绍：“我是 × × 企业的老板，得知申大哥找孩子的经历后深受感动，这次特意过来，想聘请他做他们公司的管理，底薪 8000 元。”

对于这个老板的倾情相助，我很感激，当场也对他表示了感谢，媒体朋友们也纷纷对他进行了采访，临走时他说：“申大哥，随时欢迎您加入我们 × × 大家庭。”

在那之后，又有好几个老板来到我家，纷纷表示愿意为我提供工作，有的老板还自己带着电视台的记者来了，表示不仅要给我提供工作机会，还要资助申聪上大学。

但后来，随着媒体热度的散去，这些老板们都没有再联系过我，那

些许诺也随之烟消云散。当我自己打电话过去问时，他们的答复也出奇地一致："我再给你问问。"

对于这样的事情，我难过又无奈，真正关注和了解我们一家的朋友都知道，走在路上寻子的 15 年，是我一步一步用青春和泪水换回来的，而现在却成了一些追名逐利之人想要拿来赚流量的噱头。

还有一个公司的老板找到我，他说觉得寻亲群体特别不容易，想要组织一个公益活动，免费为寻亲家庭提供食物，为寻亲父母提供技术培训等，让我做这个活动的形象大使。我一想这是好事，既然都是帮助寻亲家庭，就答应了。但没想到，大半年过去了，一直没有下文，我前前后后跑了很多趟。后来才知道，他们连厨师团队都没有，但我的精力时间都耗进去了。

更有甚者，有皮包公司的老板来找我签协议，说看中了我在寻亲方面的人脉、资源和名气，问我愿不愿意把寻亲做成商业化的东西，被我断然拒绝。我的理由很简单，我自己就是寻子家长中的一员，寻亲家长所经历的痛苦与煎熬我比谁都清楚，这样的钱怎么能昧着良心赚？而且在过去的 15 年里，我背负着太多的期望，其中有来自父母、妻子的，有来自寻亲家长们的，更有来自千千万万爱心人士的，我不能用自己"寻子父亲"的身份让那些心术不正的人获取流量、昧着良心赚钱。我怕别人的指摘，更怕别人失望，最关键的是，我怕对不起自己的良心。

后来我想了想，这些人的到来，无非是抓住了我急于找工作，急于减轻生活压力的心理。但是他们低估了一位"寻子父亲"最基本的道德与良知。

当初我向申聪许下承诺，我负责"努力让咱们家变得更好"，然而现实却让我在兑现承诺的道路上遭遇了不小的挫折。

我尝试自己去找工作，只不过我找工作的习惯还像 15 年前一样，会把简历打印出来，去人才市场发放，然后动手填写求职表格。我还想延续自己之前企业做管理的工作，但求职表上 15 年的职业空白期，让这个想法变得不现实。

毕竟现在已经不同于我年轻那时候，凭着苦干巧干，再加上写一手好字，就能被认可。在这个本科生和研究生都竞争激烈的时代，我的学历和经历似乎都成了难以逾越的障碍。

找不到工作的日子里，我每天迈着沉重的脚步回家，觉得没有脸面面对儿子和妻子，回到家也很少提及应聘的经历。我不说，妻子也不问，我们彼此心照不宣地回避这个话题。

夜里躺在床上，巨大的压力使我难以入眠，以前是找不到儿子，现在是找不到工作，好像命运的转轮一直在无情地碾压着我，没有丝毫怜悯。而 15 年前那个意气风发、深受领导青睐、备受同事推崇的公司最年轻管理者，早已不复存在，现在的我只不过是个满脸沧桑，靠着染发才能掩盖华发的中年男人。

后来，我跟一些年轻记者聊起来，才知道有求职软件存在，这让我仿佛又看到了希望。我一连下载了好几个软件，笨拙地将我过去的工作经历和家庭情况编辑成电子简历发送出去，有时候一天发出去十几份，然而最终也都石沉大海。貌似求职方法的改变，仍无力扭转用人单位的硬性标准。

一次次的碰壁让我终于明白，自己已经与当今职场的要求严重不符，而且以自己的年龄和家庭情况，再去适应和学习肯定也不现实，所以企业管理这类的岗位我也就不再奢求。

之后我继续走出家门，想着再去大街上碰碰，祈望能寻求到一份工作。

走着走着，我看到路边的一个小饭馆门口挂着"招服务员"的招牌，我小心翼翼地推门进去，生怕打搅到里面吃饭的顾客，走到前台问道："您好，请问老板在吗？我想咨询一下招聘的事情。"

没过多久老板从后厨出来了，见到我的第一眼，他先是一愣，然后

略带惊讶地问道：“你是寻找孩子的申军良吗？”

“是的。”我回答道。

老板赶紧热情地招呼我坐下，跟我说他关注我们家的事情已经很长时间了，我们聊起了许多寻子路上的事情。最后老板很坦诚地说：“申大哥，干服务员的基本是年轻小孩儿和年纪大的阿姨，一个月也就 2000 多元钱，你上有老下有小，生活压力大，做这份工肯定是不合适的。但是我随时欢迎你和嫂子带着孩子们来吃饭，我给你们免单。”

对于老板的好意我表示了感谢，随即再次游荡在街上，陷入了迷茫，工资高的活儿我自身水平达不到，水平能达到的活儿工资又不足以养家……

白天面试了几个工作，依旧没有成功，眼看天已经黑了下来，我独自一人落寞地走在大街上，街道两旁五光十色的小餐馆映入眼帘，人们围坐在一起，酒杯交错，欢声笑语此起彼伏。然而周围的繁华与喧嚣，与我此刻的失落与焦虑形成了鲜明的对比。

突然间，一个身穿代驾服的大哥引起了我的注意，此时的他正在一个饭店的门口折叠单车，看上去 50 多岁的样子，我走过去，给他递了一支烟，聊了一会儿。

“大哥，你干代驾多久了？”我问道。

“差不多快两年了。”大哥吸了一口烟回答。

“咋样啊，好干吗？一天跑多少？”我接着问道。

“嗐，就是挣个辛苦钱，一天有个 200 多元就不错了，主要是这个活儿比较自由，可以根据自己的时间安排，而且基本没啥要求，会开车，驾龄够就行。”

听到大哥的介绍，我不禁精神一振。对啊，我自己会开车，也有十几年的驾龄，这不就是我的优势吗？而且儿子刚回家，白天经常要处理一些比较紧急的事情，利用晚上的时间出来干代驾正适合我。

回到家后，我立马拿着驾照注册成了代驾司机，进行了各种培训后，

就上岗了。我置办好了头盔、衣服、背包，还买了一辆二手的折叠电动车，开始出门接单了。

从那天起，我正式开启了我代驾的工作，每天晚上骑着小电动车穿梭于街头巷尾。我给自己定了个目标，每天至少要赚150元，因为这是全家一天的平均开销，赚不够，就不收工。但实际上，当真正开始做这一行的时候我才发现，即便我坚持接单到后半夜，也很少能达成这个目标。

在代驾的过程中，我始终保持着毕恭毕敬的态度，小心翼翼地驾驶着车辆。面对顾客时，都会尊称一声“领导”。

转眼间到了2020年的最后一天，济南突然迎来了大降温，气温降到了零下10摄氏度。大部分代驾司机都选择了回去休息，而我依然坚守在寒风中。我骑着电动车，缓慢地行驶在结冰的街道上，不禁回想起跑代驾这一年的艰辛与收获。这一年，在网友、亲朋的帮助和自己的努力下，是我15年来唯一没有借钱的一年。虽然这看似一个值得庆祝的里程碑，但实际上我们这个家庭的存款仍旧为零，更别说那几十万元尚未还清的外债了。

身边很多朋友劝我不要为生计着急，有了孩子的陪伴，总会有柳暗花明的一天。我知道大家都是为了我好，但生活上的压力，也许只有我们自己知道。等到三个孩子都毕业找到工作，至少还需要六七年的时间，那个时候，我自己也已经50多岁了，还有多少精力去赚钱还债？作为他们的父亲，我不想把走在路上欠下的债再留给孩子们。

我常常会掰着手指头算账：自己做代驾和妻子做保洁，一个月加起来六七千元，要支付房租、孩子们的书本费和家庭的基本生活费。而且那个时候申聪和帅帅都已经上初三，即将步入高中，兄弟两个的学费也要提前准备好，再过两年，小儿子奇奇也要上高中，光这一笔开销，就压得我和妻子喘不过气来。

所以和我晓莉总会想尽办法在保证孩子们的正常开销之外，尽可能地节省开支。

2020 年 6 月份，一位即将搬家离开济南的老乡在我的视频里看到我们家的厨房里没有油烟机，于是给我打来电话，说他们家拆下来一台油烟机不用了，要送给我。过去十多年里，我们住的出租屋里一直没安油烟机，晓莉每年都要清理两次被熏黑了的屋顶。

我和晓莉把旧油烟机清理干净之后，我找了一个师傅来安装，结果给油烟机一通电，发现触控面板坏了，师傅说维修费和配件费总共要 400 多元，因为刚把上季度拖欠的房租转给房东，手头比较紧，所以这 400 多元对于我们来说不是个小数目。我和师傅面对面站了几分钟后，只得让对方先回去，装油烟机的事暂时搁置。之后很长的一段时间里，那台油烟机始终摆在我们家的客厅里。

与中国许多传统的父亲一样，我习惯把这些狼狈和艰难藏到肚子里。有时候心中的苦水越积越多，无处倾泻的时候，我就会选个单子不多的深夜把我那辆二手的折叠电动车车速加到头，在泉城的夜色里呼啦啦地骑，用深夜的宁静来缓解我中年危机的压力。

柳暗花明破万难

2021 年 5 月，我被查出了肾结石，那段时间疼得已经无法出去跑代驾了，而且医生说可能需要做手术，要花费一两万元。因为没有济南的医保卡，我只能忍着疼痛回老家看病。

一路上，我想着这巨额的手术费倍感焦虑，心情比肾结石带来的疼痛还要沉重。我甚至开始考虑如果真的需要这么多费用，那我就不做这个手术了。

幸运的是，在回到老家的路上，疼痛感竟然奇迹般地减轻了。医生检查后跟我说，可能是这一路的颠簸把结石给颠出来了。这个消息让我瞬间感到轻松了许多，觉得“天无绝人之路”，老天在关键时刻又眷顾了我一次。

回济南后，我感觉身体没什么问题了，就要继续去工作，晓莉和孩子们却都不放心，让我再多休息几天，然而对于我来说，家里已经几天没有进账了，小儿子的老师又发来信息，学校要收 79 元的书本费，多休息一天就少挣一天的钱。当晚我就推着小电动车出门了。

跑代驾有时候就是这样，有时候你越想接单，反而越接不到单。我骑着电动车徘徊在深夜的街头，这种漫无目的地闲逛并不能带来实际的收入，只能说是一种心理上的寄托。当我回到家时，发现这一天的代驾收入仅为 78 元，正好距离小儿子的书本费还差 1 元……

跑的时间久了，有时候也会被顾客认出来：“你是不是那个找了十几年孩子的父亲？”我总会点点头。他们大多数都很有爱心，会问起我过去的寻子经历和申聪现在的生活。对于大家的关心，我都发自内心地感谢，并且非常自豪地告诉他们，申聪现在过得很好。

我之所以有底气这样说，是因为无论在学业上，还是在生活中，申聪的背后始终有爸爸妈妈为他支撑着。

申聪选择回家的时候，我就答应过他，要让他有书读、有学上。如果他一直留在广东，最后的结果很可能就是初中毕业，然后去打工或者无所事事地闲逛。

现在申聪在新的环境中，面对从头开始的一切，仍旧能够努力地追赶，并且未曾抱怨过，我就对儿子的未来充满了信心。倘若回家的最终结果跟不回家没有什么本质上的区别，申聪心里又会怎么想？我不想让申聪只拿着初中学历就出去打工，这样对孩子的未来是不负责任的。

在大家的眼中，可能通过我 15 年的寻子经历，认为我已经将父亲的角色诠释得淋漓尽致。然而我自己心里最清楚，在支撑和维护家庭方面，我还有相当漫长的路要走。虽然父亲这个角色我进入得有点晚，但我一

直在努力去做好。

为了让儿子对我们的家有归属感，对我这个父亲有认同感，我甚至开始学习起了做饭。申聪从小在广东长大，喜欢吃广东口味的菜肴，因此我的首攻菜系就是粤菜。

2020 年 7 月 4 日，我第一次亲手下厨给儿子做饭，在那之前，我可是连面条都煮不好的，现在我决定挑战一下这个我并不熟悉的领域。

为了在儿子面前完美地呈现这顿饭，我很早就已经开始偷偷准备了。我先按照网上的教程，把每一步都反反复复地看好多遍。刚开始的时候不是盐放多了，就是菜糊了。但我坚持着往下学，那股子劲就像我之前在工厂里学习一样。加上有妻子晓莉的指导，历经过多次尝试之后，我的厨艺终于有了显著提升。

到了给儿子展示手艺的那一天，天还没亮我便匆匆忙忙赶往菜市场，因为在我的认知里，早上的蔬菜应该是最新鲜的。那是济南一个规模比较大的蔬菜批发点，很多卖菜的商户都会去那里进货。一圈逛下来，我大包小包地买了好多申聪爱吃的菜回去。

到家之后我就开始忙活起来，洗菜、切菜都是我亲自动手，晓莉问我要不要帮忙，我说："不用，你们等着吃就行。"

"你看你爸这忙活嘞，以前他连什么叫'开锅'都不知道。"看着我在厨房忙碌的身影，晓莉笑着跟申聪调侃道。

申聪说过，他爱吃西红柿炒鸡蛋，我就多给儿子放鸡蛋；申聪说过，他爱吃蒜蓉青菜，我就把青菜洗了一遍又一遍，选最鲜嫩的部分炒给儿子。

忙了大半天，终于赶在了晚上 7 点前把一桌子饭菜做好了。那一天有土豆炖鸡、西红柿炒鸡蛋、蒜蓉青菜、菠菜豆腐汤、炒土豆丝……主食我还特意蒸了申聪爱吃的大米饭。

当看到儿子夹起菜，品尝第一口的时候，我心里忐忑不安，不知道他爱不爱吃，菜合不合他的口味，安静地等着儿子的评价。

“好吃！”申聪突然笑着对我说。

听到儿子说“好吃”两个字的一刹那，我如释重负，也突然自信了起来，赶紧又给儿子夹了一块鸡肉：“尝尝这肉怎么样，儿子。”

“嗯，不错。”在儿子一声声的认可和鼓励下，我感到了前所未有的成就感，甚至比我年轻时在厂里受到领导表扬都高兴。

那一天申聪吃了两大碗饭，比平时吃得都多……

自此以后，我更加有了动力去学习做菜，孩子们也越来越爱吃我做的菜，尤其是南方菜，煲仔饭、蜜汁叉烧、清蒸多宝鱼……做好了我还会在自己的抖音账号上分享，粉丝们都以为我要变成美食博主了。

都说真正的爱是双向奔赴的，这一点在我们家里亦是如此。当我和晓莉在想方设法地去迎合申聪口味的同时，申聪也在努力地适应北方的味道。

让我没有想到的是，自小生活在广东的申聪后来居然跟两个弟弟一样，喜欢上了吃家里腌制的洋姜咸菜。

这些洋姜是去接申聪之前，我和晓莉带着两个小儿子去黄河边上的大堤上挖来的，回家后买了一些调料，就腌上了。我还记得，那天刚把洋姜腌好，广东那边的专案组就来了电话，我们就急匆匆地出发了。经过几天的腌制，洋姜也已经入味了。

申聪回来之后，有一天无意间看到腌制洋姜的大桶，好奇地问里面是什么。我跟他说这是洋姜，北方经常吃的一种咸菜，他说之前从来没有吃过。我给他盛了一块尝一尝，没想到从此一发不可收拾，申聪几乎每顿饭都要搭配着洋姜咸菜，齐腰高的一大桶洋姜不到一个月就被他们兄弟三个吃完了。看到申聪也慢慢接受了北方的味道，我特别高兴，想起一句话“不是一家人，不进一家门”，口味是与生俱来的，改不掉的。

随着儿子的回归，像这样日常生活中充满着幸福与惊喜的小瞬间还有许多。

有一次，我带着申聪去买菜，申聪在一旁跟摊主讨价还价：“阿姨，买了这么多菜了，您再多送个葱呗。”儿子无意间的这句话，让我开心了很久，因为这让我觉得我俩是一伙儿的。

还有一次，我出门办事回来，家里已经准备好了晚饭。我拿筷子夹起土豆丝吃了一口，晓莉突然问了我一句：“好吃吗？”

“好吃啊。”我回答道。

晓莉神神秘秘地问我：“知道今天的菜是谁做的吗？”

“不是你炒的吗？”我好奇地问道。

她拿出手机给我看她拍的视频。视频中，三个孩子正在厨房里手忙脚乱地做饭。晓莉说，她今天下班晚，一进门就听见厨房里“丁零咣当”地有动静，她过去一看，申聪正招呼两个弟弟一起在做饭，奇奇将洗完的菜递给二哥帅帅，帅帅拿到案板上一刀一刀地切好，再递给申聪，申聪把菜放到锅里点火翻炒。

原来桌子上的菜出自儿子们之手，那一瞬间，眼泪打湿了我的眼眶。不知道是心理作用，还是其他的原因，那顿饭我感觉特别香。

据说吃饭是中国家庭增进感情的一种普遍方式，有研究表明，一家人在一起吃饭的次数越多，家庭的关系越和睦。对于我来说，最喜欢做的事情就是和晓莉一起陪着孩子们吃晚饭，饭菜是否可口倒在其次，主要是享受这种氛围。三个儿子会在饭桌上把学校里发生的好玩有趣的事情一一讲来，我听着这些，比饭菜本身可有滋味多了。

申聪回来之后，我们家里的氛围有了巨大的改善，一家人的集体活动多了，笑容也多了。

我的妻子晓莉，曾经被诊断为精神分裂，现在的状态跟此前 15 年相比，好了不止一星半点，她甚至会主动地去找朋友、邻居们聊天了。尽管仍然会时不时受到头疼的困扰，但我能深刻地感受到，妻子心里的结解开了，从她的言谈举止中依稀能够看到我们刚结婚时的一些模样了。

随着晓莉精神状态的好转，家里有了更多的欢声笑语和生活的气息。我们也终于有精力去布置一下我们的小家了，从细微处慢慢改变我们的生活环境。

申聪刚回来的时候，家里空荡荡的，没有什么像样的家具，三兄弟睡觉也是挤在一张双人席梦思床上，那时孩子们的个头还没有现在这么高，一张床的宽度刚好能容下他们三个。后来有好心的朋友给我家送了一张上下铺，从此三个儿子各自有了单独的床铺。再后来，一位长期追踪报道申聪被拐案的记者朋友给我家送来一套沙发，晓莉则从网上又买了一张二手的茶几，家里再来客人的时候，终于不用再端着杯子坐在板凳上了。

申聪平时特别爱看书，随着孩子们的书越来越多，我又置办了一个书柜，把给他们买的一套《十万个为什么》摆在了上面，民警送给申聪的警员小玩偶，也放在了书柜的最上层。

一切置办妥当后，我们的家终于有了家的样子，从环堵萧然变得温馨舒适。同样，帅帅和奇奇的心中也可以感受到，哥哥回家之后，他们的生活也有了很大的变化。

帅帅喜欢运动，而他人生中第一双阿迪达斯的运动鞋，可以说就是哥哥给他的。那双鞋其实是我去接申聪的前夕，托红卫帮忙买给申聪的，因为当时不知道申聪的鞋码，我就按照帅帅的体型和红卫儿子的体型估计了一下鞋码，结果没想到大了好多，最后这双鞋就给了帅帅，帅帅开心得不得了，而且因为这双鞋特别好看，帅帅还会和小儿子奇奇换着穿。

至于奇奇，他的第一辆自行车，也是得益于他的哥哥们。申聪以前在广东梅州时经常骑着摩托车到处玩，回到济南后，没有了摩托车。我用代驾攒下的钱，给申聪买了辆自行车。此时申聪和帅帅都有了各自的自行车，我觉得应该一视同仁，于是给奇奇也买了一辆。

2020 年岁末，我问三个儿子，对过去的一年如何看待。申聪说了两个字“神奇”。他解释说，过去只在影视作品中看到过儿童拐卖的事件，没想到竟真实发生在了自己身上，很神奇。二儿子则说“幸福”，2020年，哥哥回来了，自己从这个家里的大哥变成了老二，从此有了被哥哥照顾的感觉，感到很幸福。小儿子则说，2020年是“美好”的一年，因为哥哥回家后，爸爸也不再需要常年在外奔波，全家人能有更多的时间在一起了……

2021年春节前夕，申聪迎来了他17岁生日。以前在买家的时候，买家父母并不知道申聪的真实生日，就给他随便找了个日子过。这次回到家，是申聪第一次过自己真实的生日。

我很早就开始盘算如何给儿子过一个难忘的生日，我原本打算邀请所有亲朋好友吃个饭，答谢他们多年来的关心与支持。但申聪却有自己的想法，他希望能与他的同学们一起度过这个特殊的日子。

申聪是一个重感情的孩子，尽管他与同学们相处的时间仅仅九个多月，但已经建立了深厚的友情。中考后，他们可能就会各奔东西，因此他格外珍惜与同学们的这段友情。

我同意了儿子的想法，我们全家人给他订了一个大蛋糕，邀请了他的同学来一起过生日。那一天我很开心，我很庆幸赶上了儿子成年前的生日。

“吃蛋糕。”申聪切了一块带水果的大蛋糕递到我的面前。

“谢谢儿子。”我接过蛋糕的时候，手一直抖个不停，眼里的泪水又止不住地流了下来。

当吃到儿子亲手切的蛋糕时，我感觉过去所有的苦涩在那一刻都变成了甜蜜。

那一天，我打开了直播，想与一直关心我们一家，并给申聪送来生日祝福的广大网友们一起分享这份喜悦和幸福。平时我拍短视频记录生活，申聪从未主动要求过出现在镜头前。但那天，他突然主动从卧室走

出来跟我说："我想说几句。"

申聪拿过手机，看到网友们热情的弹幕留言，他的眼眶也湿润了，他说："今天是我的生日，谢谢大家的关心，谢谢老师，谢谢朋友，谢谢家人，谢谢网友，谢谢爷爷奶奶和叔叔婶婶。"最后当他说到"谢谢爸爸妈妈"时，似乎有些害羞，支支吾吾地就嘟囔过去了。

申聪回家后，很少直接叫我"爸"，他自己也跟我说过："我知道你是我爸，但我就是喊不出口。"对此我并不强求，总是安慰他说没事。

但听到申聪的那声"谢谢"，我心中已经很满足了。15 年的分离给这个家带来的创伤，深深地烙在我们每一个人的心上，要想真正弥补这些，恐怕需要我们用余生不断去努力。不过现在有儿子陪着我，我也相信无论前方的道路多么崎岖，我们会一直手拉着手，相互支撑着向前走……

同样在申聪生日那天，我也收到了许多曾经与我并肩走在路上的寻子家长们送来的祝福。回想起我生命中最艰难的那段时光，是这些兄弟姐妹们陪我一起度过的，也正是大家不断地帮助和鼓励，我才有了坚持下去的动力。如今，他们中的许多人已由青丝变为白发，但令人痛心的是，他们的孩子依然下落不明。

所以，虽然现在申聪回来了，但是我手机里上百个寻子群，我一个都没有退。很多时候，我会接到一些寻亲家庭打来的电话或发来的信息，当听到"申大哥，请你帮帮我们一家"这句话的时候，哪怕能给他们带去一丝微弱的帮助，我的心里也会感到踏实许多。

2020 年年底，已经有 15 万多的爱心人士关注了我的抖音账号，我经常会把一些寻亲信息发布到自己的抖音账号上。以前我们对短视频还不了解，作为一个与时代脱节 15 年之久的"小白"，有时候需要捣鼓一整天才能弄好一条寻人视频，有时候发出去就已经是晚上八九点钟了，然后再骑上我的小电瓶车出门去跑代驾。

后来我发现很多的寻亲家长其实都比较迷茫，有的甚至孩子丢失多年了，都没有去报警立案。我告诉他们，无论如何要先去警方那里立案，然后配合公安机关采集 DNA，以便在 DNA 库中进行比对。同时孩子本人的照片一定要及时提供给警方，没有的话就提供父母、孩子兄弟姐妹的，随着科技的不断进步，人脸识别技术已经广泛应用到寻亲领域，很大概率上可以通过照片比对找到我们的孩子，同时家长自己应冷静分析孩子丢失的原因以及可能的拐卖者，挖掘线索主动提供给公安机关，并紧密关注案件的进展。

归根到底，造成这一个个家庭悲剧的根源还是人贩子。拐卖人口给一个家庭带来的伤害，并不会随着孩子的回家而终结。

我的代理律师张祥律师告诉我，一审时，法院驳回了我们的民事赔偿诉求，现在申聪找到了，一审法院法官驳回的理由就要重新考量。申聪作为本案的被害人，已经确定其与申军良、于晓莉的生物学父母关系，那么我们夫妇作为法定代理人，提起附带民事诉讼的主体资格便不存在任何问题了。

我迫切地希望自己的赔偿诉求能够得到认可，因为我觉得这是自己应得的赔偿，甚至数字都远远不足以弥补我们家庭所受到的伤害。

后来有媒体记者联系我，希望采访关于民事赔偿的内容。当记者问我极力争取人贩子民事赔偿款的意义在哪里时，我表示，这笔赔偿对于受害家庭而言，可能是一个重焕生机的希望；对于社会而言，则可能成为一个具有示范意义的案例，既可以对人贩子起到震慑作用，也能够对司法制度的完善起到一定的参考和推动。

张祥律师在我在二审的代理意见中这样写道：公正司法的要义不仅是对被告人准确定罪量刑，还要实现对社会的救赎，拐卖儿童犯罪的存在，是全社会的一道伤口，本案更是申军良等整整一代珠三角外地打工人辛酸往事的缩影。广东，这片改革开放的热土，带给他们希望，也带

给了他们永恒的痛苦，唯望法院能正视本案现实，依法判决，以抚慰社会的伤痛……

2022 年 4 月，有个国内比较知名的网站找到我，希望我作为嘉宾，在直播间出席一个寻子家庭的线上认亲仪式，我欣然同意了。然而直播连线的过程中，我看到画面里原生家庭的家长见到失散多年的孩子后，表情木讷，没有丝毫激动与喜悦，孩子也神情冷漠，两边甚至都没有眼神的交流，像是新闻里领导接见宾客一样，握手、拥抱、鼓掌……说实话，面对这样的场景，我是感到很痛心的。

还有一次，一个寻子父亲向我抱怨，亲生儿子回家后对他不理不睬。他们家是做生意的，条件优渥，而买家那边却一贫如洗，是村子里最穷的一户。孩子回到亲生父母家不到一个月的时间里，每日沉迷于游戏，而且经常拒绝进食，甚至闹着要回到条件更艰苦的买家那边。

“孩子回来后，你平时陪他的时间多吗？”我问这位父亲。

“我做生意忙，哪顾得过来？”他回答。

“那你以后打算怎么办？”我继续问道。

“没办法，就当没生过他吧。”他气愤地说。

我听了这句话后，也就不再联系这位父亲。

我心里很清楚，孩子的真正回归是需要时间的，而且父母的坚守与关爱也会起到至关重要的作用。就比如申聪，虽然最终是通过警方的人脸识别技术找到的，看似我 15 年在各地奔走都是徒劳，但是没有这 15 年的坚持，申聪的案件可能也不会引起社会的广泛关注，人贩子也就不会这么快被公安机关找到。一次又一次，我以被抢孩子的父亲之名，在茫然无措中探寻着那一丝希望，推动着案件一点点往前走。

同时我也相信，没有这 15 年的艰辛历程，即使找到申聪，他也不会轻易同意跟一个陌生的父亲回到陌生的家。所以，我无悔这 15 年的寻子之路，有时甚至觉得，这 15 年就是我的一种自我救赎。在这场救赎中，

我收获了儿子的回归，同时也用自己的双脚，为孩子们丈量出一个父亲应有的坚韧与毅力。

寻子家庭能否成功带回失去的孩子，有时候确实会存在一部分的“听天由命”。买家对孩子不善，孩子甚至会主动寻找亲生父母；反之，若买家对孩子视如己出，结果则难以预料。对于寻子父母来说，买家的态度是不可控的，我们能控制的只有我们自己尽了多少力，只有自己竭尽全力去关爱孩子，孩子才能感受到亲生父母那份深情的爱。

也正因如此，如今的我格外重视与孩子们的陪伴。在过去漫长的岁月里，我未能给予申聪足够的父爱，也没有给予老二和老三足够的温暖，只能尽力用后半生去慢慢弥补。

我深信，无论是经历过骨肉分离的父母，还是那些家庭完整的父母，亲子关系的深浅都取决于双方情感的积累，而这种情感必然需要时间的沉淀。

有一次，我接到老三班主任的电话，说孩子最近成绩下滑得厉害，让我多关注一点。正好那时候我的心脏出现了问题，医生告诉我要保证足够的休息，不能熬夜。我很发愁，晚上躺在床上，即便不出门也睡不着觉。到了次日，我依然还是四点多就醒了，然后骑车送老三去学校，就是为了能在路上和孩子多聊一会儿。经过一段时间的沟通交流，老三的状态好了很多，成绩也逐步又提升了上去，并且在中考中如愿考入了理想的高中。

人世间的感情中，父与子的感情其实是十分微妙的。

申聪步入青春期前，缺乏父爱，没有亲生父亲的陪伴，买家父亲也远离他去外地打工。所以申聪此前意识中对父亲的形象其实并不清晰。如今他正处于青春期，回到了我的身边，对于他自我意识的形成以及我们父子感情的重构来说，时机都刚刚好。

如果再晚几年，申聪已经长大成人，他对父母的依赖几乎消失，他

的学业方向和人生规划也基本确定时，再作改变将难上加难。

同样地，若再晚几年，帅帅和奇奇对于我这个父亲角色的认知也将定型，在他们心里，我这个“父亲”的角色将会更加模糊和疏远，这势必会影响到两个孩子未来的心理和生活。更严重地说，如果再晚几年，申聪的爷爷奶奶或许都无法再见到他们的孙子归来。

尽管现在经济上的压力依然存在，但我们已经拥有了应对压力最好的武器，就是亲情。现在的我很忙，不是再忙着找儿子，而是忙着做父亲……

2021 年 7 月，申聪和帅帅同时步入中考的考场。随着考试的落幕，申聪告诉我，自己考得“有点蒙”。在我看来，只要儿子努力过就好，我与申聪共同探讨了多条未来的规划：是选择职业高中、技工学校，还是私立高中？无论申聪作何决定，作为父亲的我都会全力支持他。

最终，申聪选择了一所外地的公立职业高中，学习动物医学专业。申聪热爱生命，喜欢小动物，他自己也希望毕业后能在宠物医院工作，为小猫小狗提供治疗。这是我们深思熟虑后共同作出的决定。

申聪曾经也想过学摄影，因为他见过好多扛着“长枪短炮”的记者经常从家里进进出出，在他眼中，那是一个很“酷”的职业。但是后来他了解到摄影摄像需要的设备都非常昂贵，同时考虑到家里的情况，也就放弃了那个想法，但他依然会利用自己的课余时间去研究和学习。

至此，申聪即将开始他的住校生活，二儿子也即将开始他的高中学习，这两笔学费虽然不多，但加上生活费等开支，还是有些沉甸甸的。

在那个假期里，申聪和帅帅仿佛也感受了我和晓莉的焦虑。

中考结束不久后的一天，天才微微亮，申聪和帅帅兄弟俩便一起结伴出门了。起初我以为他们是出去玩了，便没说什么，但直到晚上七点多，兄弟俩都还没有回来，此时晓莉给他们做的饭也已经凉透。我有些着急了，给申聪打去了电话，可是没有人接听，后来我又连续打了好几个，都没有打通。

我开始有些慌了，担心他俩不会在外面遇到什么不好的事情，晓莉反而劝慰我说："孩子们都大了，又是兄弟俩一起出门的，先别着急，再等等吧。"

就这样到了晚上九点多，突然，我的电话响了，是申聪打来的，我赶忙接起电话，

"儿子，你俩去哪了？这都一整天了还不回家！"我的语气中带有一些焦急和质问，我太担心他们了。

"我们马上就到家了，今天我俩挣了 100 多元钱。"电话那头传来的是申聪开心的语气。

到这我才知道，原来兄弟俩知道步入高中后，家里的经济压力会增加，于是利用假期的时间找了一份兼职，在一家餐厅打零工，一直干到晚上九点多，而且都没有吃饭。

看着两个儿子如此懂事，我心中五味杂陈，既感动又心疼……

后来随着时间的推移，有朋友建议我和晓莉尝试在短视频平台上销售商品。起初我们对此一窍不通，我抱着试一试的心态开始了直播带货。对于我们这种之前连短视频都弄不明白的新手来说，学习的过程中也踩了不少坑，而且我发现自己仿佛与时代有些脱节，许多新奇的产品都是我过去 15 年里从未听闻过的。

为了确保产品的质量，我和晓莉每个品都会亲自试用，也会拉着三个儿子一起帮忙选品，以年轻人的视角去提一些意见，之后我们会把这些挑出来的产品再拿到网上比对价格，生怕自己的报价高过其他平台。

一切准备妥当之后，没想到一开播就得到了大家的强烈支持，纷纷表示希望帮助我们的生活早日走入正轨。直播间里，热心的网友们留言鼓励："申大哥，你卖什么我们就买什么。"这些温暖的话语让我铭感五内，但同时也给我带来了不小的压力。我既担心商品质量不好，让支持我们一家的网友失望，又害怕价格不合理，让他们多花冤枉钱。

所以之后我在筛选这些琳琅满目、五花八门的产品时，就会像 15 年前在工厂里工作一样，拿出百分百严格的态度。现在每周晓莉有空的时候会开一两次直播，给大家推荐一些实惠好物，同时也缓解一下家里的经济压力。

2020 年除夕夜，很多一直关心我们一家的热心网友留言问我申聪回家后的第一个春节打算怎么过，大家的关心让我深感温暖。

这个春节对我们家来说意义非凡，这是我们家第一个团圆的春节。依照家乡的传统，吃年夜饭的时候是要按年龄和辈分排座的。过去的 15 年里，我们总会在申聪的位置上为他摆上碗筷和水饺，我的两个小儿子也会给哥哥留出座位。从今年开始，那个位置终于不用再空着了。

还记得 2019 年的腊月廿七，我从广东回到家里，家里空荡荡、冷冰冰的，我打开冰箱，冰箱里什么也没有，仅有几根菜叶子也都是烂掉的。第二天我出门买了一棵白菜，买了十多元钱的猪肉，我们一家四口吃了一餐水饺，就算过年了。

如今这个春节不同了，我们终于成了一个完整的家庭。

因为这是申聪回家后的第一个春节，原本计划回老家陪老人一起过，然而因为疫情的原因无法回去，于是我和晓莉便商量在家给孩子们多做些好吃的。于是从一个月以前，我们就开始张罗，准备年货了，买了很多孩子们喜欢吃的，准备热热闹闹、开开心心地过个年。

大年二十九那天，我带着兄弟三人把福字、对联、窗花都贴上，经过一番布置，家里顿时充满了喜庆的年味。

大年三十一早，晓莉便在厨房忙活起来，准备年夜饭，炸丸子的香气与炸鱼的鲜香交织在一起，弥漫在家中。我和儿子们则负责包饺子，这次特地准备了两种饺子馅：一种是虾仁馅的，鲜美细腻，满足申聪的口味；另一种是莲藕猪肉馅，浓郁可口，符合两个小儿子的口味。

当所有的菜肴都准备妥当，我们一家人围坐在一起，看着春晚，边吃边聊，共同享受着这顿丰盛的年夜饭。申聪说他以前从来没有吃过莲藕猪肉馅的饺子，第一次吃感觉特别香，晓莉则被儿子夸得合不拢嘴。

其实我非常清楚地知道，在过去的一年时间里，“恐惧”“恐慌”“无措”几乎是申聪很长一段时间里的状态。除了父母是陌生的之外，“申聪”这个身份也是陌生的，即将面对的人和环境全是陌生的。

然而令我欣慰的是，如今的申聪已经打破了所有的“陌生”感，转而变得“阳光”“开朗”“自信”，而且非常懂事贴心，在很多事情上都会顾及家人的感受。我们父子之间也凸显出越来越多的相似之处和默契，就像从未分开过一样。

那天晚上我喝得有点多，因为以前从来不敢奢望的情景居然成为现实，喝到最后我已经不记得自己是怎么睡着的了，只记得最后的画面定格在晓莉和孩子们的欢笑中……

第六章

九子被拐连环案

同案相助命不同

跟申聪一起被拐卖的共有 9 个孩子，在漫漫寻子路上，我期盼把这些家庭团结起来，大家一起把各自被拐的孩子找回家。

前面说过，2017 年 6 月，据人贩子张维平交代，当年包括申聪在内，被他拐卖的一共有 9 名孩子。之后在漫长而艰难的寻子路上，我一直尝试着能将这些家庭团结起来，共同找回我们的孩子。

2017 年 11 月 2 日，张维平一审开庭前，我逐一联系了其他 8 个家庭，希望他们能来广州参加庭审。

当我拨通被拐孩子杨家鑫妈妈的电话时，她的声音悲凉而沉重："申大哥，孩子的爸爸来不了了，他已经不在了，我们这个家也已经没有了。"紧接着便传来了刺痛人心的哭声，这个消息如同一记重锤狠狠地砸在我的心上。

时间拉回到 2005 年 12 月，马上就要迎来两岁生日的杨家鑫，和父母住在广州市黄埔区镇龙镇的一栋出租公寓里。父亲杨某丙在附近的毛织厂工作，母亲夏某菊则在家照看孩子。为了减轻家中的压力，杨家鑫的妈妈也决定去毛织厂打工，于是孩子的爷爷便从老家过来，承担起了照顾孩子的工作。这原本是一个多么幸福的家庭，一家人共同为了更好

的生活而打拼。

然而，命运的转折竟来得如此突然。某一天，一个神神秘秘的陌生男人，也搬进了杨家鑫一家居住的公寓楼 6 层。当这个男人看到杨家鑫的爷爷总是抱着孙子出来玩的时候，罪恶的目光便盯上了无辜的杨家鑫。

有一天夏某菊下班回家，正好碰到这个陌生男人在公寓楼的门口逗杨家鑫玩，还跟杨家鑫说："我跟你一起玩，带你去买糖吃。"因为平时院子里的人都很喜欢杨家鑫，夏某菊也没有在意，她问公公这个男人是谁，公公说是刚搬到公寓来的邻居，也是四川老乡，但不知道具体叫什么名字。让夏某菊未曾料到的是，这个男人的到来竟是他们一家噩梦的开始。

随后的几天里，因为毛织厂订单减少了，暂时没活干的夏某菊和丈夫杨某丙便去了一家塑料厂打工。那段时间，两个人吃住都在厂里，杨家鑫就完全交给爷爷照料了。

2005 年 12 月 31 日，平静突然被打破。杨家鑫的爸爸上班时接到爷爷打来的电话，说杨家鑫不见了。夫妻两人赶快回到家中，杨家鑫的爷爷说，当时孙子在门口玩，他去旁边的厕所洗衣服和鞋子，几分钟后再出来，孙子就不见了。

之后一家人开始焦急地寻找孩子，有一个邻居告诉他们，她看见住在 6 层的那个男人带着杨家鑫走出了院子。夫妻俩赶快来到男人租住的房间，发现房间门敞开着，屋里却已空空如也。

直到这个时候，夏某菊才把带走杨家鑫的男人和前几天在自家门口逗儿子玩的那个男人对上号，但当时他们夫妻并不知道，这个男人真名叫张维平，是一个已经拐卖过多个孩子的人贩子！

杨家鑫失踪以后，杨某丙夫妇像发了疯一般四处寻找，但始终没有线索。辞工找了一段时间之后，迫于生活的压力，夫妇二人只能一边打工一边继续找孩子，打工赚的钱最后也都用在了寻子这件事上。

杨家鑫的爷爷，心里也落下了“病根儿”，因为杨家鑫是在他眼皮子底下丢的，怀着愧疚大病了一场，之后宁可拖着年迈的身体出去打工，也不敢再为其他子女照看孩子了。一来他怕再把孩子“弄丢”，二来只要再见到两三岁的小孩，他都会想起自己可爱的孙子杨家鑫。

“心病”更严重的还要数杨家鑫的爸爸杨某丙。当初他们带着杨家鑫到广东打工，原本是想改善生活，给孩子一个更好的成长环境，不想让孩子成为所谓的“留守儿童”，但未承想反而成了这个家庭悲剧的开始，心中的痛苦与愧疚更是无法言喻。

从 2008 年开始，寻子两年多无果的杨某丙开始出现了精神异常，他经常自言自语，总觉得有人要杀他，他随身携带着水果刀用来“防身”。

夏某菊劝他去看病，他却固执己见不肯去。没有办法，夏某菊只得决定带着丈夫先回四川老家，希望换个环境能缓解杨某丙的病情，之后再想办法找孩子。然而残酷的命运再次选择了他们一家。

2008 年 6 月，夏某菊陪着丈夫，和孩子爷爷一起，从广州乘坐火车回四川老家，中途大约走到清远路段的时候，杨某丙提出要去趟厕所，可是这一去，却过了许久都没有回来。杨家鑫的爷爷去厕所寻找无果，夏某菊让乘务员帮忙广播寻人，也没有回应。

直到火车抵达四川，刚一进站，乘警便找到了夏某菊，说清远有一个人需要她过去确认一下身份。原来铁路广州工务段的工作人员在隧道巡查时，发现了一具男性尸体，经民警现场勘验，系坠车自杀身亡，而死者正是杨家鑫的父亲杨某丙。

当夏某菊再次见到丈夫时，他已经成为一具冰冷的遗体。

杨某丙的死对于这个家庭来说可谓地崩天塌，夏某菊和公公在清远料理完杨某丙的后事，抱着他的骨灰回到了四川。

儿子不知所踪，丈夫跳车自杀，之后生活的重担让夏某菊不得不改嫁，这个曾经幸福的三口之家，因拐卖彻底破碎瓦解。

在电话里，夏某菊向我表达了不能来到庭审现场的歉意，她现在的家庭不愿意让她再牵扯过去的事情，但她仍然想念着自己的儿子杨家鑫，仍想亲眼看看那个害死孩子爸爸的人贩子是什么下场。夏某菊对我说，她会联系杨某丙的哥哥，让孩子的大伯代她去参加庭审。

临挂电话前，夏某菊还表达了自己最后的心愿："申大哥，我希望能够找到杨家鑫，你帮帮我，哪怕孩子不能回到我的身边，我也希望找到他，让他去他爸爸坟前上一炷香。"

听完杨家鑫父母的经历，我心中涌起一股复杂的情绪。寻找申聪的那些年里，我也曾无数次在生与死的边缘徘徊，几乎跌入无尽的黑暗。然而，命运似乎又对我有所眷顾，让我得以挣脱困境，重新站立起来。虽然我和杨家鑫的爸爸一样经历了无数的波折和磨难，但我是幸运的，至少我还活着，还有见到申聪的希望。

从此，我的身上又多了一份责任，就是帮助夏某菊实现她的心愿，找到那个失踪的孩子，让他能够去祭拜他的父亲，也算为这个破碎的家庭带去一丝慰藉。

杨家鑫的大伯在开庭的前一天抵达了广州，加上另外 5 个孩子家长，这次我们一共有 7 个受害家庭的代表将出现在第二天的法庭上。

当天晚上，我把几个家长招呼到一起，在房间里给他们详细地讲述了案件的进展。有的家长坐在床上，有的站在我的身旁，有的蹲在地上，他们把我围在中间，似乎每个家长都想要离我更近一点，以便于对案件目前的进展了解得更详细。

之后我又跟家长们讲了讲第二天法庭上的注意事项，给他们树立信心。家长们七嘴八舌地表达着自己的诉求和意愿，在嘈杂声中，我隐约地听到有两位家长说：这个申军良，一个人找孩子找了 12 年，太不容易了，还能把大家都联合起来，不是个普通人……

其实归根结底，我也只是个普通人，有时候我会想，自己若真有什

么能耐，恐怕早就找回孩子了。在过去的 12 年里，我深知寻子之路的无助与孤独，这也正是我想要联合起大家的原因。

当所有事情都安排妥当，家长们依然没有离开，开始一个一个地把他们孩子被拐的经历倾诉而出，那一刻，我们彼此的心灵是相通的，互相倾听那段痛苦的经历，互相鼓励一起坚持。

在这些父母中，有一位身材瘦小的母亲让我印象深刻，她面容消瘦，从她的穿着上可以看出她是一名普普通通的女工，她就是被拐孩子陈某进的母亲赵某容。不同于其他家庭来的是父亲、大伯或者夫妻二人，作为一名受害家庭的母亲，她只身一个人来到广州与我们汇合的。

她的儿子陈某进是在 2003 年 12 月被张维平拐走的，被拐时，孩子刚满三周岁。那时，张维平刚搬到惠州市博罗县某幼儿园旁的出租屋，正打算找工作的他，没几天便盯上了邻居家的小男孩陈某进，看到孩子很可爱，他便起了歹心，打算卖掉这个孩子换钱。

陈某进的爸爸妈妈都在工厂上班，平时则是由奶奶在家照看。

张维平事先托人找好了下家，然后开始为实施犯罪做准备。他提前好几天就已经开始主动接触陈某进了，连续数日在陈家门前与陈某进玩耍，甚至还给他买包子吃。

2003 年 12 月 6 日一大早，张维平来到陈家门口逗陈某进玩，说要给他买好吃的。正巧陈某进的姑父准备去上班，他出门时看见陈某进正与一个陌生男子交谈，于是揪着陈某进的耳朵将他拉回屋里，打了陈某进的屁股两巴掌："跟你说过没有？不要跟不认识的人玩！"

姑父教训了孩子几句后，眼看时间不早了，便转身上班去了。姑父之所以如此谨慎，是因为他此前在小区里从未见过这个逗陈某进玩的陌生男人，当然他更不知道这个男人叫张维平，是个有多次拐卖儿童前科的人贩子。

大概到了早上 9 点钟，陈某进的姑姑买菜回来，发现侄子又在门口跟那个陌生男人玩，男人还是说要给陈某进买东西吃。姑姑再次把陈某进拉回家，这次打得更重了，直接扇了侄子两个耳光，说：“要吃什么姑姑给你买，别跟别人要。”之后姑姑便进屋去了。

被姑姑打疼了的陈某进站在原地委屈地哭了，而那个陌生的男人却没有离开，依然在陈家的门口站着，等待着“捕猎”的时机。

眼见陈某进的姑姑去做饭了，张维平再次开始逗陈某进，这次动作更大，想直接拉着他往外走，只不过又被孩子的奶奶看到了，被严词喝止。就在这个时候，屋里的另一个小孙子突然哭了起来，奶奶赶紧转身跑进屋里去给小孙子冲奶粉了。

前后不到十分钟的工夫，当她再次转身出来的时候，发现陈某进已经不见了，同时逗他的那个陌生男子也不见了。

陈某进的父亲陈某财和母亲赵某容当时正在上班，他们接到家人电话听说儿子不见了，立刻赶回家中寻找孩子。后来有邻居说看见陈某进被新搬来的陌生男子带走了。他们去了那个陌生男子住的房间，发现房间里除了几张报纸铺在床上之外，其他什么都没有。

孩子丢失后，家里人都崩溃了，尤其是负责照看孩子的奶奶，年迈的老人无法接受这个残酷的现实，身体一下子就垮了。

后来为了给孩子奶奶治病，陈某进的爸爸带着老人回了贵州，赵某容则一个人在外面打工，靠着一个月 3000 多元的工资，养活这一大家子人，一直就这么过着。

当家里人回忆起陈某进被拐过程，其实有很多次机会可以避免悲剧的发生，因为他们曾多次注意到张维平的可疑举动，但是谁都没料到偷孩子的事情竟发生在自己身上。人贩子特别狡猾，下手也很快，最终只留给一家人无尽的悔恨……

与陈某进一家一样，同样感到懊悔的还有被拐儿童李某青的父亲李某全。这次他是和妻子一起过来参加庭审的。他们无论如何也想不到当

年他和妻子的一次热心肠，却招来了一只“中山狼”。

李某全夫妇的老家在湖南永州，起初他们在惠州市龙溪镇附近租房子住，认识了一个自称“小王”的邻居。那个时候“小王”的脚受了伤，很长时间没有正式工作，李某全夫妇见他可怜，就带他去了一个老乡开的诊所医治好了脚伤。

后来李某全夫妇搬到了博罗县龙华镇继续打工，本来他们已经远离了这个叫“小王”的男人。可不承想，没过多久“小王”也搬到了龙华镇，与李某全夫妇再次非常“有缘”地成了邻居。

因为之前就相识，再加上夫妇俩看“小王”人生地不熟的，又没有工作，出于好心，再次对“小王”施以援手，将他介绍到自己干活的工地，和自己一起共事，自此两家人的关系更加亲近了。

之后“小王”便经常到李某全夫妇家蹭饭吃，李某全夫妇觉得既然“有缘”，也不多一双筷子。而“小王”也算是“投桃报李”，经常给夫妇俩年仅一岁半的儿子李某青带东西过来。慢慢地，李某青对这个“小王”叔叔也不再陌生，以至于每当“小王”抱起他时，他都会安安静静的，不哭也不闹。

可是令李某全夫妻俩没想到的是，这个自称“小王”的男人其实根本不姓“王”，他的本名叫张维平，真实身份是一个靠贩卖儿童获利的人贩子，他对李某青的好，也并不是为了感恩李某全夫妇的帮助，一切只不过是为了博取他们和孩子的信任。

2005 年 8 月 7 日下午 5 点多，李某全的妻子在家做家务，儿子李某青刚刚午睡醒来，没过多久，张维平来到他们家门口，说想抱抱李某青，还说要带他去买包子。因为都比较熟了，孩子妈妈瞥了一眼儿子，就同意了。直到晚上李某全下班回来没看到儿子，才发现“小王”和儿子都不见了，也就是这个时候，他们才发现原来他们对那个“小王”根本不了解，他的名字、籍贯等信息都是假的。孩子妈妈瞥向儿子的那一眼，

竟成了她往后 16 年里见到孩子的最后一眼。

听完李某全的讲述，我再次陷入了沉思，对于曾经帮助过自己的恩人，张维平都能下得去手拐卖他们的孩子，简直灭绝人性。

此时另一位孩子的父亲激动地说道：“他就是太狡猾了，应该千刀万剐！”说话的这位父亲是来自湖南的欧阳某旗，他的儿子欧阳某豪被张维平拐走的时候年仅两岁半。

2005 年 5 月 26 日上午 9 点钟左右，欧阳某豪正坐在出租屋外玩耍，母亲则在厨房忙碌，大约过了 5 分钟后，当母亲从厨房出来的时候，发现欧阳某豪不见了。孩子母亲立马跑出去寻找，找了一大圈都没有见到儿子的踪影，后来欧阳某旗到家后得知孩子不见了，立马报了警。一个女老乡提供线索说她看到租住在欧阳某旗一家隔壁的那个四川口音男子，抱着欧阳某豪沿着铁路往上境村方向去了，而且走得很急。

对于邻居所说的“四川口音男子”，欧阳某旗是有印象的，因为虽然那个男人才搬来不到一个月，但是他经常来到家里找欧阳某旗夫妻聊天，而且经常给欧阳某豪带些小零食过来，所以孩子对他并不陌生。没想到就是这样一个表面和善、侃侃而谈的“邻居”，居然会把他们的儿子拐走。

警察当天就搜查了那个男子租住的房间，发现屋里除了一床被子，其他什么都没有。至此大家才发现，虽然那个男人已经搬来近一个月，但大家对他的身份并不知晓，只知道他年龄三十岁左右，身高一米七上下，偏瘦，脸长，讲四川话，后来他们才知道他的真实身份——张维平，一个罪大恶极的人贩子。

张维平拐卖孩子的手法基本差不多，钟某西的儿子钟某彬也是张维平主动接近他家后，利用家长和孩子对他的信任拐走的。

钟某西原本有一个幸福的三口之家。2004 年，他和妻子谢某英带着年仅一岁半的儿子钟某彬租住在惠州市博罗县石湾镇的一处平房内，钟某西在附近的一个工厂上班，平日里都是妻子在家照看孩子。

有一天，一个自称来自四川的男子租下了他们隔壁的一间屋子。这名男子身形较瘦，身高一米七左右，看上去三十来岁，面容黑长。没错，此人正是张维平。

起初钟某西和妻子也都对这名男子的身份感到过怀疑，原因是他经常一整天都待在出租屋里不出门，大家都不知道他是做什么营生的。但随着时间的推移，他们的警戒心又慢慢放了下来，因为这个新“邻居”给人的感觉总是很热情，见到谁都会笑着打招呼，看上去不像个坏人。而且他经常会逗着钟某彬玩，还会给孩子买些糖果之类的。一个月后，钟某西一家对这个热情的“邻居”已经完全没有了戒心。

2004 年 12 月 31 日，钟某西像往常一样一早去了工厂上班。谢某英给儿子喂过中午饭后，便开始收拾起家务。不一会儿，张维平骑着一辆黑色摩托车来到钟某西的家门口，跟谢某英打了个招呼后，便以带钟某彬去买糖为由将钟某彬抱上了摩托。由于两家人已经熟络，所以谢某英没怎么留意就同意了。然而自此之后，钟某彬就再也没有回来。

意识到是所谓的“邻居”将孩子拐走之后，谢某英赶紧打电话通知了钟某西，夫妻二人又连忙报了警，警察也第一时间赶到那个“邻居”的住处，当众人打开房门的一瞬间，映入眼帘的除了一床破旧的棉被和一个水桶，其他什么都没有。

而此时的钟某彬，已经被张维平以 12000 元的价格转卖掉了。

当钟某西将儿子被拐的经历向大家诉说完后，我蓦然发现身旁还蹲着一位表情凝重的父亲，在其他家长纷纷向我吐露他们的不幸时，这位父亲手里紧紧握着孩子的照片，默不作声地倾听着。

这位父亲叫邓某和，老家是湖南的，他被拐的儿子叫邓某峰。而邓某峰的被拐，居然和申聪的案子还颇有些渊源。从地点上看，邓某峰被张维平拐走的地方增城市石滩镇离我儿子出事的地方很近；从时间上看，邓某峰被拐比申聪被拐早了仅仅半年。

听到这里，我在脑海里反复搜索，突然回忆起来，在自己儿子被抢之前，曾经听公司的保安谈论过，附近有一个孩子被人贩子拐走了，孩子的父母在四处打听儿子的下落。当时因为公司保安里也有来自湖南的，所以这些保安也曾热心地帮助邓家夫妇寻找过孩子，但遗憾的是，最终都没有结果。

邓某峰被拐的案件发生在 2004 年 10 月 6 日。那时，邓某和在沙庄的一个货运场做搬运工，一家三口租住在增城市石滩镇的一所公寓中。公寓楼有五层，他家在一层，整栋楼住的基本都是来广州打工的外地人，有的邻居是邓某和的湖南老乡，有的邻居是邓某和在货运场的同事。因为和邻居们都很熟悉，儿子邓某峰从小就跟邻居家的小孩一起在公寓门口玩耍。

案发那天，妻子邓某环正在出租屋里给丈夫准备午饭，2 岁的儿子邓某峰则在屋门口啃甘蔗。母亲一边做饭一边用眼睛瞄着邓某峰，孩子一直都在她的视线之内。

大约 11 点的时候，邓某环去卫生间洗菜，前后不到 10 分钟的工夫，当再出来时，发现儿子邓某峰不见了。

邓某环大声呼喊儿子的名字，但是一直没有回应，找不到儿子的她赶紧给丈夫打电话，邓某和放下电话后骑上车就往家跑，走到家门前的路口时，他捡到了一只儿子的小鞋子，邓某和意识到：坏了，儿子可能是被人强行抱走了。

夫妇二人报警后，在周围继续寻找，后来有人提起在邓某峰失踪前曾和一个陌生男子说过话，那个男子就住在公寓的二楼。他们赶快把线索告诉警方，当警方撬开二楼房间门的时候，里面除了一个风扇，其他什么都没有。

后来邓某环回想起了这个带走自己儿子的陌生男人，他搬来这里的时间不长，大概才一个月，整天游手好闲，只是在附近的小卖铺里打牌、

打台球，时不时地还会来逗逗邓某峰。有一次，这个男人还给邓某峰买了一个甜筒，邓某环不习惯儿子吃陌生人给的东西，要给他钱，他没有要，说是看孩子可爱才买的。

大家口中的“陌生男子”正是张维平，他此前一直在伺机寻找可以下手的目标，自从租住进邓家夫妇楼上的公寓后，便盯上了邓某峰。为了能让孩子不哭不闹地跟自己走，张维平在这里跟孩子玩了大约一个月的时间。

经过漫长的“潜伏”之后，终于让他等来了机会。趁着邓某峰的父亲不在家，母亲进屋洗菜的几分钟时间里，张维平拉着邓某峰的手就离开了公寓楼，走到马路上的时候正好赶上一辆公交车，张维平带着孩子上了公交车，前往增城方向。

张维平后来通过中间人将邓某峰以 12000 元的价格卖给了一对三十岁左右的夫妇。

儿子被拐后，邓某和跟工友们一起去附近的几个路口围堵张维平，但没有成功。邓某和猜测张维平可能会坐火车逃走，于是又跑到广州火车站去拦截，起初站务人员不让他进站，他哭求着诉说自己的儿子被拐走了，再晚点可能就永远找不回来了。最终站务人员可怜他的遭遇，才同意让他进站去找。邓某和一班次一班次、一车厢一车厢地在火车站找了七天七夜，却依然没有找到自己的儿子，也没有发现张维平的踪迹。

儿子被拐后，母亲邓某环的精神状态一直很差，焦虑和自责不断地摧残着她。邓某和只得先把妻子送回了老家，自己则留在广东，一边打工赚钱一边找孩子。

后来，邓某和在矿井中工作被砸伤了脚，邓某环生小女儿的时候又早产住院，花了不少钱，这些钱都是他们从亲戚朋友那里借来的。

2012 年，邓某和为了照顾妻子和女儿，只能选择离开这个让他心痛的地方，回到老家湖南。他们夫妇开了一家米粉店，日子还算过得去，然而他们依然思念着儿子邓某峰，每年邓某和都会积攒一些钱出门去寻找儿子，也经常会去当初报案的沙庄派出所询问案件进展。

后来张维平落网后向警方供述了拐卖邓某峰的事实后，警方立即通知了邓某和夫妇。邓某和高兴坏了，当天就关了米粉店，急匆匆地赶往广东。他本以为终于能够见到失散多年的儿子邓某峰了，可未曾想张维平虽然落网了，但是邓某峰却依然下落不明。

在这次开庭前，邓某和才第一次见到了我，也是他第一次见到其他几位受害父母。当他们讲述各自孩子被拐的经历时，邓某和感叹造化弄人，与其他家庭不同的是，邓某和一家与张维平之间的接触其实并不多，在他们夫妇的记忆中，张维平之前一直是试图挑逗另一家的一个孩子，但那家的家长看孩子看得比较紧，估计张维平一直没有下手的机会，最终他将目标转向了邓某峰。

我也觉得，世界为什么这么小，同一个案犯拐卖的另一个孩子居然离自己这么近；但世界为什么又这么大，两个被拐的孩子相隔不远，此前却从未产生过交集。

我甚至有些郁闷，如果当年听到保安谈及邓某和孩子被拐的事件时，自己能够多加警觉的话，可能申聪就不会被抢走。当年我的老父亲曾经在沙庄派出所门前的风雨中望穿秋水地守了一个多月，如果那个时候能够碰到邓某和，或许我们就能早一点知道张维平这个人，也许就能把两个案子联系起来。或者至少，我可以拉上邓某和一起去找孩子，让自己的寻子之路不那么孤单……

这次开庭是广州市中级人民法院对张维平等人贩子的一审庭审，对于我来说，这一次与一年多之前的那次开庭完全不同。虽然同样是在增城区人民法院的法庭上，同样是站在原告席上，但那时的我孤零零的，除了聘请的两位律师和连夜赶到的两位记者，再没有我可以依靠的力量。而这一次，我的身后站着 6 个被拐孩子的家长。开庭前起立时，我比上

一次庭审站得更笔直，背后的家长们，似乎也用他们的身体堆砌出了一堵充满哀怨和愤恨的人墙。这些家长和我一样，昂着头看着法庭上高悬的国徽，等待着法律对人贩子公正的审判。

随着庭审的进行，张维平的态度却显得尤为平静，也许他心中正盘算着如何对抗审判。

被拐孩子李某青的父亲看到张维平如此淡定的态度后，站起来指着他大骂："我以前对你那么好，你居然恩将仇报，你把我的孩子卖到哪儿去了？"

那个前一天还老实巴交蹲在我身旁的邓某和也站了起来，他带着另外几个家长要从旁听席冲上，那股气势仿佛要亲手把张维平撕成碎片，最后在法警威严的目光和法官严肃的呵斥中才坐回原处。

在这个过程中，张维平始终低着头一言不发，他知道法警和法官不是为了保护他，而是在维护法庭的尊严。当然他的心里也清楚，在法律面前，他的任何辩解都是苍白无力的。

庭审中，我作为原告代表发言，问张维平："你把这九个孩子卖到哪儿去了？你对哪个孩子的记忆最清晰，你赶快把他们的下落都交代出来！"

张维平说，他记忆最清晰的一个孩子，是申聪，因为申聪不是他直接拐走的，只是经过他的手卖掉的，而且申聪卖的钱最多。

听到张某平的话，我浑身颤抖，攥紧拳头，脑袋一阵眩晕。

随着我对人贩子的不断追责、上诉，社会上关注我们这个案件的人也越来越多，然而对于我们寻子家长来说，严惩人贩子固然重要，但更重要的是找回我们的孩子。

2019 年的 11 月，警方公布"申聪被拐案"并案中的两名孩子比对成功，一个是杨家鑫，一个是陈某进。

得知这一消息时，我百感交集，既有兴奋，又有激动，甚至有点嫉妒。

此前，杨家鑫的妈妈曾经几次给我打过电话，委托我帮忙找杨家鑫，我也多次把杨家鑫的照片跟申聪的照片贴在同一张寻人启事上，觉得这个孩子是最可怜的一个孩子，这个家庭也是最悲惨的一个家庭。

当得知杨家鑫被找到的时候，夏某菊再也压制不住心中的期待与激动，火速订了机票从重庆飞往广州，只为尽早拥抱那个她十月怀胎生下的儿子。

在警方的妥善安排下，2019 年 11 月初，阔别 14 年之久的母子终于重逢相见。然而，岁月的流逝却让杨家鑫对亲生母亲感到十分陌生，最终他并未选择回到夏某菊的身边，他的心中充满了对过去的迷茫和对未来的不确定，毕竟他的亲生父亲不在了，家也已经破碎了。

夏某菊深知孩子的顾虑，她只愿再见一面，知道孩子安好，便已心满意足。他们彼此记下了对方的电话和微信，期待未来能够有更多的交流，但之后杨家鑫却未曾主动打过电话，那份血缘之情，在孩子心中，似乎一时仍难以认同……

夏某菊微信上那个红色的小叹号如同她受伤的心，淌着鲜红的血。夏某菊很无奈，但她也不怪孩子，她知道孩子虽然和自己有血缘关系，却并没有什么感情。夏某菊也没有办法，她心里一直遗憾的是，儿子最终还是没有去父亲的坟前上一炷香，因为他对这个长眠于地下的父亲更加陌生。

与杨家鑫一起被比对出来的陈某进，也没有选择回到原生家庭，陈某进比杨家鑫还早两年被拐，那个时候陈某进已经 3 岁了，如今的陈某进也已经成年。

陈某进的母亲赵某容一个人打工养家很辛苦，但她从心里还是惦记着儿子的，这位作为家里主要收入来源的女人，好几次跟我一起出来找孩子。直到后来，因为请假次数过多，工厂实在批不下假来，赵某容才没有再继续跟着我找。之后陈某进的爸爸妈妈便将找孩子的希望都寄托

在我的身上，说孩子找到后要杀了家里的猪请我吃饭。

后来警方组织了陈家父母去认亲，双方也只是留了联系方式。

2020年的7月，我突然接到了陈某进爸爸的电话，那边跟我诉苦说："申大哥，不行啊，帮我'搞搞'我儿子吧，他不理我们，打电话不接，微信也不回，你能不能帮我去找找他？"

我不是不想帮这个忙，但心里合计着，这个忙怎么帮呢？本来原生家庭条件不好，孩子又已经成年了，再加上当时认亲的时候，没有第一时间处理好互相之间的关系，后面就更难再补救了。

过了几天，陈某进的爸爸又跟我说，他家找了几个亲戚去买家，想强行见陈某进一面，结果被买家小区的保安赶了出来，没见到儿子，也没见到买家父母，就散了。

虽然我们每一个寻子家长都对人贩子和买家恨之入骨，但毕竟最终做出选择的还是孩子。出于对孩子的尊重和保护，特别是已经成年的孩子，很多时候我们只能用我们自己的行动和情感去尝试感化他们，逐步地去做孩子的思想工作。

申聪跟随我回家之后不久，我又接到一个好消息，同案件的邓某峰也找到了。

张维平供出被拐孩子都通过"梅姨"卖到紫金县后，邓某峰的父亲邓某和是响应我找孩子号召最积极的人。其实庭审结束那天，邓某和是第一个向我辞行的，我当时并不是很理解他，虽然答应了他，但心里还觉得有点别扭。不过后来，我几次在群里招呼并案的家长们来紫金县找孩子，邓某和反而是最配合的一个。慢慢地，我也感受到邓某和是个老实人，当时他着急辞行也是老实话。我也开始理解，每个人的家庭情况不一样，很多时候的决定也确实是迫于无奈。

尽管邓某和夫妇已经回湖南老家定居，但他还是来到紫金县四五次，跟我一起找孩子，其中最长的一次我们共同找了一个多星期。

有一次，邓某和跟我在紫金县正发着寻人启事，突然他的电话响了，是妻子打来的，说家里的米粉机器坏了，压不出米粉就做不了生意，贷款也没法还，她一个女人在家弄不过来。我听到这事，也替他着急，赶紧让邓某和回家先处理家里的事情。

2019 年 12 月，邓家夫妇接到了专案组的拜年短信，他们当时就意识到：儿子邓某峰有消息了！现实也确实如他所料，就在申聪被比对上没多久，警方就比对上了邓某峰。

那一夜，邓某和夫妇一宿没睡，他们打电话把好消息分享给所有的亲人朋友，当然也包括我。

不过，因为疫情的关系，加上邓某峰临近高考，认亲工作推迟了整整 8 个月。这 8 个月里，邓某和的心里每天都好像有千万只蚂蚁在爬，痒得不得了，米粉店的生意也没有太多心思打理，就整天想着，什么时候能见到儿子？见到儿子应该怎么说？怎么才能让孩子回家来？孩子会不会像杨家鑫和陈某进一样，不愿意回来……

那段时间，邓某和把家里整理得干干净净，把能换的家具电器都换成了新的。邓某和几乎天天给我打电话，打电话的主要目的就是“取经”。他说：“申大哥，这些年都是你在帮我们找孩子，谢谢你了。过几天警察让我们去认亲，我们跟警察没打过交道，也不知道该怎么跟孩子沟通，您一直走在路上，见的事情多，能不能帮我们支支招？”

我就把自己当初见申聪时的一些感想分享给了邓某和，告诉他，最重要的一点是要尊重孩子的意见，保持一个自然的状态最好，不要给他太大的压力。后来邓某和又多次找到我，希望能一起去接邓某峰，我同意了，两个寻子父亲见面后聊了一夜。

跟邓某和一家出发的前一天，我问他：“你给孩子准备了什么东西吗？”

邓某和拍拍皮包，激动地说，买了一个笔记本电脑，还给邓某峰在老家郴州买了一套房子，等孩子回来就把钥匙给他，留给他结婚用。

我听到这些，心里不免一阵酸楚，联想到自己，去接申聪时，给申聪买的东西除了衣服、鞋子，最有价值的可能就是那几个 N95 口罩了。

当时口罩紧缺，一般的药店买不到 N95 口罩，我托了很多关系。申聪的衣服是我跟专案组的领导问了孩子的身高体重后，打电话让马红卫帮忙从广州买的。至于鞋子的尺码，是我按照二儿子和红卫儿子的身高估计的，买了一双 43 码的阿迪达斯运动鞋，结果因为尺码大了，申聪还穿不了。至于房子，我更是连想都不敢想，孩子回到家后见到的只是一个租住的毛坯房，吃饭的时候甚至连一顿肉都是奢侈的……这一对比，我感觉亏欠儿子的实在是太多了。

我们提前两天就出发了，一路上，我跟邓某和两口子讲了很多认亲流程上的事情。从心底里，我十分希望邓某峰能够回到亲生父母身边，就像我自己的儿子申聪一样。

到了认亲的日子，警察给邓某和发信息，问有没有给孩子买衣服，邓某和看到信息却一脸蒙，还委屈地哭了："我儿子是怎么了，连衣服都没得穿吗？买家这么穷吗？"紧接着赶紧让妻子去给孩子买衣服，而妻子也慌里慌张地不知道买什么样的好，就拉上了我一起去。

我特意提示她，给孩子买个帽子，因为孩子经历了这种事情，一出来的时候肯定会觉得有些害羞，戴个帽子遮一遮，孩子的心理会好受很多，他们都表示赞同。

经过一番准备，终于来到了与儿子相见的时刻。当邓家夫妇见到儿子邓某峰的时候，孩子又黑又瘦，头发乱得就像个草窝。后来我们从专案组那里了解到，邓某峰的买家对他疏于管理，孩子从小是在买家奶奶的身旁长大，后来痴迷网络，经常熬夜打游戏，学习成绩也不好，高考只考了不到 300 分。

或许是我"传授"的经验有了效果，也或许是邓某和这些年的寻子

历程感动了儿子，邓某峰最后选择回到邓某和夫妇身边。

认亲那天，我陪着邓某和夫妇来到增城区刑侦大队大门口，我自己却没有进去，因为这个地方承载了我太多的回忆，我怕控制不住自己的情绪。邓家夫妇带着邓某峰出来的时候，邓某和特意把孩子领到我跟前说："要不是你申叔叔，我们可能一辈子找不到你，这个就是申叔叔，赶紧谢谢他。"

邓某峰眼中挂着泪说："您好，申叔叔。"

我看着这一家三口，心里颇为欣慰。自己能够促成他们的团聚，为他们做一点事情，我也感觉到这 15 年的寻子之路特别有意义。

见证完邓某峰一家的团圆，我便启程从广州返回济南了，临行的那一天，我心情特别舒畅。以前来广州，我都在找申聪，这是申聪被抢的地方，也是我一直找孩子的地方，是我们一家人的伤心地，所以那时候的广州给我的印象，就是整日雾蒙蒙、阴沉沉的，令人特别压抑。但这次再来广州，当我放慢脚步走在街上，重新抬头去仔细观摩它的时候，我才发现广州的天原来是这么的蓝，街道是如此的美丽，我居然开始有些恋恋不舍。

直到 2022 年 1 月，被张维平卖掉的 9 个孩子，有 6 个已经被警方找到，但只有申聪、邓某峰和李某青三个孩子选择了回家。我觉得，这里面固然有经济方面的原因，但情感方面的构建也极其重要。

无论情况如何，我们都不应该放弃寻找孩子，对孩子来说，这是亲生父母唯一能够证明自己的方式。如果孩子丢了，亲生父母又不去尽力寻找，那如何能够让孩子感受到这个"陌生"家庭对自己的爱呢？

父母的坚持寻找，意味着孩子身上始终会有一个"丢失"的标签，既然是"丢失"的，那总会有"物归原主"的一天。如果没有父母的坚持寻找，孩子便没有"丢失"的标签，自然也就无法与原生家庭产生心

灵上的连接。

报应不爽终须还

2021 年 3 月 26 日，“申聪被拐案”在广东省高级人民法院开庭。庭审现场，法官宣读了一份关于被拐儿童心理评估的报告，当提及孩子们即将面对新身份和新家庭的心态时，“恐惧”“恐慌”“无措”三个词逐一跳了出来，砸进我耳朵里，嗡嗡作响。我仰着脑袋，看向天花板，眼前浮现的全是时隔 15 之后，第一次和儿子见面时的画面。此时此刻，我好像更能理解儿子当时的心态了，同时我自己心里也像针扎似的疼痛。

2018 年 12 月 28 日，一审判决结果出来后，面对五名案犯两个死刑、两个无期徒刑、一个十年有期徒刑的判决，我和我的律师一致认为刑事判决部分定性准确，量刑适当，希望二审继续维持。但一审驳回了我们民事部分的诉讼，我们不认可。

申聪被抢前，我是沿海城市大企业里年轻的管理者，当时我有着令绝大多数人羡慕的工作和薪水，我的家庭已经提前进入小康生活；申聪被抢后，为了找孩子，我辞掉了工作，陆续卖掉一切能卖的家产，倾尽所有，还欠下近六十万元的外债，我的妻子因为受到了刺激而患上精神分裂症，直到最近几年才能够干一些简单的劳动。如今的我更是受困于年龄过大和工作经历空白，无法找到一份能养家糊口的工作。即便我们全家人已经团聚，但生活的压力依然巨大，这一切都是人贩子造成的。

一审开庭时，当时申聪还下落不明，法院认为所受损失无法查明。这次我儿子回来了，我和我爱人便以法定代理人的身份再次提起了附带民事诉讼。

我们提出了 480 余万元的民事赔偿，其中包括 15 年寻子所产生的各

种费用，人贩子抢走申聪导致我爱人患上精神分裂症的诊断费用及后续产生的各项治疗费用，以及误工费、精神抚慰金等。

2021 年 12 月 23 日，那天我刚好去外地办事，“申聪被拐案”专案组的一名警官给我打来了电话，说他和广东高院的两名法官一起把终审判决书送到了济南，晓莉签收了。

处理完事情我急忙连夜赶回济南，判决书上写道：“上诉人张维平、周某平、杨某平、刘某洪、陈某碧连带赔偿上诉人申军良、于晓莉物质损失人民币 39.5 万元（须自本判决生效之日起一个月内赔付完毕）。”也就是说，刑事部分维持了一审判决，同时民事部分这次也给予了我们支持！

虽然我们提出的 480 余万元的民事赔偿，最终仅支持了 39.5 万元，而且这 39.5 万元的追讨也许又是一个漫长的过程，因为这几名人贩子家中基本都已经没有什么资产可供执行了。但即使如此，那一刻，我依然有种说不出的激动，对民事部分的支持，说明国家已经关注到我们寻亲家庭走在路上的不易，这是法治的进步，也是一种对寻子家长的支持，更是一种对人贩子的震慑。感谢法院的支持，也感谢国家对打击拐卖犯罪的决心。

作为一名寻子父亲，我深知拐卖对一个家庭的危害，乃至对社会的危害有多大。从孩子丢失的那一天起，我们作为家长，没有一天是能够顺畅呼吸的，更有甚者因为孩子被拐而失去生命。

当我们说“恶有恶报”时，不单单是指法律对人贩子的严厉制裁，也包括社会各界对人贩子的道德谴责。人们都有追求幸福的想法，但不能走上歧途，有句老话说得好，“害人终害己”。

对于那些暂时还没有落网的人贩子而言，也不要抱有侥幸心理，须知“人在做，天在看”，心里有鬼的人，哪里还能活得滋润呢？他们迟早有落网的一天。

千里奔行助相见

时间来到 2022 年 6 月，“申聪案”主犯张维平、周某平已经进入死刑复核阶段，作为 9 个家庭中推动案件的家长，我心里首先想到的是同案件的其他受害家庭还有没有什么诉求，或者我有什么可以帮助到他们的地方。

我首先想到的就是杨家鑫的妈妈夏某菊。当我听说杨家鑫被拐、父亲跳下火车自杀、母亲夏某菊一人孤苦寻找之后，就一直关心着杨家鑫的案件，也努力帮助母亲夏某菊。我把杨家鑫的照片与申聪的照片一起，印在寻人启事上，一起寻找。后来杨家鑫被找到，但暂时没有回归原生家庭，其母亲生活非常困难，我也资助过她。

于是我起身前往重庆，再次见到了杨家鑫的妈妈夏某菊。在交谈过程中，我得知在杨家鑫找到之后的这几年里，她依旧生活困难，并且始终没有再见到杨家鑫。这个被拐卖所伤的母亲，甚至曾经尝试卑微地去联系杨家鑫的买家，希望他们能够从中撮合，让她再见一次儿子。当然最终的结果是徒劳。

孩子找到了，却无法相认，看着眼前这位泪流满面的母亲，我决定想办法帮她实现母子团圆，并帮助她去申请司法救助。

我几次找到杨家鑫，带他出去玩，去品尝美食，像对待申聪那样一点一点地做他的思想工作，只求用点滴的温暖感化他。

2022 年 9 月 27 日，我带着杨家鑫妈妈，以及另外几位家长赶赴广东帮他们提交司法救助材料，在此之前我把申请流程和所需要的材料，都跟家长们整理好，在法院相关部门的倾力支持下，申请过程一切顺利。

并且这次来广东，我提前委托广东的老同学马红卫打听到了杨家鑫现在工作的地方，中间虽经历了许多阻挠和波折，但好在最终我与孩子取得了联系。

当接通杨家鑫电话的那一刻，我的内心既激动，又欣慰。激动的是，我仿佛回到了与申聪第一次对话的时候，好想把父母找他的辛酸和不易通通告诉他；欣慰的是，经过一番沟通，杨家鑫表示愿意与我们见面，愿意再次见一见苦苦寻找他 14 年之久的妈妈。

2022 年 9 月 28 日，是我们和杨家鑫约定见面的日子，虽然约定在下午见面，但是我和老同学马红卫一早便带着杨家鑫的妈妈去给孩子准备见面礼，14 年的分离让这个母亲已经不知道孩子的喜好和口味，于是我提议可以多买一些不同口味的吃的，孩子到时候可以自己去选，于是我们三个人拎着一大堆吃的，提前来到了约定见面的地方，等待杨家鑫的到来。

时间一分一秒地过去了，每当有一个跟杨家鑫年龄相仿的孩子出现在我们周围，我们都会激动一下，可等来的始终都不是他。对于杨家鑫的妈妈来说，她希望时间可以再快一些，见到杨家鑫前的每一秒，都是那么的痛苦煎熬，也许只有见到儿子的那一刻，她才能彻底解脱。

然而距离约定好的见面时间已经过去了半个小时，杨家鑫依然没有出现，我再次给他打电话，已是无人接听的状态。我们都不知道怎么回事，为什么杨家鑫还没有来？此时此刻我的内心无比焦急，难道是孩子改变了主意不想来了？抑或是买家那边给孩子施加了压力，不让他来见我们？无数种可能性在我的脑海中飞速地闪过……

虽然我和老马都很焦急，但是最焦急的还是杨家鑫的妈妈，她已经慌得不行，手不停地打着哆嗦，泪水在她的眼中打转，她带着哭腔问我：“申大哥，我的儿子是不是不想见我了，我该怎么办啊……”我和老马只能不停地安慰她：“别着急，再等等，也许孩子工作上有事情耽搁了点时间。”

时间不知道又过去了多久，当我们的心都已经紧绷到临界点的时候，突然，一个身穿白色上衣的男孩出现在了马路对面。“儿子！”随着杨家鑫妈妈的一声呼喊，那个白衣少年也看向了我们，并且朝我们走来，我

和老马也兴奋了起来，我们终于等到了你——杨家鑫。

这就是骨肉亲情，当妈妈的一眼便认出了远处的儿子，当杨家鑫小跑来到我们身边时，仿佛是申聪奔向我的那一刻。孩子比起照片里的样子更高，也更帅，跟妈妈问了好，也跟我和老马礼貌地打了招呼。

此时已经将近晚上八点钟，孩子还没有吃饭，问过孩子喜欢吃什么后，我和老马带着他们母子去吃了一顿孩子爱吃的大餐。吃饭时通过交流，我能感受到杨家鑫是一个懂事的孩子，现在他的心智，已经不再是两年前刚找到时的样子，他已经可以理解亲生父母找他时的不易。我与杨家鑫约定好，等放假，我们陪着他，带着他的妈妈，一同回一趟四川老家，给他逝去的父亲上香，到时候我来承包路费，孩子欣然答应。

吃过饭后，我们一起陪同杨家鑫回到了住处，一路上杨家鑫牵着妈妈的手，母子俩有说不完的话，最后当杨家鑫给妈妈一个大大的拥抱的时候，我和老马的泪水再也忍不住流了下来，这既是见证母子团圆喜悦的泪水，更是感同身受激动的泪水。这就是血脉相连的亲情，这就是历经磨难却依然坚定的母爱。

2023 年 7 月 3 日，我再次收到了杨家鑫妈妈发来的微信，又是一个好消息，她的司法救助款项到账了，生活也有了改善，至此我心中的一块石头总算落地了。

虽然杨家鑫的妈妈说了很多感激的话，但是对于我来说，那些都不重要，因为作为寻子家长的一员，我认为这是应该做的，不仅是因为杨家鑫的案件与申聪案是同一伙人贩子所为，更是希望可以替在寻子之路上失去生命的家长们做一点力所能及的事情。

终迎人贩执行日

2023 年 4 月 21 日，法院通知我申聪被拐案的主犯张维平、周某平

两人死刑复核已经核准。接到电话我无比激动，马不停蹄地买了当天的火车票去往广州。

这次去广州，我也是希望能够在他们被执行前再见张维平、周某平一面。

这趟车全程 26 个小时，我买的是便宜的硬座票，这趟车我是很熟悉的，以前去广东找申聪，基本都是坐这条线，从来没有感觉到累。但这次去广州，整个行程下来，我开始觉得累了，可能是自己的年龄真的大了，身体不行了。

22 日晚上 7 点，我到达广州东站，和同案中还没有找到孩子的家长钟某西汇合。[①]

23 日，我向法院提起申请，请求能够见张维平、周某平最后一面，希望他们还存有最后的一丝良知，能交代出还没有找到的三个孩子以及“梅姨”的相关线索。但法院告知我，死刑犯执行前只有犯人家属才能够会面。

见张维平和周某平之前，我和钟某西不想坐等，我们再次前往了熟悉的紫金县，寻找当年跟“梅姨”一起居住过的老汉，深挖“梅姨”的消息。这里是我曾经来过很多次的地方，对于紫金县的情况，我们再熟悉不过，时过境迁，我和钟某西的心境大不相同。申聪已经找到，而他的儿子钟彬还没有消息。

那几天，我和“申聪案”同案的其他孩子家长们一直在想办法，希望能够联系上张维平和周某平的家属，想通过家属劝说主犯来比对“梅姨”的线索，并交代出另外三个孩子的去向。但事情并没有什么进展，甚至钟某西还因为焦急和疲劳一度出现晕厥。

---

① 2024 年 9 月 16 日，本书出版前夕，广东江防确认，钟某西的儿子钟彬被找到。至此，9 名被拐儿童仅剩 1 名未找到，愿欧阳佳豪早日回家。

最后，我决定给张维平和周某平写一封信，递交到法院帮忙传达，希望他们能够体谅我们这些寻子父母的心情，“把最后的善良留给寻子父母们”。同时我也表示，如果他们在被执行前愿意提供线索，协助找到“梅姨”和另外三个孩子，我愿意放弃剩余的民事赔偿部分。

这封信我是这么写的：

“张维平，你好。我是申聪的父亲申军良，或许你对我并不陌生！从 2005 年 1 月 4 日，申聪被你们入室抢走的那一刻，到今天已经是 18 年 3 个月零 22 天，我对你们一直是愤怒，也曾无助。但是，我今天从新闻上看到消息，你们 28 号将要被执行，我瞬间也有些难过，为你们惋惜，种种的矛盾，内心不知道怎么样才好。因为你们抢走我的儿子申聪，改变了我们一家人的命运。你们 28 号被法律执行，你们的子女少了父亲，家庭也会发生变化，你们的孩子也许会恨我，我都愿意接受。我想最后一次请求你们，被你们带走的钟彬、欧阳家豪和另外一个小朋友，跪求告知他们的下落。因为被你们带走的这 3 个孩子的家庭，仍然在痛苦中挣扎，把最后的善良留给他们好不好？”

27 日早上 8 点，我突然接到其中一个主犯家属的电话，他们表示同意见面，约我们去看守所门口。我们火速赶往看守所，生怕晚一秒主犯的家属改了主意，但是直到中午，我们也没有见到他的家属。下午 1 点 49 分，我得到消息：张维平、周某平已经被执行完毕。

这些年来，我们终于等到了这一刻的到来，我一直告诉自己要控制情绪，因为人贩子被执行是一件振奋人心的好事儿，而且晓莉和孩子们都看着呢。可是那一瞬间真的来临时，我的泪水还是止不住地涌了出来，人贩子得到了应有的惩处，我 15 年的寻子之路也终于换来了一个公道。

然而喜悦与激动过后，我也意识到我们脚下的道路还没有走完，因为还有“梅姨”没有落网，还有同案的三个孩子没有找到，还有更多的寻子家长依然在四处奔波。

调整心情之后，我再次拨通了一名主犯家属的电话，想询问一下人贩子最终的遗言里有没有告知孩子的线索。然而还没等我开口，迎来的却是对方的指责，责怪我没有早些谅解案犯，现在死刑已经执行，说什么都晚了，随后便挂断了电话。

犯人家属的态度，仿佛一把刀子扎入到我们这些寻子家长的心里。人贩子的死刑，难道不是他们咎由自取的吗？我们这些被毁掉的家庭，凭什么谅解他们？他们犯下了滔天大罪，我们没有谅解他们，难道也要被责怪吗？我无法谅解他们，他们毁掉了多少个家庭，毁掉了多少个孩子，他们临死也没有告诉被拐孩子父母哪怕一点点线索。无论他们指责的话有多难听，我依然坚定地认为，人贩子就应该被执行死刑！

第七章

亲密无间共进退

肝胆相照郭刚堂

在 15 年漫长的寻子过程历程中，我先后结识了许多同我一样经历了骨肉分离的寻子家长

寻子 24 年，累计骑行 50 多万公里的郭刚堂，是一位了不起的父亲。

2015 年的时候，刘德华主演的电影《失孤》上映，这是一个骑着摩托车走遍中国大江南北，“千里走单骑”寻子 15 年的故事。主人公原型便是山东聊城的一位寻子父亲——郭刚堂。

郭刚堂的儿子郭振于 1997 年被拐走。电影上映时，他已经寻子 18 年，当他找到儿子的时候，已在路上走了 24 年之久。

《失孤》这部电影上映之后，我曾反反复复地看了无数遍，那段时间正好是我寻找申聪最煎熬的一段日子。每当临近崩溃的边缘，我都会看一遍《失孤》，告诉自己，要振作起来。

我与郭刚堂大哥第一次见面是在 2016 年的 10 月，当时我刚从广州回来，因为依然没有申聪的消息，我的情绪很低落。

就在回济南的路上，我想到了家住聊城的郭刚堂大哥。因为两个地方离得很近，再加上我们有着共同的遭遇，所以我想去见见这位骑行寻子的大哥，交流一下彼此寻子的经验。

之前虽然跟郭刚堂大哥通过几次电话，但一直没有见过面。初次去郭大哥家，他给我的感觉格外亲切。我们聊得很投机，说实话，当时我们两个人都没有找到孩子，算是同病相怜之人，但正是在那个环境之下，我们好像又互相给了彼此一份支撑力。

从那之后，我与郭刚堂大哥便经常微信、电话联系，沟通各自案件的最新进展。后来张维平交代出“梅姨”，我便开始在紫金县寻找“梅姨”，郭大哥也是第一时间通过自媒体平台发声，动员大家帮我抓“梅姨”。

皇天不负有心人，就在申聪回家的第二年，郭大哥这边也传来了好消息。

2021 年 6 月，在公安部“团圆计划”的努力下，郭振被找到了。与此同时，拐卖郭振的两名人贩子也相继落网。

郭大哥将这一好消息告诉了我，他说郭振目前在河南，过得挺好的，他们马上就要见面了，我激动得凌晨两点多才睡着。

作为寻子路上相互鼓励、彼此支撑的兄弟，我打心底里替他高兴。认亲那天，我看着这个满头白发的山东大汉像个孩子一样扑在儿子怀中落泪时，我的泪水也忍不住流了下来。其中的委屈与酸楚，我想只有我们这些经历过的寻子家长才能完全体会。

后来，由于种种原因，郭振并没有当即选择回家，而郭刚堂大哥也表示尊重孩子的决定，但家里的大门随时给儿子敞开着。

我其实很理解郭刚堂大哥当时的心情，作为过来人，我知道面对失散多年的儿子时，一个寻子父亲是多么的无助和卑微。这个时候，儿子的任何要求，作为亲生父亲都无法拒绝。

我以前也恨死了买申聪的人，但最终还是为了顾及儿子的感受，暂且将那份仇恨压制了下去。可是没有人知道，压制仇恨比释放仇恨，需要更大的力量和勇气。

有时候等待也是一种智慧。时间可以淡化一切，同时也可以让感情升温。

2023 年 3 月 19 日，那一天是郭振的婚礼，也正是在这一天，郭刚堂大哥一家终于等来了最美好的团聚。

2023 年 3 月初的一天，郭大哥兴奋地来电话说："军良啊，郭振要结婚了，在聊城举办婚礼!"听到这一喜讯，我喜出望外。

结婚对于郭振来说，是人生中最重要的事情之一，而选择在聊城举办婚礼，代表了孩子对原生家庭的认可。郭大哥找儿子找了这么多年，为的就是可以亲眼见到他长大成人，顶天立地。

当天我就开始和晓莉商量着几号出发去聊城，给郭刚堂大哥和嫂子带些什么贺礼，给新婚的郭振小两口送什么祝福。作为叔叔，心里想的就是怎样给大侄子准备一份有意义的礼物。

后来，我也把这个好消息告诉了还在学校的申聪，申聪说他也要给郭振哥哥准备一份礼物，并特意从学校寄了过来。

当我打开一看，是他自己亲手描绘的一幅"百喜图"，同时也附上了他对郭振哥哥的祝福——"祝郭振哥哥和姐姐新婚快乐，百年好合"。

婚礼当天，有很多寻亲家长、媒体朋友和爱心人士特意赶来为新人送上祝福，婚礼现场被围得里三层外三层。看到郭刚堂大哥和嫂子灿烂的笑容，那一刻，我感觉我们之前所有的付出都是值得的。

最后大家齐聚一堂，吃着喜糖，喝着喜酒，共同分享郭大哥的喜悦。真的应了《失孤》主演刘德华先生所唱的那首歌《今天》——"等了好久，终于等到今天，梦了好久，终于把梦实现"。

我和晓莉在婚礼现场，也憧憬着申聪结婚时的场景，郭大哥说，那一天也不远了，到时候兄弟们再聚在一起，也像今天一样喝个痛快。

这次郭振回家办婚礼，不但代表孩子的心回来了，也预示着郭大哥寻找孩子的路终于圆满了。未来的生活，无论是对于郭刚堂大哥和嫂子，还是对于郭振小两口来说，都将会更加美好，充满幸福与温馨。

难兄难弟孙海洋

2014 年，陈可辛导演的打拐题材电影《亲爱的》上映，孙海洋正是其中一位寻子父亲的人物原型。

2016 年张维平落网之后，仍然没有申聪的下落，我们经常在一起分析“申聪案”人贩子不肯交代孩子下落的原因，之后我们也经常一起结伴出去找孩子。

2017 年年底，我们五六个家长去紫金县找孩子，因为大家手头都比较拮据，只能共同住在一个没有窗户的房间里，房间只有两张床，一张床上睡几个人。

有一天屋外下着大雨，刺骨的寒风夹杂着急促的雨点，大家只能待在屋里。我们开始相互看彼此的寻子启事，无意间我发现，孙卓竟然和申聪是同一天生日，都是 2003 年腊月初七，只是申聪比孙卓早丢失了几年。

谁能想到，两个同年同月同日生的孩子，所经历的苦难居然也是一模一样的。

这让我和孙海洋都不禁感叹造化弄人，命运居然让两个孩子以这种残酷的方式连接到了一起。如果说我和孙海洋是寻子路上的难兄难弟，那申聪和孙卓更加是难兄难弟！

2020 年 3 月，申聪被警方解救，并且选择跟我们回家，我给海洋打电话告诉他这一好消息，他表示祝贺的同时也说他又看到了希望，拜托我多想办法帮忙找孙卓，他想知道孙卓在哪里。

申聪的回归让我坚信孙卓离回家也不远了。

转眼间时间来到了 2021 年 11 月初，海洋给我发消息，想叫着我一起出去找孙卓，我爽快地答应了，于是我们开始筹划如何行动。

命运有时候就是这么喜怒无常，它让我们经历过种种不幸之后，又会悄悄带来意想不到的惊喜与好事。

还没等我和海洋出发，警方那边就传来了一个好消息：孙卓在山东被找到了！

当海洋激动地打电话告知我这一喜讯时，我的内心无比激动，那种感觉就像当年找到了申聪一样。后来看到孙卓认亲时的场景，我更是几度哽咽，跟海洋一起找孩子的那些画面一一浮现在脑海中。

孙卓也决定回到亲生父母身边，一家人终于苦尽甘来，圆满团圆。

在被拐孩子回归原生家庭的过程中，让孩子顺利上学是头等大事。那段时间，孙海洋为了尽快落实孙卓回深圳上学的问题整日焦急得睡不着觉，他给我打来电话："军良啊，申聪那时候上学怎么弄的啊，你有经验，帮我想想办法啊。"

当时的孙卓需要把学籍从山东转回广东，而正好申聪的学籍是从广东转到山东，所需的手续和花费的时间我都历历在目。我就将申聪回济南上学的经过原原本本地告诉了孙海洋，给了他一些合理的方案。同时，原《凤凰周刊》调查记者邓飞也在微博上发声，他援引了申聪转学籍顺利入学的例子，声援孙卓尽快在深圳上学。

深圳和济南一样，都是有爱有温度的城市，深圳市教育局很快落实了孙卓的学籍问题，并顺利安排了孙卓入学。收到海洋的消息后，我感觉就像办好申聪入学一样开心。

与孙海洋多年一起并肩"战斗"寻子，我们有着深厚的情谊。虽然现在我们的孩子都回来了，但毫无疑问，我们的交情还会一直延续下去。而且我们还希望，我们的孩子们未来可以继续将父辈的情谊传承下去，努力学习，努力工作，互相支持，为爱助力。

随着孙卓和同案的另一位被拐孩子符建涛被找到，当年拐走他们的人贩子吴飞龙也落入法网。

2022 年 5 月 24 日，孙海洋收到检察院的量刑建议书，给我打来了电话，人贩子吴飞龙马上就要被开庭审理了，当时国内可以作为参考的案件便是“申聪案”，因为拐卖申聪的人贩子中两个被判处死刑，两个被判处无期徒刑，还有一个被判十年有期徒刑，而且支持了部分民事赔偿。

孙海洋跟我说，他原以为人贩子吴飞龙一定会被重判，即便不是死刑，也得一二十年有期徒刑，可是目前案件很有可能会认定为“拐骗儿童罪”，顶格量刑也只有五年。

根据《中华人民共和国刑法》第二百六十二条：拐骗不满十四周岁的未成年人，脱离家庭或者监护人的，处五年以下有期徒刑或者拘役。

相较于“拐卖妇女、儿童罪”，“拐骗罪”在顶格量刑上确实会轻很多。

“我找儿子多少年，他就应该至少被判多少年。更何况还是两个孩子，说不定还有更多没被查到的孩子呢，就算一天换一天我也不说什么！但建议量刑居然是五年，这我接受不了！”海洋在电话里激动地说道。

其实，孙海洋的义愤填膺我完全可以理解，那是一个父亲对于孩子、对于家庭发自内心的呐喊，他希望吴飞龙的量刑能够加重，否则没办法弥补他心中的痛，也没办法让其他寻子家长的恨意平息。

对于人贩子吴飞龙的量刑意见以及民事赔偿如何去争取，我和孙海洋聊了很久，我把我当时如何整理票据，如何请律师深挖人贩子罪行等经验，一一跟他进行了沟通。

孙海洋的女儿孙悦说，弟弟孙卓回来前的这 14 年，对于爸爸妈妈来说，就是他们的“刑期”，那滋味比坐了 14 年牢还要难受。她希望拐卖罪和拐骗罪合二为一成为“拐带罪”，因为无论是拐卖还是拐骗，对受害家庭造成的毁灭性伤害都是一样的。

4 月 7 日吴飞龙案在深圳市南山区人民法院开庭审理。

作为曾经寻子路上的兄弟和同样经历过丢失孩子痛苦的寻子家长，4 月 6 日，我从济南出发，前往深圳支持孙海洋。这一趟我必须去，因为多年的相伴寻子，海洋和我是战友，更是兄弟。

庭审吴飞龙的那一天，法院门前来了很多很多寻子父母，这些父母都举着寻人启事，使劲往镜头里挤，他们都迫切地希望自己的寻子信息能够多一点机会出现在公众面前。看到这些家长，我内心百感交集，那天的他们就是以前的我，大家都是被人贩子所害，都希望看到人贩子得到严惩。

寻亲群体多磨砺

2010 年 9 月 27 日，知名媒体人邓飞在自己的微博上贴出了一个叫彭文乐的男孩的照片，并在微博上写道：互联网能再次创造奇迹吗？请帮助彭高峰找到他的儿子彭文乐。

彭高峰是彭文乐的父亲，3 岁的彭文乐于 2008 年被拐卖，邓飞采访后写下多篇报道，鼓励彭高峰不放弃希望，继续寻找。

邓飞寻子微博发出大约半年，一位网友在回乡时发现老家江苏邳州某村的一个孩子很像彭文乐，于是邓飞和彭高峰一起赶赴江苏，在警方的努力下，成功解救出彭文乐。

这件事情一度将中国的打拐行动推向高潮。后来，邓飞认为，互联网是警民合力打击犯罪的最好工具，微博可以帮助任何一个网友轻易而快速地收集、传递和分享儿童拐卖信息，并且可以无障碍地和公安机关交流，形成一张对人贩子线上线下的天罗地网。

在打拐过程中，邓飞曾说，在拐卖儿童的这个利益链条里，每一个环节都是罪恶，并不存在“我养了你，你应该报恩”这样的说法。因为，买家没有权利养别人的孩子。这种说法，只不过是给自己的恶念披上一

个美丽的外衣遮掩罢了。

2014 年，著名导演陈可辛执导了一部电影《亲爱的》，故事讲述了一对夫妻因感情不和离婚，他们之间唯一的感情纽带就是儿子，然而儿子却在一次外出玩耍时失踪，绝望之中这对夫妻踏上了漫漫寻子路，并在途中结识了许多和他们一样无助的父母。电影的最后，黄渤和郝蕾扮演的夫妇俩历尽艰苦有了儿子的线索，当他们赶到儿子居住的山村时，却换来了“相见不相识”的揪心一幕。

我是在 2015 年看到这部电影的，说实话，我不敢看，看一次哭一次。剧中黄渤扮演的那个寻子父亲田文军，就像我自己出现在荧幕上一样。他拿着寻人启事四处奔走，被人骗，被人打，这跟我这十多年来的状态一模一样。而看到孩子被拐后，郝蕾扮演的妈妈哭得撕心裂肺，让我想起了我的妻子晓莉。影片和演员表现得很真实，那些就是我们这些寻子家庭亲身经历的事情。

更不敢让我面对的是“相见不相识”的一幕。从 2005 年申聪被抢走，到我看到这部电影，已经经历了 10 年的时间，说起那 10 年里的故事，记录在书上也许仅需几页纸，可在我的心里却是一本厚厚的血泪史。

不得不说，我们一家是不幸的，但同时也是幸运的，虽然经历了 15 年的骨肉分离，但最终申聪还是回到了我们的身边，结局是圆满的。

而我认识的另一位寻子妈妈却没有这么幸运了，直到今天，她依然行走在寻找儿子的路上，她便是李飞的妈妈——何树军。

时间回到 2000 年的 9 月，刚刚升入初中不到 10 天的李飞，在河南省焦作市劳动街的小巷子附近离奇失踪。事发当天，李飞中午回家向家里要了 30 元钱，说是要给自己的自行车配锁，之后便出了门。然而直到晚上吃饭时，家人发现李飞的自行车已经配好了锁，但李飞却不见了踪影。而儿子失踪的当天，作为焦作市公安局民警的妈妈何树军，正在郊区警校参加封闭式集训。

得知儿子失踪的消息后，李飞妈妈顾不上集训，火速请假赶回了家，一家人几经寻找都没有找到李飞的踪迹。从那天开始，李飞妈妈便踏上了她漫长的寻子之路。

如今20多年已经过去了，依旧没有李飞的消息。而李飞妈妈特殊的工作身份，也让她在寻子的过程中面临着巨大的压力和困难。工作的时候，她会利用休息日进山、去外地找孩子；退休后，她更是全身心地投入到寻找儿子的行动中。

为了找到儿子，李飞妈妈不仅全国各地到处跑，还通过短视频平台等社交媒体搜集、扩散信息，希望能得到更多人的帮助。她始终坚信儿子还活着，并坚持将寻找儿子视为自己后半生的愿望。

2022年6月份，我去花开岭参加寻子活动。在现场，我远远地就看到了李飞妈妈戴着她那标志性的红色帽子，举着李飞的信息牌笔直地站在墙角处。20多年里，她无论走到哪里，都站姿挺拔，这也许就是她作为人民警察的职业习惯。

然而挺拔的站姿却掩盖不住一位母亲内心的脆弱，我们一见面，李飞妈妈便放声大哭起来，“申爸爸，你一定要帮帮我，帮我找到李飞”，那一句句声嘶力竭的呐喊，仿佛一根根针深深地刺痛着我的心。我帮李飞妈妈录制了寻找李飞的视频，只希望通过自己一点点的力量，能够助力李飞早点回家，让这位为人民付出过青春的伟大母亲不再以泪洗面。

有时候也会有朋友问我，我们这些寻子家长，为什么要天南海北地到处跑，不遗余力地去扩展更多的渠道扩散信息呢？

很多时候我们扩展更多的渠道扩散信息，其实还有一个重要的原因。大多数时候人贩子将年幼的孩子卖掉时，孩子还是没有记忆的。长大后如果哪一天知道了自己不是买家亲生的，买家则会告诉孩子他是原来家庭不要的，是被亲生父母抛弃的，从而让孩子对亲生父母产生误解。

所以只有通过更多的渠道去扩散信息，让更多对自己身份存疑的孩子看到他们的父母其实一直在苦苦寻找他们，他们才能勇敢地回家。

就比如我认识的一个孩子，他叫毛寅，乳名叫嘉嘉，1986 年出生在西安市。1988 年，在他两岁半时候，一次跟爸爸出门时被人贩子拐走了。后被辗转卖到四川，长大后居住在成都。

然而他从小并不知道自己不是这家人亲生的，只是觉得在家里没有正常家庭的温情。

一直到 2020 年，得益于好心人提供的线索，警察经过调查之后，找到了他，告知他其实是被拐儿童。起初毛寅不相信自己是被拐来的，以为警察搞错了。在警察多次劝说下，他才同意验血，与此同时，警察也给他的“父母”也验了血，经过 DNA 比对，毛寅现在的“父母”并不是他的生物学父母。

正当他满腹疑惑时，买家父母又给了他一套说辞，说他是亲生父母遗弃不要的，才被他们收养的。当听到这些，毛寅感觉非常痛苦和愤怒，甚至开始埋怨自己的亲生父母，认为他们太无情，而让他没有想到是，他的亲生母亲李静芝正在全国各地拼命地寻找他，已经找了 32 年。

其实这个时候，民警已经把毛寅的 DNA 信息与李静芝比对上了。警察跟他说清楚亲生父母的姓名和 32 年来辛苦寻找他的经历，劝导毛寅前往西安认亲。他马上打开手机，在网络上查找父母亲，当他看到母亲 32 年来天南地北寻找他的经历后，毛寅哭了许久。

之后在警方的安排下，最终母子相认，毛寅也将户籍迁回了西安。时隔不久，李静芝收拾好行囊再次上路，只不过，这次不是去找儿子了，而是带着儿子去欣赏祖国大好河山，同时尽力去弥补那失去的 32 年。

毛寅的经历其实十分典型。所以走在路上的那些年里，但凡遇到对自己身份存疑的孩子，我都会提醒他们及时去当地公安局免费采血验 DNA，因为他们的亲生父母很可能并不是别人口中的“遗弃者”，有可能他们正在拼尽一切地找你。

与我一同走在路上的解克锋大哥和他的儿子解清帅的故事就很好地印证了这一点。

2014 年到 2016 年那段时间里，可以说，我为了找到申聪，已经到了一种几近癫狂的状态，手机里的寻子群也加了上百个，我每天抱着手机翻看着当天群里最新的信息，有时候一天就要看几千条，生怕漏掉一条与申聪有关的消息。也正是在那段日子里，我结识了邢台的一位寻子父亲——解克锋。

我之所以对这位寻子父亲印象比较深刻，是因为那时候几乎每一个我在的寻子群里，也都有他的身影，而且邢台与济南相距不远，让我跟这位老哥更添了几分亲近感。

之后不久我们相互加了联系方式，我也逐渐了解了他家的遭遇。1999 年 1 月，他刚刚四个月的儿子解清帅，在邢台租住的房屋中被人贩子偷走，自那以后，他竭尽全力，四处寻觅，却始终未能找到儿子的任何消息。后来，我们谈及申聪的案件，他也知道“申聪案”，并一直关注着我寻找申聪的进展。

初识解大哥，我只知道他是从事工程行业的，为人厚道，无论走到哪里，总是穿着一件单薄的灰色西服外套，有一股典型的河北人的淳朴气息。他虽然在群里话不多，但行动上却毫不“低调”，经常出钱帮助群里其他的寻子家长印制寻人启事，有寻子家长路经邢台时，他也都会热情招待。

自我和解大哥相识以来，转眼已近十年光景。然而，惊喜总是在不经意间降临，就在 2023 年 11 月底，解克锋被拐 25 年的儿子解清帅，被警方找到了！孩子也很懂事，在了解到家人寻找他的辛酸经历之后，毅然表示愿意回到原生家庭。

解大哥第一时间与我分享了这个好消息，并邀请我过去喝团圆酒，见证他们一家的重逢。然而遗憾的是，就在临行前几日，二儿子帅帅在训练中不慎受伤，我无法抽身前往。

虽然解清帅认亲仪式那天我没有亲临现场，但当我看到他们一家人相拥在一起的视频画面时，作为解克锋大哥多年的兄弟，我也忍不住流下了感动的泪水，由衷地为他们一家高兴。

当年那个襁褓中的婴孩，如今再见时，已然长成了一个英俊帅气的小伙子。然而每每提及儿子成长中缺失的那 25 年，解克锋大哥总是难以控制自己激动的情绪，泪水铺满在他沧桑的面庞上。这份父爱缺失的遗憾我最能感同身受，在我们寻子父母看来，买家永远只是买家，他们不是孩子的父母，他们是摧毁我们家庭的源头，即便将孩子养大成人，也依然无法洗脱罪责，是我们一辈子无法原谅的罪人。

后来，在 2024 年 1 月底，我接到邀请前往杭州参加一场寻亲公益活动。在活动现场，我见到了解大哥。他依旧穿着那件单薄的西服外套，但脸上的愁容已荡然无存，取而代之的是喜悦的笑容。此次前来，他也依然是为了帮助那些还走在路上的兄弟姐妹们，宣传扩散寻子消息，像过去一样尽着自己的一分力量。

如今，解清帅已经完全回归了家庭，还带着女朋友回家见了父母。看着解克锋大哥一家人每天幸福地分享着团聚的快乐，我也更加坚信这份好运会传递到每一个寻亲家庭中。

同是天涯沦落人

2015 年，网络寻人的渠道逐渐兴起，我开始在网上发布申聪的寻人启事。有一天，一个叫张丹的女孩从微博上找到我，她并不是要给我提供线索，她找到我只是为了向我倾诉她找家的经历。

张丹告诉我，她是被拐卖的，但买家父母家对她很不好，经常虐待她，她每天都要给家里干活，还要负责给家人做饭，如果做得少了，她自己就没得吃，如果做得不好，就会挨打，严重的时候被打得浑身是伤。

有一天，她被打得很严重，再也不敢回买家父母家住，就钻到别人家的车棚里，在拖拉机驾驶座上过夜。恰巧那家女主人夜里起来上厕所发现了她，把她带回了房间，这家的女主人看她可怜，便搂着她睡了一个晚上。

张丹认识我的时候，已经十八九岁，她讲起来她小时候的故事，她一边讲就一边哭。我一直跟她保持着联系，告诉她，她是一个勇敢的姑娘。之后每当她寻亲受阻，我都会给她鼓励和支持，一方面我特别心疼这个孩子，另一方面我也总担心申聪会不会也跟她一样，天天干活挨打。

好消息是，2022 年春节前，在警方的帮助下，张丹与家人 DNA 比对成功，终于见到了她日思夜想的母亲。30 年光阴已逝，当初还不满一岁的张丹被拐卖，独自寻亲 13 年后，她带着新婚丈夫和亲生母亲相认了。那种与亲人相认的激动和喜悦，我感同身受。

认亲那天，张丹给我发来信息，她向我表示了感谢，一直以来总是给予她鼓励和帮助，同时她也说终于不用像以前这么累了，可以好好休息了！我想那一天应该是她过往三十多年来睡得最安稳的一晚！

回到母亲身边的张丹，终于有了真正意义上的娘家人，祝福她！

同为寻亲人，这样的结局是最让我感到欣慰的。

在主动找家的孩子中，还有一位姑娘的经历让我尤为震撼，那便是杨妞花。她的经历不但曲折，而且励志。

初次了解到杨妞花的案件，还要回溯到 2021 年的 4 月份。当时凭借幼年记忆知道自己是被拐孩子的杨妞花，开始发布视频，通过网络平台寻找自己的亲生父母。

1995 年 11 月，年仅 5 岁的杨妞花，被人贩子余华英从贵州拐卖到离家千里的河北。一路上余华英不断恐吓、打骂杨妞花，企图让她忘掉自己原来的家，但是令其没有想到的是，时隔 26 年之后，勇敢且聪明的

杨妞花依然保留着儿时的记忆，并且开始找家。

当了解到杨妞花的情况后，我也希望可以尽一份力量帮助到这个姑娘。于是 2021 年 5 月 3 日，我在自己的抖音账号上发布了一条助力杨妞花寻亲的视频。

幸运之神往往喜爱眷顾那些性格坚毅的人。就在几天之后，便传来杨妞花与亲人比对成功、与亲姐姐相认的喜讯。

至此她才知道，父母因为她被拐深受打击，杨妞花的爸爸在她被拐后的第二年便离开了人世，次年，年轻的妈妈也在痛苦中撒手人寰，不到 12 岁的姐姐成了孤儿，一个原本幸福的四口之家，因为拐卖最终支离破碎。

在杨妞花看来，这一切悲剧的根源，皆源于人贩子余华英的恶行！

2022 年 6 月，杨妞花前往贵阳她当年被拐的事发地报案，之后警方根据线索，也很快抓获了人贩子余华英。令人瞠目结舌的是，被余华英第一个卖掉的孩子，竟是她自己的亲生儿子。

对于杨妞花被拐案的进展，我一直也在关注。2022 年 8 月，杨妞花联系我说，她怀疑余华英极有可能就是人贩子梅姨，因为她背后涉及的被拐儿童太多了。对于这一情况，我也火速联系了侦办“申聪案”的广州市刑警大队去核实，然而最终警方的调查结果表明，余华英并不是梅姨，两人在行动轨迹上并不相符。

尽管余华英并非梅姨，但她拐卖儿童的罪行却是不争的事实，且数量惊人。2023 年 9 月，贵州省贵阳市中院一审判处余华英死刑。经过警方的后续调查，有更多的证据表明余华英拐卖的孩子还有更多。

我坚信，法律不会放过这个恶毒的人贩子。同时，我也衷心希望，能有更多像杨妞花一样对自己身份存疑的孩子勇敢地站出来，通过法律的手段，让那些人贩子得到应有的严惩。

和张丹、杨妞花一样，许峰也是一个找我寻求帮助的找家孩子。

许峰是个 1997 年出生的小伙子，四岁时跟妈妈一起被拐卖到了河北省的一个村子里，卖家是个残疾人，他妈妈发现被骗之后，曾经尝试过逃跑，但是每跑一次被抓回来，都会遭受一顿毒打，精神遭受了巨大的打击，从此精神失常。

在买家，他妈妈总是挨打挨骂，后来在 2006 年终于找了个机会逃跑了。但是逃走的时候，并没能把许峰一起带走。买家一气之下就把他扔到了一个公园里，想让他自生自灭。

许峰说那个时候他已经记事了，他至今都记得当时被丢在公园里的那种恐惧和无助，直到今天，心理阴影都非常大。后来，买家的姑姑又把他带回了家，将他养大成人。

他说，在他漫长的成长过程中，他其实每天都过得战战兢兢，要学会看买家姑姑的脸色，要成为一个不被嫌弃的小孩。

他慢慢发现，只要自己学习好，考试成绩好，回来后买家姑姑就会给他好脸色。所以，他选择拼命读书，拼命上学，从小学、初中、高中到大学，学习成绩都一直非常好。

2020 年 3 月，我找到申聪后，很多媒体进行了报道。许峰也看到了，于是他心想，自己的亲生父母会不会也在找自己，也像我一样走在路上。他开始想家，于是在我的微博上给我留言，说他也想找家，想找到爸爸妈妈。

看到他的留言后，我与他联系。7 月 31 日那天，许峰给我发消息，说他的心里现在非常煎熬，在买家那边过得非常不好，想逃离买家，尽快找到自己的原生家庭和妈妈。

从跟许峰的交流中，我能感觉出来他是一个善良、优秀的孩子，只不过现在比较迷茫。

当我问起他对于原生家庭还有什么印象，他说对于亲生父母的记忆很少，他只记得妈妈叫张戴娥，说福建方言，他小时候曾经跟妈妈一起吃过蘸红糖水的粽子。

但是仅凭这些线索显然是无法帮他找到亲生父母的，后来他表示愿意站出来，在网上公布自己的身世。

我被他的勇敢所打动，于是在 2020 年 8 月的时候，我帮他在我的抖音账号和头条账号上发布了关于他找家的信息，因为当时关注申聪回家的网友本身就很多，再加上许峰是和他母亲一起被拐的，所以那条寻亲启事引发了很高的关注度，以至于河北省公安厅直接安排人找到了他的买家了解情况。

买家的人知道后，就开始咒骂他、威胁他，说他没良心，买家姑姑的儿子看到视频后，甚至直接说如果他敢再回河北，就弄死他。

那时候许峰已经是个二十多岁的大小伙儿了，已经工作了两三年。一个人没有地方去，又不想回到买家，一个优秀且勇敢的孩子，被拐卖害得无家可归，母子分离，我发自内心心疼他。

2020 年 11 月 12 日，许峰来到济南找我，我带他去了我们辖区的派出所，帮他完成了采血入库，然而结果却让我们都失望了。这意味着，库里没有他亲生父母的 DNA。

之后我看他无处可去，便想让他先住在我家里。但他觉得，我这么多年走在寻子路上，家里已经很拮据了，怕我负担太重，不想给我添乱，于是就一个人在外面飘着。用他的话说，世界这么大，他却没有自己的家。

后来，他一直没有地方可去，最终到了秦皇岛，住在同学租的房子里，有时候自己用积蓄买点食物，有时候同学帮他带一点吃的。

很多个夜晚，在十二点之后，甚至凌晨两三点，我还会收到许峰发来的消息。我知道他内心非常孤独、无助，我和他说，你也已经长大了，虽然亲生父母还没有找到，但你要照顾好自己的生活，要成家立业。他不愿意，他说，在明白自己是谁之前，他是不会成家的。

被拐的经历给他带来的伤害太大了。和别人说话时，他总是低着头，不敢看对方，哪怕偶尔和别人目光碰在一起，他也会很快躲闪。

他每个月挣的钱，都要给他买家奶奶、买家姑姑和他买家表弟，有一段时间他没有给他买家表弟钱，他买家表弟就厚着脸皮找他要钱，他依然没有给，表弟马上就骂他，全是非常难听的话。所以，现在他的处境非常尴尬，亲生父母找不到，买家也回不去。

每当提起这个孩子，我就很揪心。哪怕他再优秀，他的内心也是孤独的，我能感觉到他心中的抑郁。亲情，这一我们与社会建立的最初、最坚实且最重要的心理纽带，在他身上似乎缺失了。我深知，没有亲情的支持，当遭遇困难和挑战时，人们往往容易做出冲动的选择。我很怕如果有一天他面临的压力无法得到释放，他会做出一些令人痛心的傻事。

所以那段时间，我基本每天都会找他聊聊天，开导开导他。后来，许峰和我说，他想要再考一个研究生。我再次给予他鼓励，看到他这么努力，我既有些心疼，也希望他能有一个更好的未来。

转眼间时间来到了 2023 年 11 月 5 日，这期间许峰经过自己的努力，已经考上了研究生，而且在这一天，他给我打来电话报告了一个好消息，经过人脸识别和 DNA 比对，他成功在甘肃找到了他的亲生父亲，而且爷爷奶奶、姥姥姥爷也都健在。同时当年拐卖他和他妈妈的人，竟然是他们同村的一个邻居。

然而上天总会眷顾那些努力且勇敢的人。2024 年 3 月 3 日，许峰再次给我打电话，他的妈妈也在河北的一个救助站里找到了。只不过再次见到妈妈时，她已经谁都不认识了。

之后他说当务之急就是先把妈妈接回老家，然后再慢慢适应新的生活。

听到许峰找到了原生家庭和妈妈的消息，我为他感到高兴，只可惜原本精神正常的母亲被人贩子和买家害得精神失常，原本幸福的家庭被

迫分离 23 年之久。

不过结局终究还是圆满的，因为许峰的勇敢和坚持，让他找到了真正属于他的家。所以，无论任何时候，无论在寻亲的道路上遇到什么困难，都要坚持下去，也许我们距离亲人仅仅只有一步之遥了。

说到坚持，我又想起一位找过我帮忙寻找弟弟的姑娘。这个姑娘叫秋艳，她要找的是她的弟弟李恒宇。

秋艳是一名大学老师，算得上是有一定社会地位和经济基础的人，但三十多岁的她，一直都没有结婚，甚至连对象都没有谈。当我问及她原因的时候，她说她不敢轻易相信别人，更不敢跟陌生人接触，而这一切的起源，都要追溯到他弟弟的丢失。

秋艳原本是姐弟三个，她是老大，下面有一个妹妹和一个最小的弟弟李恒宇。一家五口原本生活在山西省大同市，虽然不是多么富裕，但也其乐融融。

1998 年 10 月 8 日下午三四点钟，年仅四岁的李恒宇跟着几个小伙伴一起去城区学校找大姐玩，那个时候秋艳也才上小学，趁着课间跟弟弟玩了一会儿，眼看就要上课，秋艳便让李恒宇先回家。可就是这一别，让姐弟俩此后 24 年再也没有见过面。

回家的路上，李恒宇遇到了一个自称是杨叔叔的中年男子，他说用摩托车送李恒宇回家，结果李恒宇上了摩托车，就失去了下落。

当秋艳和妹妹放学回家发现弟弟还没有到家时，就已经开始有些慌了，后来全家人集体出动去找，依然没有李恒宇的踪迹。

从那时候起，母亲开始整日以泪洗面，父亲也是愁眉紧锁，而秋艳的性格也发生了改变。原本活泼开朗的姑娘，变得不敢说话，不敢见人，一种强烈的负罪感在她的心中油然而生。她认为，毕竟是自己让弟弟先回去的，如果那时候她没有要求弟弟走，也许后面的事情就不会发生。

之后的日子里，秋艳始终认为是自己把弟弟弄丢的，这种压力无时

无刻不在折磨着她。她暗自发誓，一定要找到弟弟！为此她开始拼命读书，想着长大以后有了能力，才能更快地把弟弟找回来。同样，妹妹也很努力，表示以后要和姐姐一起找回弟弟。

此后的 24 年里，姐妹俩从未放弃过寻找弟弟的信念。她们甚至把弟弟小时候可能会有印象的地方全部总结出来，她们记得：弟弟对青霉素过敏，肩膀被开水烫过；当时自己家里是做涂料工程的，每天都有很多年轻小伙子来打工；自己家住在马路和铁路中间，时常有火车和汽车在家门口穿梭；家附近有个幼儿园，弟弟经常去那里玩……

虽然现在的秋艳已经是一名大学老师，在学生面前是一副坚强的模样，但是只要提起弟弟李恒宇，她都会忍不住落泪，弟弟的失踪让她从此失去了拥有幸福的勇气，也失去了拥有快乐的能力。

后来秋艳通过媒体报道知道了正在寻子的我，添加了我的微信。我们聊过很多次，但在我认识她的这些年里，从来没见过她的笑容。

姐姐如此坚持地寻找弟弟，并且宁可牺牲自己的幸福，这种信念深深地触动了我，我通过自己的账号以及媒体朋友的渠道帮她扩散了弟弟的信息。

就在李恒宇的信息扩散出去没有多久，我们就接到了好消息。2022 年 2 月，经过民警同志和志愿者们的努力，李恒宇被找到了。时隔 24 年之后，姐弟终于再次相见。

这些故事都是发生在我身边的，也都是我亲眼所见的。我们都有共同的遭遇，所以我们都特别能理解彼此。无论是孩子找亲生父母的，姐姐找弟弟的，还是父母找孩子的，角色虽然不同，但情感是一样的。寻亲者对失散的亲人往往都是抱有一种愧疚心理的，觉得是因为自己的失误或者自己做得不好，才造成了现在的结果。我们这些人，都怀着愧疚的心理，沉重地走在路上，一走就是十几年甚至几十年。

在我们寻亲的群体里，每个人都有大把大把的辛酸泪。我们互相讲着各自的故事，互相用自己的经历鼓励着彼此。

很多时候寻亲这件事就像是在和时间较量，也像在和命运赌博，成功找到已经不易，能回归家庭属实更难。从某种程度上来说，我们一家真算得上幸运的。

我经常想起当年，在我最无助的时候，我也会给“大 V”留言，不停给他们发私信，希望他们可以帮忙找申聪。我至今都记得，当时有个500多万粉丝的微博“大 V”答应帮我宣传申聪的事，我就像抓到了一根救命稻草，兴奋得整夜都睡不着。我觉得，越多人帮我，申聪就离我越近。

如今，很多寻亲群体也会给我留言，希望我帮忙找孩子。我的账号并不大，但我会尽己所能，能帮多少帮多少，因为我能体会到，他们就像当年的我一样，正在经历痛苦和煎熬。这些对我来说微不足道的帮助，对他们，可能是救命稻草。

不忘初心助团圆

2021 年的最后一天，我收到了原《凤凰周刊》调查记者邓飞的邀请，去杭州花开岭一起帮助依然走在路上的寻亲家庭。

2021 年 12 月 31 日晚上 10 点多，我到达杭州，走出宏大的杭州高铁站，我被这座城市的美丽深深吸引，整洁的街道和五彩的霓虹灯交相辉映。虽然这次旅程也是在路上，但我的心情与以往截然不同，以往，我是为了寻找自己的孩子；这次，我是为了帮助同样在寻找亲人的家庭。

2022 年 1 月 1 日一早，助力寻亲公益活动正式开始。现场来了很多媒体，还有很多有影响力的主播，大家都希望让社会上更多人关注这个群体，也希望有更多人能伸出援手。

这一次，邓飞主要邀请了四位已经找到孩子的家长代表，其中包括郭刚堂、孙海洋、彭高峰和我。

让我们四个来的主要目的是希望可以引导更多的爱心人士来关注寻亲群体，用邓飞记者的话说，“可能我们几个更脸熟一点”。

同时受邀的还有两位尚未找到孩子的家长代表，其中一位就是杜后琪的爸爸杜小华。

说到杜小华，就不得不再次提及电影《亲爱的》，故事里面三个原型家庭中，两个家庭已经找到了自己的孩子，只剩下杜小华的儿子杜后琪仍然没有消息。这次过来，希望能够尽可能多地扩散一下消息，帮助他找到孩子。我们都告诉在场的记者朋友们，这是一位非常不容易的寻子父亲，尽量帮忙多报道，帮他找回孩子。

和杜小华一起来的，还有另外一位家长——杨紫仪的妈妈。她女儿 14 岁时失踪，女儿被拐之后，老公紧接着又去世了，她自己一个女人找女儿已经找了好多年，身体又不好，特别是关节部位，走路都走不了。

在活动过程中，我们分享了各自当年找孩子的辛酸历程，帮助依然走在路上的兄弟姐妹出谋划策，交流探讨。

当轮到我发言的时候，我是有些紧张的，因为我认为我们找到了孩子的家长可能只是更幸运一点而已。

我建议大家寻子的过程中，既要坚持，又要适度。首先，要根据现实情况去寻找孩子，千万不要像我们以前那样，像无头苍蝇一样到处乱飞乱撞；其次也要在照顾好身体的前提下寻找孩子，不要等到孩子回来了，我们自己却垮掉了；最后我建议大家多多利用互联网渠道，因为现在各种自媒体平台都很发达了，所以我们要拓展思路，利用一切可利用的方式去寻找我们的孩子，最终达成我们共同的心愿：天下无拐！

同时在这次活动中，我也首次与寻亲志愿者张书相识。那时，张书正忙碌于接送那些心急如焚的寻子家长，他的身影在人群中穿梭，如同一位守护者。如今时光荏苒，转眼我们相识已两年有余，在这漫长的岁月里，他始终如一地关注着、牵挂着那些寻子家庭。每当有寻亲活动时，他总是毫不犹豫地参与其中，他的付出和努力，让我们看到了人性中美好的一面，也让我们感受到了心怀大爱的力量。

当天的活动一直持续到了晚上，回到住处的时候已经 12 点左右了，郭大哥正在开直播，当直播间里聊到我们几个人的话题时，我看到公屏上许多朋友都在询问申聪的近况，我的内里充满了感动。

其实我们此时此刻的幸福，也是用之前无数泪水换来的。

母子再聚泪涟涟

在助力过的寻亲家长中，还有一位母亲让我感触颇深，那便是姜甲儒的妈妈。姜甲儒的丢失与申聪的丢失有着许多相似之处，这使得我对他们的遭遇产生了深厚的共鸣。

姜甲儒的妈妈第一次联系我是在 2022 年 3 月，那时候距离申聪回家正好两年。令我记忆深刻的是，姜甲儒妈妈的电话刚一接通，便传来了撕心裂肺的哭声，那种哭声我太熟悉了，在寻找孩子的路上，我听过太多这样的哭声，每一次都让我感到无比的心痛。泪水，似乎已经成为每一个寻子家长共同的标志，因为我们在面对孩子丢失的打击时，已经找不到更好的方式来宣泄内心的委屈和痛苦。

电话里，我们并没有说太多，因为这位悲伤的母亲已经崩溃到说不清楚话了。简单交流之后，我告诉姜甲儒妈妈，等有时间可以来济南，我和晓莉会招待她，再详细聊一聊具体的情况。

2022 年 7 月 22 日，姜甲儒妈妈来济南找到我和晓莉，这也是我们第一次见到她本人，她看起来干练而坚强，但眼神中却透露着深深的沧桑和悲伤。一见面，她就忍不住大哭起来，晓莉握着她的手，陪在她身边安慰她。

情绪稳定一些之后，她开始跟我们讲起他们一家的遭遇……

那是 2006 年 12 月 3 日夜晚，对于生活在山东省肥城市后于村的人们来说，这是再平常不过的一天了，天色已经入夜，安静的村子里家家户户的灯火也已经熄灭，此时只有零零散散的路灯提供着些许光亮。

当时姜甲儒的爸爸妈妈正在外地工作，家里只有爷爷奶奶照顾着 3 岁的哥哥和仅 8 个月大的姜甲儒。晚上，爷爷奶奶安顿好两个孙子入睡后，便也回屋休息了。然而，他们却没能想到，这个看似平常的夜晚，即将发生一件改变一家人 17 年命运的大事。

夜里一点多钟，村子里的路灯突然全部熄灭了，随之而来的是四个鬼鬼祟祟的身影，他们如同鬼魅一般穿梭在村子的小路上，摸到了姜甲儒家的院墙外。很快，其中一个身影便灵活地翻墙爬了进去，打开了院子的大门放其他几人进来。

此时，姜甲儒的爷爷听到了院子里的动静，起身出去查看。正当他刚走到院子时，突然一记重拳迎面而来，爷爷瞬间被打倒在地。紧接着更多的拳打脚踢如雨点般落在他的身上，其中还夹杂着铁锹的大力击打。这对于一个 70 多岁的老人来说根本无法承受，很快爷爷便失去了抵抗能力。

在屋内的奶奶也听到了动静，赶忙从孩子睡觉的屋里出来。然而，她还没有来得及打开灯，四个身影已经从院子窜入屋内。为首的一个快速地跑进姜甲儒睡觉的房间，用大衣把姜甲儒包裹起来，又麻利地跑了出去，其他人看到姜甲儒的奶奶也没有了反抗能力，便跟随抱走姜甲儒的人一起窜出院子，消失在茫茫的黑夜之中。

就这样，在短短不到五分钟的时间内，年仅 8 个月大的姜甲儒被抢走了，凌乱的院子里只留下了被打伤的爷爷、惊恐无助的奶奶和年幼懵懂的哥哥。

当收到孩子被抢走的消息后，姜甲儒的爸爸妈妈急忙赶回了泰安，并第一时间报了案。同时，他们也发动了亲戚朋友帮忙寻找孩子，但那天晚上村里一片漆黑，大家并没有找到什么有用的线索。后来大家发现村子里的电闸是被人提前拉下来的。

经过一段时间的寻找，依然没有姜甲儒的消息。因为家里还有老人和孩子，姜甲儒的爸爸需要挣钱维持家用，而姜甲儒的妈妈则孤身踏上了寻找儿子的路程，谁知这一找便是 17 年之久，孩子的爷爷更是在那晚之后一病不起，每天生活在自责之中，不久便带着遗憾离开了人世，直到临终的那一天，也没有再见到自己的孙子……

当我听到姜甲儒妈妈说案发当晚村里的电闸是被人为拉掉的，并且作案的四人可以摸准姜甲儒的爸妈都不在家，又能在极黑的情况下短时间内冲入房间，轻车熟路地将姜甲儒找到并火速逃离时，我给分析这应该是熟人作案，因为他们的行动表明他们对于姜家太熟悉了。

我给姜甲儒妈妈的建议是再去当地派出所把熟人作案这个方向反映一下，围绕村内熟人，特别是周边邻居着力排查。同时，我也告诉她，案犯抢走的是年纪小的姜甲儒，并没有抢走 3 岁的哥哥，这很有可能是提前找好了买家，最终目的还是将孩子贩卖掉，所以孩子应该没有生命危险，不要放弃希望，继续坚持寻找。

2022 年 9 月 15 日，我应邀去郑州参加一个认亲活动，因为济南和泰安距离比较近，我带着姜甲儒妈妈一起过去，希望可以通过活动扩散姜甲儒的信息。

当知道我们到达郑州之后，《河南青年报》《郑州晚报》等八九家之前跟踪报道过申聪案的记者朋友们，都给我打电话发消息，希望采访我，了解一下申聪回家之后的近况。我跟记者朋友们回复说，我们一家现在很好，很幸福，申聪也已经适应了现在的生活，不过还有很多没有找到自己孩子的家长在这边，希望他们可以过来帮忙报道这些家长的经历。

之后我找来姜甲儒妈妈、陈昊妈妈、姚一飞妈妈等多个寻子家长，恳请媒体朋友们帮他们扩散寻子消息。对于这些家长们的遭遇，记者朋

友们也颇为动容，都表示会尽力提供帮助，后来《河南青年报》更是出了一整版专题报道讲述姜甲儒的案件。

转眼间时间来到了 2024 年 1 月，晓莉的爸爸腿伤需要做手术，那天我们正在老家县城的医院照顾老人，突然电话响起，我一看是姜甲儒妈妈打来的，不知道为什么，那一刻我有一种预感，好像有好消息要传来。

我赶忙接起电话，对面一句响亮的喊声传了过来："申大哥！姜甲儒找到了！抢走姜甲儒的人贩子也抓到了！"那声喊简直震耳欲聋，充满了激动与喜悦。

原来在公安干警的不懈努力下，姜甲儒终于在济宁被找到了，孩子很健康，正在读高三。在这个过程中，要特别感谢江西的朱贻灿警官，通过人脸识别技术锁定了姜甲儒的位置，而此时的姜甲儒距离他泰安的家，仅仅不到 100 公里，就是这短短的 100 公里，让他的亲生父母苦苦寻找了 17 年之久……

在电话里，姜甲儒妈妈还说，正如我之前分析的那样，在被抓获的四名嫌疑人中，果然有村子里的熟人，其中一名嫌疑人是他们一家怎么都想不到的邻居，这个人甚至还假装好心帮他们寻找过姜甲儒，但实际上却是参与抢走孩子的罪犯之一。这些人贩子将姜甲儒抢走之后很快便转手卖掉了。

最后在电话中，姜甲儒妈妈还提到，虽然孩子找到了，然而紧接着还有一系列问题需要解决。首先便是孩子的户口问题，其次是对于人贩子后续的起诉追责问题。

孩子马上就要面临高考，转学籍的问题刻不容缓，而转学籍又牵连到转户口，如何将姜甲儒的非法户口注销掉又让一家人犯了难。

因为 2020 年申聪回来之后也面临过转学籍的问题，所以在这一方面我还是有一些经验的。

2024 年 1 月 29 日，我再次起身前往泰安，陪同姜甲儒妈妈一同去办理注销非法户口和转学籍的问题。我们把需要准备的资料整理好，提交给有关部门，因为孩子之前经历的特殊性，有关部门也表示会尽快安排处理。

最终在泰安、济宁等多地户籍机关和教育部门的通力协作之下，姜甲儒的户口和学籍转回了原生家庭，身份证也改为了原名“姜甲儒”，至此孩子在原生家庭里终于找回了自己的身份和归属感，可以说是真正地回家了。

至此，姜甲儒回家的后续工作，正有条不紊地推进，2024 年的春节，姜甲儒一家终于过了一个团圆年。

其实在姜甲儒还没有被找到的时候，还有一个人一直在关心着这个小弟弟的情况，那便是申聪。自从申聪了解到姜甲儒弟弟和他有着同样的遭遇，都是小时候被人入室抢走之后，他便经常询问甲儒弟弟的最新情况。后来知道姜甲儒找到之后，申聪也第一时间送上了自己的祝福和鼓励。

在姜甲儒的认亲答谢宴之前，申聪听说甲儒弟弟也喜欢打篮球，便用自己存的零用钱买了一个篮球送给他作为礼物。当我把申聪买的篮球递交到姜甲儒手中时，他高兴地说非常喜欢这份礼物，并希望有机会可以和申聪哥哥一起打篮球。那一天我们共同沉浸在姜甲儒一家团圆的喜悦中……

如今，我和晓莉再接到姜甲儒妈妈的电话时，已经听不到曾经的哭声和绝望，取而代之的是笑声和感激之情。

她告诉我姜甲儒现在很懂事，和爸爸妈妈、哥哥弟弟的沟通相处已经没有问题了。但毕竟是换了一个新的学习环境，又面临高考的压力，所以姜甲儒还需要时间去适应新老师、新同学和新的学习节奏。

就像我之前提到的，其实申聪刚回来的时候，面对崭新的环境，也是充满了陌生与疑惑的，对于孩子们来说这些都是正常的。我给姜甲儒

妈妈一些建议和鼓励，让她多陪孩子聊聊天，多关注孩子的情绪和需求，相信姜甲儒会很快融入新的环境并取得优异的成绩。

其实在寻亲的道路上，还有许许多多像姜甲儒妈妈一样的家长依然在四处奔波，这一切的根源都是人贩子的罪行，人贩子的存在是社会上的一大毒瘤，他们为了谋取私利而不惜拆散他人的家庭，给无辜的孩子和家长带来无尽的痛苦。因此，我们也希望加大对人贩子的打击惩处力度，完善相关法律法规，从源头上遏制这种犯罪行为。

挚友同心度磨难

提到我的老同学马红卫，可以说是在我寻找申聪的 15 年里陪伴我最多的兄弟。从最初申聪被抢，到后来找到申聪，去接申聪，红卫始终是我坚强的后盾。

2016 年，随着张维平的落网，我们得知申聪被卖到增城，为了尽快找到申聪，我在增城开始了长达一年零三个月的寻找，在这期间，红卫义无反顾地陪着我一起东奔西跑找申聪。他屡次请假，一请就是一周，甚至半个多月，最后公司实在没法再给他批假了。而且因为长期请假，耽误了他正常的工作，最终在 2016 年年底，红卫被公司解雇。

当时他们一家人只能靠一个小小的渔具店维持生计，面对生活的压力和家庭的困境，红卫并没有一句怨言，也没有一蹶不振。2017 年 5 月，他通过自己的努力，创办了自己的渔具加工厂——威勤户外。

创业之初，虽未盈利，但每当看到我在广东某地，他总会第一时间联系我，继续陪我寻找申聪。他更是投身各种寻亲公益活动中，为更多同样寻找孩子的家庭贡献一份力量。

在那段时间里，我实在不忍让他再为了寻找申聪而影响到自己正常的工作和生活，以至于后来我在朋友圈里直接将红卫屏蔽，这样我在广

东的哪个地方，他也就不会知道了，因为我不想再拖累我的老同学、好兄弟。

然而命运往往就爱捉弄不屈的人，就在红卫艰苦创业的关键时期，一个沉重的打击突然降临到他的身上。

2017 年 12 月的一天夜里，红卫给我打来电话，还没等我开口说话，电话那头的他便已泣不成声。他的二儿子被确诊为 Duchenne 型肌营养不良，也就是大家俗称的 DMD。

说到红卫的二儿子，孩子从小就一直走不好路，一走路就莫名其妙地摔倒，起初红卫两口子也没有多想，从孩子三岁多，就带着儿子多次去长安医院、虎门医院，再到东莞市人民医院，一直没有查出明确的结果，医生也认为孩子只是营养没跟上，是缺钙导致的，可是后来随着饮食的丰富和钙片的食用，孩子摔倒的频率不降反增。直到这个时候，红卫才感觉到事情不妙，于是带着儿子又去了广州市儿童医院和北京协和医院做了检查，最终的检查结果是 Duchenne 型肌营养不良。

这是一种罕见病，根据相关统计资料显示，国内患有此种疾病的患者大约有 10 万人，而这 10 万人里大多数都是男孩子，并且以目前的医疗手段，对于这种罕见病依旧束手无策，特别是孩子，一旦患上这个疾病，就等宣告生命进入了倒计时。

红卫一边哭着，一边告诉我，医生说他儿子的病情会随着年龄的增长而加重，7 到 14 岁左右可能会失去行走能力，20 岁左右可能会因呼吸肌受累而死亡。而他作为一名父亲，却无能为力，他宁愿卖掉一切换回孩子的健康，然而当下却只能眼睁睁地看着儿子一天天慢慢失去行走能力。他无法接受儿子被病痛折磨，更无法接受孩子有一天因病情加重而瘫痪，最终离他而去。

一时间，我突然不知道如何去安慰红卫，因为同样作为父亲，同样面临着失去孩子，我能够感受到他的痛苦与无助，我也知道此时此刻，

再多的话语也无法平复他的情绪，只能陪着他一起痛哭。

之后的日子里，红卫和妻子开始四处求医，甚至花费重金尝试干细胞移植、神经细胞治疗等方法，给孩子吃激素，吃各种昂贵的药物，每天晚上坚持给孩子按摩，那种按摩的疼痛别说一个孩子，就连成年人都是难以忍受的，看着孩子疼得大哭，我们心里很不是滋味。但这一切的努力，依然无法阻止孩子病情的加重，并且就跟我们在寻子路上的遭遇一样，红卫在给儿子看病的过程中，也遇到了许多骗子医生、骗子医院趁火打劫，然而在他的心里，哪怕只有一丝希望，他也会去尝试，只为将儿子的生命延续下去。

每次见到小侄子，尽管孩子身患重病，但是他非常乐观坚强，脸上总是带着笑容，他的笑容里包含了太多太多的渴望。他曾经跟我说，他渴望一直可以读书，渴望未来考上一个好的大学，渴望长大后能为国家尽一份力量。我知道，这一切都源自红卫给儿子的鼓励，我也告诉侄子，好好养病，这一切在未来都会实现的。

虽然现在红卫的事业越做越好，然而在儿子的疾病面前，他却依旧是一个脆弱无助的父亲。我多希望根治此类疾病的药物可以早日问世，让患这种疾病的孩子们能够得到有效的治疗，都能够健康快乐地成长。

第八章

天下无拐万家安

拐卖罪行因何起

行文至此，我想我们应该花点时间梳理一下为何那个年代拐卖儿童如此猖獗。

改革开放前，我国的流动人口少，大家都在本乡本土生活，加之全社会对各种违法犯罪保持高压态势，人口拐卖现象也比较少。

随着 1978 年开始实行改革开放，人口流动性大增，社会经济活力大增。与此同时，社会管制相比改革开放前有所宽松。在这一时期，一方面出现了大量的富裕人群，另一方面很多家庭还处于生活比较困难的状态。

20 世纪 80 年代初，我国开始实行计划生育政策。在城市里普遍实现了一胎生育。尽管这种只生一胎的生育政策在部分农村还没有得到严格执行，但农村仍然出现了一些无儿家庭。受“养儿防老”“重男轻女”等落后思想的影响，部分无儿家庭指望通过非法渠道“搞”来孩子来给自己养老，尤其是健康的男孩。

在当时的大环境下，居住在城市的居民，往往有工作、有养老保险作支撑，未来的养老压力相对会小一些。而在广大农村，农民的贫困率更高，须拼尽全力养活一家人，难以存下多余的钱给自己养老。更何况，

当时覆盖农民的社保尚不完善，导致许多农民客观上只能依靠儿子养老，这也是大多数被拐儿童都被卖到了农村的原因。

除了养儿防老的客观需求，依靠男丁接续香火，指望后人在清明节、中元节等节日给自己祭祀，也是传统思想衍生出来的精神需求。在当时很多人的观念中，那些没有男丁的家庭，往往处于不利地位，在产生邻里纠纷时，还会被人辱骂为“绝户”。

很多人出于养儿防老和延续香火的目的，通过非法途径收养来路不明的孩子。为了消解养儿防老的问题，一方面，我们要大力提倡“生男生女”都一样，对老人的赡养不仅是儿子媳妇的责任，也是女儿女婿的责任等观念，另一方面，要努力提高全社会养老保险和医疗保险的覆盖率，利用社保网络来代替养儿防老的落后观念。

随着计划生育政策逐步落实完善，因为养不起孩子而遗弃的事件比较少了。但是社会上依然存在一些不负责任的父母，或因为经济原因，或因为家庭原因，或因为孩子身体缺陷等，弃养孩子。同时，还有少量孩子因为父母意外而被遗弃。

对于这些孩子，我们呼吁通过正规合法的领养手续，从民政部门管理的儿童福利机构收养，给孩子一个温暖的家。

在这里，我们也呼吁国家应对出生医学证明进行更严格的管理。对于出生医学证明，要像管理人民币那样，全国统一制作标准格式、带有防伪标记的出生证，并由各地卫生主管部门登记编号后发放给下辖医院等，由医院指定专人根据父母和新生婴儿信息来制作新生婴儿的出生医学证明。对于不慎遗失的空白出生证，要及时上报主管部门，注销对应编码的出生医学证明，并处罚失责人员。应严厉打击医院内部不法分子利用真的出生医学证明，里应外合，填上假的父母信息和婴儿信息。主管部门也应建立健全全国所有新生婴儿的出生医学证明查询系统，方便核查证件。

预防被拐首当先

这么多年的寻子经验，让我有了很多预防被拐的思考。在我看来，预防被拐可以从如下几个方面做起。

其一，家长要有警惕性，尽量不让年幼的孩子脱离自己的视线，不能因为疲劳打盹、工作忙碌等原因导致孩子暂时处在无人监护的状态，更不能将孩子委托给流动性大的、不熟悉的出租屋租客代为看管。

其二，还要提防不法分子采用比较巧妙的方法拐走孩子，不要贪图“小便宜”。之前发生过这样一件事，值得大家引以为戒：有一位家长带着孩子逛街，遇到一名招揽小孩上兴趣班的人，号称本楼里面正在举办免费试课活动，可以让孩子免费上几次课，然后家长再决定是否缴费报名。家长听到有免费试课这样的“便宜”可占，就同意将孩子交给对方带到楼里去试课。等到了约定的试课时间结束，这名家长还不见对方把孩子领出来，才觉得不对劲，冲到楼里一阵寻找，哪知人贩子早已带着孩子从后门逃走了。

其三，为了预防孩子被拐走，可以尽早地给他们办理身份证。《中华人民共和国居民身份证法》有如下规定：年满十六周岁的中国公民，应当申请领取居民身份证；未满十六周岁的中国公民，可以依照本法的规定申请领取居民身份证。孩子办理身份证时，就会在公安系统留下指纹、最近正面标准照片等重要信息。有了上述信息，如果被拐儿童在异地重新办理身份证，就相对容易通过身份证照片和人脸识别系统比对出来。

其四，家长平时要教育孩子，万一在路上看不到父母了，就站在原地大哭，吸引别人注意。同时，家长一旦发现孩子不见了，应该立即拨打 110 向当地公安局报警，报警时要说清楚孩子走失的时间、地点、性别、身高、衣着、体貌特征以及身上的特殊印记，留下自己的联系方式。

目前公安局机关对于未成年人失踪，会立即立案，不受走失人员 24 小时之后才立案的规定限制。而且，公安部门会第一时间通过“团圆系统”将丢失孩子的信息扩散到一定距离内所能覆盖的所有公安人员、交通执勤人员，甚至市民的手机上，以发动更多人快速寻找。

据公安部刑侦局“打拐办”统计，“团圆系统”自 2016 年上线，到 2021 年 9 月 12 日，在五年左右时间里，一共发布儿童失踪信息 4877 条，找回儿童 4806 人，找回率达到 98.5%。与此同时，大量铤而走险的人贩子应声落网。公安部的目标是 100%找回新近失踪的儿童。

值得一提的是，儿童走失有不同原因，其中离家出走占了 63%左右。其他原因还包括迷路、到同学家玩耍、家庭纠纷后被其他亲人藏起来、溺水等意外死亡、遇害等。目前被拐儿童数量占儿童走失数量的比例极小，只占 0.4%左右。

同时，在全国打拐民警夜以继日的工作下，儿童失踪发案率急速下降，破案率急速提升。据国家统计局发布的《中国儿童发展纲要（2011—2020 年）》统计监测报告显示，我国持续加大打击拐卖儿童犯罪的力度，拐卖儿童现象明显减少。目前，全国每年盗抢儿童发案量不足 20 起，且绝大多数都能很快告破。

科技寻亲效率高

如何破获多年前的被拐儿童案件？这些年来我们慢慢发现，用最新高科技采血 DNA 检测是效率很高的手段。

以往丢失孩子的父母往往都是采用自己徒步走访，分发、张贴寻人启事等最原始的方法，相对我国巨大的国土和庞大的人口规模，这种方式无疑是大海捞针，效率极低。

后来在著名记者邓飞等人的推动下，通过微博发布被拐孩子的信息，

扩大了信息的覆盖范围，效率提高了不少。这也意味着通过线上渠道扩散信息是一个便捷有效的新方法，也是未来寻亲的新趋势。

近几年，随着人脸识别技术的提高，越来越多的企事业单位和政府管理部门都采用远距离人脸识别系统来确认业务经办人的真实身份。这种技术目前也被运用在寻亲领域，由父母提供被拐儿童的历史照片，扫描进入公安部打拐系统，然后对相应年龄段的同性别人员身份证照片进行比对。由于专家绘制的人脸图像只能做到近似，并不是100%的相同，所以，初步比对可能会比对出一大批人。

然后由专门办案的公安人员请求异地公安人员，对初步比对出来的人员进行现场核查，复核被调查人员与其“身边父母”长相是否相似、与其“身边兄弟姐妹”长相是否相似，并核查办理户口本、身份证所须原始资料的真实性，走访邻近人员等，进一步缩小目标范围。

目标缩小到一定范围之后，再对高度疑似被拐人员采血进行 DNA 检测，并将该检测结果与公安部打拐数据库里寻亲父母的 DNA 数据进行比对，最终确认被拐孩子与其亲生父母的血缘关系真实性。

尽管有人脸识别技术的支持，但对很多父母来说，寻找被拐孩子的过程，还是非常费时费力的。我清楚地知道，当时通过人脸识别技术寻找申聪，广东警方动用了大量警力，花较长时间排查完河源、深圳、东莞和梅州等地区，后来才比对出来的。

如果孩子怀疑自己与如今“父母”的血缘关系，比如：曾经听到别人说自己是捡来的；发现自己的长相与现在的父母差别较大；发现自己与家中的兄弟姐妹长得基本不像；现在的“父母”年纪很大才有了自己——根据这些情况综合判断后，可以到当地公安局申请免费采血 DNA 入库。

失散孩子与亲生父母之间，往往只隔着一滴血的距离。

因此，我们呼吁，所有寻找孩子的父母尽快到当地公安局采血做

DNA 入库；所有怀疑自己被拐卖的孩子或者身份不明的孩子，主动到当地公安部门免费采血做 DNA 入库。

当孩子在寻找亲生父母，而亲生父母由于各种原因没有及时验血入 DNA 库的情况下，还可以借助祖源分析技术来帮助寻亲人。这一技术帮助了许多寻亲人锁定其出生地范围和籍贯，缩小了寻找范围，方便公安部门和寻亲人在重点地区查找亲生父母、子女等近亲。

DNA 采血入库主要是比对点位，因为早期我采血入库的点位较低，2015 年 12 月，我带着晓莉再次奔赴广东重新采血做 DNA 入库，中途也找到过许多疑似申聪的孩子，但是经过 DNA 对比，都不是我的儿子。后又经过无数次寻找、比对，终于在 2020 年 1 月，让我在茫茫人海中锁定了我的儿子申聪。

之前我走在寻子路上时，互联网还没有这么发达，现在借助这些高效的科技加持，寻亲的父母以后应该少跑点路，多上网发布寻亲信息，让更多人看到相关寻子信息。微博、抖音、快手、微信等互联网工具都是我们发布寻子信息的重要渠道。

公安部门也希望广大寻亲人员在做好采血之后，耐心在家等待，等待“时间的玫瑰绽放美妙的花朵”，把时间充分利用好，努力经营好现有家庭，让现有家庭温馨、健康、富足，让未来被找到的孩子可以开心回家，而不是勉强回家。

公平正义须完善

最高人民法院在向全国人大代表报告工作时提到，对残害妇女儿童、老年人等挑战法律伦理底线的犯罪，论罪当判死刑的，依法判处并核准死刑，坚决维护法律权威；严惩性侵、拐卖妇女儿童和收买被拐卖妇女儿童等犯罪，强化对拐卖妇女儿童的司法保障。

涉及拐卖妇女、儿童犯罪，适用《中华人民共和国刑法》。

《刑法》第二百四十条规定：拐卖妇女、儿童的，处五年以上十年以下有期徒刑，并处罚金；有下列情形之一的，处十年以上有期徒刑或者无期徒刑，并处罚金或者没收财产；情节特别严重的，处死刑，并处没收财产：

（一）拐卖妇女、儿童集团的首要分子；

（二）拐卖妇女、儿童三人以上的；

（三）奸淫被拐卖的妇女的；

（四）诱骗、强迫被拐卖的妇女卖淫或者将被拐卖的妇女卖给他人迫使其卖淫的；

（五）以出卖为目的，使用暴力、胁迫或者麻醉方法绑架妇女、儿童的；

（六）以出卖为目的，偷盗婴幼儿的；

（七）造成被拐卖的妇女、儿童或者其亲属重伤、死亡或者其他严重后果的；

（八）将妇女、儿童卖往境外的。

拐卖妇女、儿童是指以出卖为目的，有拐骗、绑架、收买、贩卖、接送、中转妇女、儿童的行为之一的。

涉及收买被拐卖妇女、儿童，《刑法》也同样作出了规定。

《刑法》第二百四十一条的规定：收买被拐卖的妇女、儿童的，处三年以下有期徒刑、拘役或者管制。

收买被拐卖的妇女，强行与其发生性关系的，依照本法第二百三十六条的规定定罪处罚。

收买被拐卖的妇女、儿童，非法剥夺、限制其人身自由或者有伤害、侮辱等犯罪行为的，依照本法的有关规定定罪处罚。

收买被拐卖的妇女、儿童，并有第二款、第三款规定的犯罪行为的，依照数罪并罚的规定处罚。

收买被拐卖的妇女、儿童又出卖的，依照本法第二百四十条的规定定罪处罚。

收买被拐卖的妇女、儿童，对被买儿童没有虐待行为，不阻碍对其进行解救的，可以不追究刑事责任；可以从轻或者减轻处罚。

儿童教育心理学家李玫瑾认为：明知不是自己的孩子，明知这孩子不是走失，明知是强拐而收买只为给自家传宗接代，这种行为侵犯的是人类最基本的情感和伦理，侵犯了社会最基本的秩序，既伤害为人父母的权利，更伤害了人从未成年到成年的心理正常发展，让他们早年陷于恐惧、与父母天各一方，成年后则情感分裂，不得不在血亲与养育关系中艰难选择，痛苦挣扎，内心陷入“不能、不仁、不义”的自我分裂中。即使这种拐卖儿童的买家善待了孩子，“毒树之果”也必须严禁，全社会应该达成共识：对其零容忍，应该以法律的名义对其说不！

目前，中国司法判决对人贩子的判决比较严厉，从打击拐卖儿童犯罪来看，这种比较严厉的判决无疑是大快人心的。

但是，当今司法判决对于买家，往往失之过宽。很多人大代表都提议，要修改《刑法》有关条款，要提高对收买妇女、儿童的起刑，建议十年以上起刑，并且要对拐卖、收买妇女、儿童者终身追责，不受诉讼时效的限制。或者对拐卖和收买妇女、犯罪的诉讼时效从被拐卖妇女、儿童获得解救时开始计算，对拐卖、收买妇女、儿童犯罪诉讼时效从抓获人贩子和买家时开始计算。

尤其是对收买被拐妇女作为所谓的“妻子”的，往往还会伴随着严重的暴力犯罪——绑架、非法拘禁、虐待等，必须数罪并罚，不能因为弄虚作假得来的一张结婚证，就把严重的暴力犯罪当作普通家庭的婚姻纠纷来掩盖。

另外，让人比较心痛的是，不少寻子的父母长期奔波在路上，最终

导致家境贫寒或身患重病，而被找到的孩子看到原生家庭如此破败不堪，选择继续跟买家生活，导致亲生父母对自己的孩子得而复失。

很多时候拐卖儿童的犯罪行为是十几年前甚至几十年前发生的，很多已经过了法律规定的追诉时效，但是拐卖孩子给受害家庭带来的负面影响是一直存在着的，被拐家庭为寻找孩子，持续产生路费、印刷费、误工损失等各种费用，产生持续的精神损失，这些都是实际存在的，也都应该受到法律的支持。

如今，越来越多的社会人士呼吁国家应加大对非法收养孩子的买家，也就是所谓“养父母”的处罚力度，从需求方面切断拐卖儿童这一犯罪行为，实现买卖同罪。

合法收养要规范

《中华人民共和国民法典》第一千零四十四条规定：收养应当遵循最有利于被收养人的原则，保障被收养人和收养人的合法权益。禁止借收养名义买卖未成年人。

关于收养，《中华人民共和国民法典》还有如下具体规定：

第一千零九十三条 下列未成年人，可以被收养：

（一）丧失父母的孤儿；

（二）查找不到生父母的未成年人；

（三）生父母有特殊困难无力抚养的子女。

第一千零九十四条 下列个人、组织可以作送养人：

（一）孤儿的监护人；

（二）儿童福利机构；

（三）有特殊困难无力抚养子女的生父母。

第一千零九十八条 收养人应当同时具备下列条件：

（一）无子女或者只有一名子女；

（二）有抚养、教育和保护被收养人的能力；

（三）未患有在医学上认为不应当收养子女的疾病；

（四）无不利于被收养人健康成长的违法犯罪记录；

（五）年满三十周岁。

第一千零九十九条 收养三代以内旁系同辈血亲的子女，可以不受本法第一千零九十三条第三项、第一千零九十四条第三项和第一千一百零二条规定的限制。华侨收养三代以内旁系同辈血亲的子女，还可以不受本法第一千零九十八条第一项规定的限制。

第一千一百条 无子女的收养人可以收养两名子女；有子女的收养人只能收养一名子女。收养孤儿、残疾未成年人或者儿童福利机构抚养的查找不到生父母的未成年人，可以不受前款和本法第一千零九十八条第一项规定的限制。

第一千一百零一条 有配偶者收养子女，应当夫妻共同收养。

第一千一百零二条 无配偶者收养异性子女的，收养人与被收养人的年龄应当相差四十周岁以上。

第一千一百零三条 继父或者继母经继子女的生父母同意，可以收养继子女，并可以不受本法第一千零九十三条第三项、第一千零九十四条第三项、第一千零九十八条和第一千一百条第一款规定的限制。

第一千一百零四条 收养人收养与送养人送养，应当双方自愿。收养八周岁以上未成年人的，应当征得被收养人的同意。

第一千一百零五条 收养应当向县级以上人民政府民政部门登记。收养关系自登记之日起成立。

收养查找不到生父母的未成年人的，办理登记的民政部门应当在登记前予以公告。

收养关系当事人愿意签订收养协议的，可以签订收养协议。

收养关系当事人各方或者一方要求办理收养公证的，应当办理收养公证。

县级以上人民政府民政部门应当依法进行收养评估。

第一千一百零六条 收养关系成立后，公安机关应当按照国家有关规定为被收养人办理户口登记。

第一千一百零七条 孤儿或者生父母无力抚养的子女，可以由生父母的亲属、朋友抚养；抚养人与被抚养人的关系不适用本章规定。

第一千一百零八条 配偶一方死亡，另一方送养未成年子女的，死亡一方的父母有优先抚养的权利。

第一千一百零九条 外国人依法可以在中华人民共和国收养子女。

外国人在中华人民共和国收养子女，应当经其所在国主管机关依照该国法律审查同意。收养人应当提供由其所在国有权机构出具的有关其年龄、婚姻、职业、财产、健康、有无受过刑事处罚等状况的证明材料，并与送养人签订书面协议，亲自向省、自治区、直辖市人民政府民政部门登记。

前款规定的证明材料应当经收养人所在国外交机关或者外交机关授权的机构认证，并经中华人民共和国驻该国使领馆认证，但是国家另有规定的除外。

第一千一百一十条 收养人、送养人要求保守收养秘密的，其他人应当尊重其意愿，不得泄露。

第一千一百一十一条 自收养关系成立之日起，养父母与养子女间的权利义务关系，适用本法关于父母子女关系的规定；养子女与养父母的近亲属间的权利义务关系，适用本法关于子女与父母的近亲属关系的规定。

养子女与生父母以及其他近亲属间的权利义务关系，因收养关系的成立而消除。

第一千一百一十二条 养子女可以随养父或者养母的姓氏，经当事人协商一致，也可以保留原姓氏。

第一千一百一十三条 有本法第一编关于民事法律行为无效规定情形或者违反本编规定的收养行为无效。

无效的收养行为自始没有法律约束力。

我们呼吁，有关部门要进一步规范收养行为的审核流程。

目前，人贩子或买家把来路不明的孩子“洗白”主要有两个途径，一是声称孩子是自己生的，通过办理虚假的医学出生证来把孩子“洗白”。二是声称孩子是被人遗弃的，自己无意中捡到了孩子，贿赂或者蒙骗见证人做假证明，合伙蒙骗民政部门，先办理收养证，进行所谓的合法收养，再办理落户和身份证。

得益于 DNA 检测技术，我们也建议今后对于所有办理收养孩子的申请，一律先对孩子进行采血入库，与公安部打拐库里面的血样进行 DNA 比对，首先排除孩子是被拐卖的可能。

逆境逆缘增上缘

曾经一位朋友跟我说过：“人生在世就是缘分，缘分有逆缘也有善缘。”

申聪不幸被人贩子抢走，导致我们全家过去 15 年的生活非常坎坷，这也许就是我家的逆缘。然而，当我从踏上寻子之路的那一刻起，又遇到了许许多多向我施以援手的善缘，帮助我们一家浴火重生。

在这里，我想再次感谢所有帮助过我们一家的人。

感谢各地政府领导给予我们一家在寻子之路上的帮助。

感谢广东省公安厅、广州市公安局、增城刑警大队、专案组何队长以及所有在侦办“申聪被拐案”中予以支持的民警同志们。在侦办“申聪被拐案”的过程中，你们工作强度很大，非常辛苦，正是因为你们不懈的努力，才让我们一家才得以团聚，更守护了一方平安，这份恩情，我们全家永生不忘。

感谢广州市中级人民法院、广州市检察院。你们的公正无私和辛勤付出，为我们一家主持了正义，严惩了人贩子，让我们重获家庭的团圆与安宁，你们的努力不仅让我们看到了法治的力量，更让我们对打击拐卖犯罪充满了信心。

感谢全体志愿者朋友和千千万万的爱心人士。你们的关爱和支持，是我 15 年寻子路上坚实的力量，让我感受到了人间的温暖与希望，因为有你们的帮助，我们的家庭才得以重聚，让我们的幸福得以延续。

感谢在我寻子 15 年路上陪我一起走过的寻子家长们。无数个风雨日夜，我们并肩而行，靠着同一个信念“找回孩子”相互支撑，对于我来说，一天寻子家长，一辈子便是这个大家庭的一员，未来的路上我还会陪你们一起走下去，直到我们所有的孩子都回到自己温暖的家。

感谢新华社舒记者、新华社山东分社济南采访中心王志主任；《人民日报》付记者；中央电视台赵记者、唐记者、程记者、席导演、关记者、刘记者；“中国之声”李记者、谭记者；中新社杨记者；《中国青年报》张记者、孙记者、林记者；《解放日报》雷记者、王记者、杨记者、向记者；《北京青年报》张记者、曲记者、郭记者、袁记者、李记者、屈记者；《新京报》欧阳记者、王记者、张记者、齐记者、蒋记者、杨记者、汪记者、赵记者、周记者、游记者、陈记者、孙记者、赵记者；《红星新闻》王记者、李记者、张记者；《人物杂志》王记者；凤凰网赵记者、夏导演；“澎湃新闻”朱记者、钟记者、谢记者、孟记者、王记者、纪记者；“搜狐新闻”张记者、王记者、蔡记者；《扬子晚报》陈记者；“荔枝新闻”周记者、孟记者；“九派新闻”黄记者、肖记者；“极目新闻”曹记者；“河南都市报道”魏记者；《郑州晚报》石主任；《大河报》于记者；“猛

犸新闻”赵记者；《南风窗》何记者；《广州日报》肖记者；《南方都市报》邱记者、徐记者；《南方日报》徐记者、曹记者、李记者；广东电视台涂记者、岑记者、李记者、百记者、张记者；《南方周末》徐记者；《天津日报》劳记者；“南方财经报道”王记者；“封面新闻”刁记者、李记者；《知音》王记者；《齐鲁晚报》李主任、刘记者、郭记者、高记者；山东电视台万记者、张记者、王记者、李记者；《山东商报》王记者、马记者；济南电视台陈记者；以及其他所有为我们的案件报道、发声的媒体记者朋友们。你们用笔尖和镜头记录着我们寻找申聪时的每一个细节，传递着正义与力量，你们的努力让社会更加关注儿童安全，让更多人意识到打击拐卖犯罪的重要性，更为我们这些寻亲家庭的团聚之路点亮了无数明灯。

感谢河南省张祥律师、北京市刘长律师对我们一家提供的法律帮助。这么多年下来，从人贩子落网，到案件陷入僵局，再到最终人贩子量刑提高、得到严惩，都离不开你们的付出和帮助。

特别致敬重庆市樊劲松警官。每当我把需要比对的寻亲信息发给您，您宁可牺牲休息时间，也要先帮寻亲家庭去核对线索，您的敬业与奉献，让我们深感敬佩与感激。

特别致敬江西省朱贻灿警官。感谢您利用人脸识别技术，帮助许多失散多年的孩子得以与家人团聚，您的专业与付出，不仅让寻亲家庭重燃希望，也展现了人民警察的责任与担当。

特别致敬广东省卢保磊警官。我们寻子家长口中的“保哥”，为了寻找被拐儿童，常年奔波在外，始终以打击拐卖儿童犯罪作为首要任务，守护着孩子们的安全与未来。

特别致敬河南省肖振宇警官。肖振宇寻亲工作室，长期致力于寻找被拐和失踪人员。近年来在肖警官的带领下，工作室帮助全国数以千计的家庭实现了团圆梦。

特别致谢打拐志愿者上官正义。我寻子路上的好兄弟，陪我一起找申聪、抓梅姨，一个电话，立刻赶到，用自己的勇敢和智慧，帮助一个个家庭重获团圆。

特别致谢“宝贝回家”创始人张宝艳、秦艳友夫妇，爱心志愿者南方燕子姐。在我寻找申聪的路上，每当我感到无助和崩溃时，您总是给予我帮助和鼓励，您的关怀和支持让我重拾信心，继续前行。

特别致谢爱心寻子车队马水峰。感谢您和您的志愿车队在我寻子路上的无私奉献，帮助了无数寻子家长扩散信息，也让更多的人关注到被拐儿童，不仅给予了失散家庭希望，也传递了社会的正能量。

……

当然，需要感谢的人还有很多很多，大家对我们一家的帮助我都会铭记于心，每一份爱都深深地储存在我们一家人的记忆里。

大道不孤，众行者远。

我们也可以预见，在党和政府高度重视下，在社会各界人士的大力支持下，拐卖妇女儿童犯罪必将得到沉重的打击，我相信在不久的将来，“天下无拐”不再是梦！

附　录

全国人大代表建议要点
——关于加大打击拐卖妇女儿童犯罪的建议

全国人大代表、“宝贝回家”公益机构创始人张宝艳

2022 年 3 月 2 日

希望对人贩子能够终身追责。

希望能够在全国范围内摸排，把那些没有浮出水面的被拐妇女和被拐儿童查找出来，与亲人团聚。

特别是我同时还希望买卖同罪，对买家加大量刑尺度，参照绑架罪十年起刑，让他们付出沉重的法律成本。

同时，希望有新发拐卖案件的买入地区，把拐买案件纳入地方政府目标考核，让基层政府能主动作为、主动担当、主动干预、主动解救。

同时，希望有更多的爱心力量加入反拐阵营，我们一起努力，为我们的孩子创造一个安全的成长环境，早日实现天下无拐、万家团圆。

上天让我们经历了大多数孩子不会经历的命运
——写给被拐的孩子的信

申 聪

从我记事开始，一直到我 15 岁，我生活的环境都是这样的：一进村后，会看到一条看不到尽头的、一直通往深山的道路。道路两边分别是一条小河和楼房，小河和道路并排。河水很脏，村里每家每户的垃圾都会倒在河里，还有一些死鸡、死猪、死猫。这导致小河时常被堵住，河里的水都是黑的。河的对面是居民楼，在这些楼房中有一家小卖部，里面有许多神奇的东西，也是我儿时的快乐。

小卖部的对面就是我的学校，我在那里上到了小学四年级。在我们村上，很多都是老人和小孩，很少有其他成年人。他们几乎都外出打工去了，就像我的“爸爸”那样。在我的记忆里，“爸爸”很少陪伴我们，只有放寒暑假时，我们去深圳才有机会相见。所以，我们村上同龄的孩子基本没有人管，日常生活中的精力也都是放在了吃喝玩上。

在我一年级的时候，我的“爷爷”去世了。小时候我经常和“爷爷”在一起，晚上也一起睡觉，每次和“爷爷”睡觉时，他都会给我准备一小盘零食，我会把它们吃得干干净净。因为那时候还小，有时候和“弟弟”“妹妹”吵架或打架的时候，“爷爷”一般都站在我这边，去说“弟弟”“妹妹”。但随着“爷爷”的去世，我也就少了来自“爷爷”的庇护。在“爷爷”的葬礼上，即使当时我还小，即使很喜欢看当时的马队表演、打鼓和舞狮，但一想到以后没有糖吃，以后没有了“爷爷”的保护，我的泪水止不住地流了下来。

三年级是我最淘气的时候，当时我最喜欢抓鱼。可是“奶奶”不允

许我们抓鱼，因为我们抓的鱼都很小，不但没法吃，而且每次都弄得身上很脏。一天，我叫了两个同学，我们商量在中午 12 点半去荷花塘抓鱼，里面的鱼很多。我们吃完饭，偷偷去拿水桶和抓鱼的工具，然后去了荷花塘。我们把四周会进水的地方用烂泥围起来，然后用水桶把里面的水弄出来，来回每人弄了好多桶，把水放干后就开始抓鱼。抓完我们就开始分鱼。出力最多，抓鱼最多的人就有先选的权利，我和“弟弟”加起来一共有 60 条鱼，都是较大的。最大的有四个指头长，小的有两指长，最后我们把鱼都放生了。我和“弟弟”全身都很脏，刚想回去，正好看见“奶奶”站在门前散步，吓得我俩连忙躲回家里的杂物间里，里面放的都是木材，没有灯，平时里面还有老鼠。最后，我俩发现“奶奶”去找她的朋友去了，我们才敢跑回家，快速地洗澡换衣服。我们想，明天再去的时候，要把家里大水桶都装满鱼。

到了四年级，恰逢吃李子的季节，我同学知道我爱吃这东西，正好他家有一片果园，所以邀请我去他家摘果子。我中午吃完饭就兴奋地去他家，去他家两公里左右的路程，但我到他家的时候，他还没有吃饭。因为他家里大人都出去办事了，我和他说，要不我给你做饭吧，其实我做饭还可以的，他看了我一眼，说了声好啊。我让他给我剥蒜，我打鸡蛋，菜和汤做好后，他尝了一口，赞不绝口地说：“看着不咋地，吃起来还挺香。”我的同学可能不知道，那时候的我已经开始给家里人做早饭了。

吃完饭，我俩就去他家的果园里摘果子，我们摘着摘着就忘了时间，当我俩摘完，把果子放在家里时，发现已经下午两点了，还有 20 分钟就上课了，我俩水都没喝一口，就跑去学校。跑到离学校还有一点距离的时候，上课铃响了，我俩真跑不动了。当我们来到校门口的时候，值班老师抓到我俩，把我俩叫到了办公室门口，班主任看到后直接给我俩做了 1 个小时的思想工作，还让我俩在办公室门口一人一边罚站了一下午。

虽然知道回去要挨骂，但我俩还沉浸在当时摘果子的喜悦中，一看见对方就想笑，因为摘果子是那时候难得的快乐。

我以前的学校只有幼儿园到小学四年级，五年级以后，我就要去别的学校了。学校离我当时的“家”有三四公里，骑自行车要 20 分钟左右才能到。因为山里条件不是很好，好几个村的孩子都在一起，所以平时会有很多打架的事件，一般老师也是管不了的。很快，我有了几个朋友，我们不会做坏事，但也能避免被别人欺负。六年级时，我和朋友们每天都在小卖部里集合结伴上下学，一天早上我在小卖部旁边的小山上玩，不小心踩了狗屎，感觉真恶心，回家就把鞋洗了，这件事让我伤心了一上午，中午去学校的路上，我发现一个像石头的东西在动，但我认真看时，它就不动了。这时我才看清楚是一只乌龟，当时把我高兴坏了。这只乌龟有我的两只手掌那么大，我迅速地把它放在车筐里，回到“家”后，小伙伴说，你怎么这么好运，捡到这么大的乌龟。我心想，这应该就是早上踩到的“狗屎运”啊，同时这只小龟也成为我的玩伴。

我把乌龟放在了家里的一个大水桶里，在家里养了半年多，后来感觉它瘦了，所以把它放在了“外公”的鱼塘里，平时我也会去看它。后来有一次下了大暴雨，鱼塘的水太满了，“外公”把鱼塘里的水全都放掉，我的乌龟也在那个时候被冲走了。

在我读初二的时候，我第一次接触了篮球。以前我们这里没有人打篮球，自从一个转校生来了之后，我们年级每天下午都有许多人打篮球。我第一次打篮球时，拿到球一投就进了，后来他们给我传球，我的命中率还是非常高的。从那一刻，我就喜欢上了篮球。当我学会打篮球一周后，平时打球的同学就希望和我一组，我也在班里出名了。

然而，到了初三，我的生活突然发生了巨大的变化，迎来了一件打破过往生活的事情，原来我一直生活的地方其实并不是我原本的家。我清楚地记得那天早上我和“家人”在干活，没有拿手机，等我们干完活

打开手机，收到了老师和“爸爸”给我的电话和信息，让我回电话给“爸爸”。他和我说，老师让我去学校拿一些学习资料。我穿好鞋子，衣服都没换就去了学校。我以为能见到同学，在路上哼着歌，当我来到学校的时候，老师给了我一份学习资料，还把我领到了一位我从未见过的阿姨面前。老师说：“这是学校抽同学做检查，你很幸运，只有十个名额，你就被抽中了。”我很开心，然后就来到一间办公室里，那个阿姨给了我一些白纸，让我在上面画自己向往的生活。我当时画的是“爸爸”“妈妈”在这张纸的中间，然后是我们五个“兄弟姐妹”，在两侧还有伴侣和孩子的场景。

当时这位阿姨问我，如果你离开“爸爸”“妈妈”“兄弟姐妹”，自己去别的环境生活，可以吗？我当时考虑了一下说：“可以，因为长大以后也要离开他们自己生活啊。”阿姨赞扬我很勇敢。这时，警察叔叔们进来了，手里拿着电话，电话里是我“爸爸”的声音。一位警察叔叔问我：“这是你‘爸爸’的声音，没错吧。”我“爸爸”说：“你不要怕，配合警察叔叔，和警察叔叔走哈。”后来吃完饭，我就和警察叔叔上了车。我当时一头雾水，但我知道，事情没这么简单。到了广州增城后，警察叔叔告诉我，我是被拐卖的儿童之一，并和我讲了很多事情，说我的 DNA 和一位找孩子的人的 DNA 匹配成功了，他找儿子找了 15 年，警察叔叔要带我再去做一下检测，核实一下。我有点不太相信，因为以前我从没怀疑过自己不是“爸爸妈妈”亲生的。警察叔叔用棉签取了我一些唾液，我的心里就开始提心吊胆起来。当天晚上，“奶奶”给我打电话过来说，我确实不是家里的孩子，听到这句话我瞬间控制不住自己，哭了起来。“奶奶”后来说了什么，我已经听不进去了，很快挂断了电话。这时，警察叔叔给我安排了一位心理医生哥哥，他在我旁边安慰我，我哭了很久，刚刚止住泪水，想起“奶奶”说的话，又想哭，我想硬生生地憋着，没有出声，可眼泪还是止不住地流。心理医生哥哥知道后，说了一句：

“没关系的，不要紧，哭出来就好了。”这次，我大哭起来。那天可能是哭得太累了，以至于后来怎么睡去都已经记不得了。

第二天醒后，我像是丢了魂似的。这天，警察姐姐知道我英语不好，过来教我英语，还送了我一个橘子，但我实在没有心情学习。那天下午，我见到了“爸爸”和“妈妈”，因为时间问题，他们简单地跟我讲了讲，我又一次哭了起来。到了晚上，我尝试用打游戏来缓解自己的心情，可是没用。警察叔叔们看我情绪好点了，就告诉了我亲生父母的名字，还给我讲了亲生父亲找我的经历。

那天我开始上网找我父亲的名字，了解他的情况，才知道了他的经历。有一天吃饭的时候，心理医生哥哥跟我说，亲生父母想看看我，让我拍一个视频，我同意了。他问我怎么拍，我想如果是自己拍，太生硬了，就让哥哥像偷拍一样地拍我，可能会更自然一点，快拍完了，我还抬头笑了一下，心想这样可以显出我的阳光。

过了几天，警察叔叔们准备安排我见亲生父母了，我们在晚上 10 点左右见面，在这之前警察叔叔给我做了很多功课，但当看到父母的时候，我的头脑一下子变得僵硬起来。我第一眼看到父亲，他很瘦，脸颊往里吸，脸色蜡黄，看起来十分憔悴。我的母亲也是，面色黯淡无光，让人十分心疼。他们都在哭，我们抱在一起。我用手轻轻拍着他们的后背，哭了好久，简单说了一些话，我们就被安排在了一个酒店里。

听说我爸爸已经好几天没睡觉了，现在连话都说不出来了。我洗澡回来的时候，爸爸因为几天的舟车劳顿已经睡了过去，然而我能看到爸爸脸上是挂着笑容入睡的，妈妈想叫醒爸爸一起陪我聊聊天，我跟妈妈说让爸爸休息吧，不打扰爸爸了，妈妈高兴地说好。那晚我和妈妈聊了一夜。天还没亮的时候，警察叔叔就送我们上高速回老家。从广东到济南，那距离可不是开玩笑的，爸爸和叔叔都没一点精力开车，爸爸的手机响个不停，有很多应该都是记者打来的。我们经过了好多个服务区，每次车一停下来，妈妈就带我去买零食和水果。

坐了一天两夜的车，我们先到了济南的叔叔家。我们休息了两个小时左右，又赶去河南老家。在河南，我见到了姑姑，在姑姑家待了一周多，每天有表弟的陪伴，我的心情也变好了很多。我们到姑姑家后，还见到了爷爷奶奶，爷爷的身材微胖，满脸皱纹，头发全白，很和蔼。奶奶身材很瘦，也是满脸皱纹，头发花白，我和爷爷奶奶聊了一会儿，虽然听不懂爷爷奶奶在说什么，都是靠爸爸妈妈翻译，但感觉特别亲切。那天还见到了大姑和大姑父、表哥和表姐，都对我特别好。回济南前，我们又去了外公家，外公外婆也很和蔼。在外公家吃了中午饭，那天外公家去了很多人，我才知道外公家那边的亲戚特别多，外公兄弟 5 个，舅舅也很多，特别热闹。他们也让我知道了我在这个家里是多么的重要。

那天我们就回济南了，又坐了几个小时的车，坐得我屁股疼得要命，走路腿都变形了。回到济南，我们又先去叔叔家，我的两个亲弟弟都在那里。我第一次见到我的二弟，他有 1 米 75 左右，可以用“瘦得像麻秆一样”形容，脸看起来又黄又黑，看着让人心疼。我的三弟看起来还可以，但脸也很黄。他们都在看书，回来的时候，听妈妈说二弟和三弟的学习都不错，这让我感觉自己的压力好大，我这个当大哥的学习比两个弟弟差这么多。我在以前的学校里还是中等偏下的成绩，我知道在这里我肯定是倒数。

我和两个弟弟，还有叔叔家的一个堂弟，一起下五子棋，谁输了谁就被换下去，另一个人上来，我们在棋盘上杀得不可开交，很开心，让我的生疏感一下子就烟消云散了。

从我见到爸爸妈妈算起，过了十多天，我们才回到了自己真正的家。我记得一个晚上，在路上，爸爸跟我说过好几次，我们家可以用家徒四壁来形容。我的回答是：“没事的，爸，我相信只要我们在一起，我们家就会变得越来越好。”很快就到了家门口，当我进到家里的时候，发现门口的墙灰掉了一大块。家里没有沙发，电视和家具也没有。我是在农村长大的，但我还是第一次见到这么寒酸的家，这让我很惊讶。但我的回答是："这比我想象的好多了，也没有你说得那么差，没事。"我和两个弟弟来到卧室，一张 1.8 米的大床，但是在三个十几岁的大男孩面前显得非常小。二弟睡在角落里，三弟睡在中间，我睡在外面。睡觉时我尽力睡到最边上，给弟弟们留出空间，好几次我都差点从床上掉下去。每晚，我们三个都会聊天聊到很晚，聊很多有趣的事情和我不在家时的事情。每次当我们聊到尽兴的时候，爸爸都会叫我们早些休息，不然我们可能会聊到天亮。弟弟们很少锻炼，我又喜欢打篮球和跑步，平时我去打球，他们也会和我一起去，现在他们对篮球已经充满了兴趣。

我从南方到北方，当然面临着重重挑战，比如饮食和气候等。我妈妈给我做北方的稀饭，里面没有米，只有面粉和水，味道很淡，我不太好这口，猪肉炖粉条也是。到了冬天，在北方要穿秋裤，我穿不习惯，但又不能不穿，因为一旦不穿，我的膝盖就会疼，现在才慢慢好了。我爸爸给我找了好久才找到一所不错的可以接收我的中学。在上网课期间，就有很多同学问我是不是申聪，我回答说："你觉得我是申聪吗？"我这么一问，他们也不敢确定我是不是了。

很快，开学的时间到了，妈妈带着我走在前面，爸爸在后面跟着我们。来到学校，我的新班主任在校门口等我，班主任给我的第一印象是，说话很直，又很和蔼。我当时心里是恐惧的，一个人也不认识。记得当时我有一只手插在裤兜里，班主任看到后直接让我把手拿出来，吓得我立马把手伸了出来。在去教室的路上，班主任给我讲了很多，但我来到教室，班上所有的目光都投向我，我很紧张。班主任给我找了个位置就走了。没有校服的我在班级里显得格格不入，常常是大眼瞪小眼，不知道说什么，很是难受。

有一天，我买了两瓶口香糖去学校，在同学们都吃完饭后，我就分给他们口香糖吃，这件事后同学们也对我也表示了友好，我也交了很多新朋友。然而来到新学校后，我的成绩一直是倒数，尤其是英语，因为从小我都从没听过英语，也没记过英语单词。爸爸为此给我买了很多辅导资料，学校的英语老师也知道我以前的基础比较差，会很耐心地教我，有时我爸爸看我背不会英语单词，就和我说："咱俩一起背，我陪你。"回来后，我也有很大的改变，之前不爱学习，现在开始认真学习了，以前我喜欢坐在角落或者教室后面，后来我要求老师把我安排在讲台旁边上课，在这期间，有学校老师、课外辅导老师、同学、两个弟弟和父母的帮助，再加上自己的努力，我的成绩提升很大。但在中考时我还是没能考上高中，经过和家人的商量，再加上我又喜欢小动物，所以我去上了职高，学了动物医学。

在职高开学时，我没有刚回家时上初中的紧张感了，因为那时我是转校生，新的同学都不认识我，所以我可以以一个普通学生的身份融入集体当中。开学不久，我就竞选上了班长，后来我又担任了卫生委员，学习成绩还算可以。现在我想起这些，一幕幕都在眼前回放。在我成长的道路上，时时处处留着好心人帮助的足迹，这些都是让我永记在心的，而且对于过去 15 年的生活，无论是高兴还是伤心，我都会慢慢去认知并接受，因为那些都是我们成长的一部分。

我想对同样遭遇拐卖的哥哥姐姐、弟弟妹妹们说，过去的生活是我们经历过的，没有必要刻意去回避，未来的生活是我们即将面对的，应该更勇敢地走下去。这正如我父亲常常对我说的一句话："过去是你的命运，是无法选择的，未来是你新的生活，是可以谱写的。"我很认同这句话。我们并没有做错什么，上天只是让我们经历了大多数人没有的经历而已。

人的潜力是很大的，适应起来并没有想象的那么难。最重要的是，我们应该接受现实，接受环境，接受自己。最后，感谢警察叔叔们在我回家道路上辛苦地付出；感谢我的爷爷奶奶、姥爷姥姥、爸爸妈妈和叔叔婶婶，以及两个弟弟，多年来没有放弃对我的寻找和关爱；感谢关心和帮助我们一家团圆的好心人们，在新生活里，我会努力学习，争取早日回报社会，不辜负大家的期望。

2021 年 7 月 19 日

在苦难中成长

二儿子帅帅

我是申军良的二儿子，申聪的大弟弟，是我们这个重逢的五口之家里的一员。我跟哥哥申聪不一样，我从小都成长在这个家庭中。由于哥哥被抢，我的成长过程相比其他同龄人确实多了很多困难。但我明白，人生只有不断战胜困难，才能不断成长。

在我小时候，我对家中发生的事并不是很了解，只知道父亲经常不在家。直到后来，在和家中长辈的交谈中，我才得知了一些零零碎碎的信息。但这些信息并不完整，甚至很难拼凑出父亲离家的原因。后来，我在电视上看到了父亲，通过屏幕，我才完整地知道了父亲一次次走出家门，是去寻找我失踪的哥哥。那一刻，我不由得心疼起我的父母来。母亲只能独自一人含辛茹苦地照顾我和弟弟，养家和寻找哥哥的担子则压在了父亲的肩膀上。尽管常年不在家，但父亲总是尽全力满足我和弟弟。只要他回来，他都是在没日没夜地干活。可是，一个人的力量终究有限，父亲偶尔回来打点零工，远远不能维持基本生活。因为即便再困难，父亲始终没有放弃寻找哥哥。我知道父亲只能不停地借钱，来维持这个家正常运转。看着父亲日益增多的白发，我的心不由得一阵绞痛。

我从小没管父母要过零花钱。即使看着同学吃着津津有味的零食，一想到父亲，我只能咽下口水后默默走开。记得我上小学五年级的时候，因为父亲长期不在家，母亲忙着找工作，我带着弟弟经常走着回家，后来父亲知道后，给我和弟弟各办了一张公交车卡。有天晚上，我半夜起床上厕所，发现父母房间的灯还亮着。原来是他们还在为房租发愁。回到房间后，我的眼泪不停地从眼角滑落。从那以后，只要爸妈让我们坐公交车回来，我便把车钱省下来。放学后我把弟弟的书包也背着，领着他一起走回家。夏天的时候，每周我都会拿出一块钱，给弟弟买雪糕。等钱攒多了一些，我就偷偷地把钱塞回母亲的包里。

等我上了初中，妈妈也工作了，家中才开始有一些改变。有时，母亲会买一些特价水果，虽然是特价处理的，但她还是会讨价还价老半天。回到家后，她会从里面挑出最好的，削了皮拿给我和弟弟吃，我们也吃得津津有味。慢慢地，我发现父亲的脸上也挂上了一点笑容。到了周末，父母都不在家，我便负责洗衣服、做饭，那时候弟弟刚上五年级，我知道自己要承担起这个家庭的一些责任。

随着警方的不断努力，哥哥被拐的案件调查不断深入，父亲出去的时间也越来越久。母亲看着越来越多的外债，处在崩溃的边缘。在父亲又一次外出之前，她和父亲产生了分歧，大吵了一架，但父亲还是坚持出去找哥哥。我理解父亲，也心疼母亲。幸好，父亲的努力得到了回报，犯罪嫌疑人落网了，案件有了重大突破。当时，全家人都以为哥哥要回来了，父亲每日激动地忙里忙外，先将家里收拾一遍，又将破败不堪的家具收拾一下，还从表大伯家弄了一张新床，我和弟弟躺上去试了一下，比以前的床舒服多了。床弄来了，但哥哥却没有回来，父亲只能又出门继续找他。

虽然哥哥还是没有消息，但犯罪嫌疑人落网，给了父亲极大的信心和动力，母亲也支持父亲去找哥哥。只是，父亲出去的次数更加频繁，家中刚好一点的条件又恢复到了从前。但母亲没有了抱怨，弟弟没有了抱怨，我也没有了抱怨，我们都支持父亲去找哥哥。父亲陆续找到了好几个孩子，都不是哥哥。但他没有灰心，找到的那些孩子给他带来了力量。即便是一天只在路边蹲着吃一份泡面，发很多寻人启事，顾不上喝一口水，但只要有哥哥的线索，父亲一定会以最快的速度跑过去。

自从上了初中，同学们便开始注意自己的形象了。在班里，我认识

了一个又一个的品牌：耐克、李宁、安踏……这些品牌的鞋子，一双要好几百元，有的甚至过千元，可在我看来那只是多了一个 logo 罢了，与我穿的几十块钱的鞋没有什么区别。虽然我穿的只是同龄人眼中的地摊货，但我并不在意这些，因为即便是再便宜的衣服，也都是父母用血汗换来的，我不觉得这有什么丢人。当然，我脑海里是这么想，但遮掩不住羡慕的眼神。在下雨天，看着同学们被父母一个个开车接走，我内心也会不由得羡慕他们。可是，羡慕归羡慕，我从未在父母面前提及过此事。我知道，父母已经把最好的东西给了我，即使在别人眼中这可能并算不上什么。

2019 年年底的一天，母亲在上班，我和父亲、弟弟在家中正准备把刚包好的饺子下锅。有同学叫我出去玩，被我婉拒了。这个时候，父亲接到了公安的消息，说哥哥可能被找到了，但他并没有告诉我们，他怕找到的不是哥哥，让我们空欢喜一场。父亲只是用手机跟警察联系，母亲下班回来，看到父亲抱着手机聊天，很不理解，于是与父亲发生了争吵。父亲还是忍住了，没有将真相说出来，他还是怕伤害到我们。

直到一个星期后，警方十分确定地告诉父亲，哥哥找到了。父亲才将这个好消息告诉了全家人。母亲才知道错怪了父亲，一家人顿时欢天喜地，我在父母的脸上看到了久违的笑容。过完春节后的一天下午，父亲带上母亲和叔叔连夜开车到广东去接哥哥，我和弟弟被安排在叔叔婶婶家。父母一连去了几天，我们都很兴奋，每天都想给父母打电话，打通了又不知道说什么，只能问："吃了吗？到哪儿了？还有多远啊？要几天才能回来……"从电话中，我听说父亲开了一天一夜的车，但他的语气却铿锵有力，丝毫听不出一丝疲惫。

一个星期后，哥哥被顺利地接回了家。我看着疲惫的父亲，但他的眼神依旧是神采奕奕。从母亲口中得知，他几乎两天没合眼了。我见到了 15 年未谋面的哥哥，见到他第一眼，就有一种又陌生又熟悉的感觉，

正是这种感觉，让我和他的关系一下子就拉近了。我们一家五口相聚在一起的那个晚上，父亲买了只鸡，母亲买了条鱼。那天晚上，父亲破例喝了两杯酒，他的笑容一直伴随着畅饮到结束。直到睡觉，父亲依然喜不自胜。那天晚上，哥哥、弟弟和我三个人睡在了父亲前几年给我们买的大床上。我睡在最里面，弟弟在中间，哥哥在最外面，虽然有点挤，但那一天晚上一家人睡得都很踏实。

哥哥回来后，我家的苦难就要结束了。家里的景象一天比一天好。父亲看到我们三个人挤在一张床上，他心疼我们太热，于是给家里买了第一台空调，装在了我们三个的房间。其实我知道，父亲是个很怕热的人，但为了我们，他把空调装在了我们屋里，只给自己和母亲的房间放了台风扇。他一直担心我和弟弟把哥哥挤下床，正在这时，一个好心人送了一个上下铺的床。哥哥回来没多久，我们的房间大变样，原来用的小风扇已经淘汰，我们三个也不用再挤一张床了。后来，我有了自己的第一部手机，虽然不是很好，但我很珍惜它。紧跟着，我有了第一双阿迪达斯的球鞋，但我并没有每天都穿它，而是在班级活动的时候，才会小心翼翼地穿上。

现在的生活告诉我，困难都是暂时的，是每一个人都会经历的。有一句老歌唱到：不经历风雨，怎能见彩虹，没有人能随随便便成功。遇到困难，不要逃避，困难能让我们更坚强，让我们更自信，在困难之中，我们才能成长得更茁壮、更坚强。

2021 年 7 月 20 日

我的哥哥申聪回家了

三儿子奇奇

看着家里逐渐步入正轨，我高兴的心情溢于言表。大哥回来了，家里的一切越来越好了。

我依稀记得，在 2020 年最后一天的晚上，一家人高高兴兴地坐在餐桌前，爸爸让我们一个接一个地说出这一年的感想。轮到我的时候，我说：在这一年里，哥哥和爸爸都回来了，再也不用到处跑了，一家人总算可以团团圆圆地坐在一起了。2020 年对我来说是一个充实且有意义的一年。虽然哥哥回来了，但有一些问题不得不面对。

首先是哥哥上学。关于学校的问题，父母奔波了许久，每次回家都很晚，看着他们拖着疲惫的身体还要给我们做饭，心里唯有感动。还有一个问题，大哥回来后，家里的生活物品都要多一份，比如鞋子以前买两双，现在就要买三双。家里本就不富裕，况且父母都已四十多岁，收入和支出完全不成正比。但是父母还是尽他们所能，把最好的都给我们。父亲怕我们在学校里和别的同学玩不到一起，宁愿自己不买鞋，也要给我们每个人买一双好鞋子，而他出去和朋友见面时，脚上依然是那双早已破旧不堪的鞋子。

不过，相对于一家人的幸福团聚来说，这些都是小问题。以前的母亲，在哥哥被抢走之后，情绪很不稳定；现在哥哥回来了，微笑每天都会浮现在她的脸上。

有天晚上，我一直在想，大哥回来后，我们到底多了什么？经过一晚上的思索，心中有了答案，那就是幸福和亲情。这两样东西，即使你想买，也买不到。虽然我们的物质生活相较于其他同学家里可能还差点，但我们的精神生活却非常丰富，因为我有了幸福和亲情。时光似水，年华易逝，日子总是转瞬即逝。不知不觉间，距大哥回来将近两年了，日子也变得平淡起来，但我们之间的情谊和默契却是与日俱增，一个眼神，一个手势，对方就能立刻明白我想表达的意思。可能这就是心有灵犀吧。

大哥还会常常照顾我们，爸爸妈妈不在家的时候，都是大哥给我们做饭吃，每次他同学给了他一些零食，他都会带回家来和我们一起吃。

最让我难忘的是那次爬山的经历。那个暑假，我们全家人打算去爬泰山，正值骄阳似火的七月，所以我们决定夜里出发，去看一次美丽的日出。众所周知，泰山山顶上温度非常低，虽说在七月，但山上的温度只有十几度。当时的我并不知道，为了减轻负重，身上只穿了一件短袖，在登山的过程中，我们相互扶持，最终登上了山顶。此时将近凌晨三点，而日出则是在五点半左右，也就是说，我们有两个半小时的休息时间。可是到达山顶的我已经被冻得瑟瑟发抖，更别说休息了。这时，大哥走过来，把他身上唯一的大衣脱了给我，而我看向他时，他身上只有一件秋衣，但他笑着说："我不冷，刚刚爬山都爬累了，你看我这还出汗呢。"然而，回到家的第二天，他就发烧了，过了好几天才好。

哥哥回来后，我也多了很多兴趣爱好，比如打篮球、跑步等。虽然说并不是十分精通，但打一打还是没有问题的。我时常跟着哥哥一块练跑步，学校运动会的时候，我竟然获得了第二名，真是意外之喜。"有意栽花花不开，无心插柳柳成荫"大概就是这个意思吧。

哥哥回来已经将近两年，蓦然回首，哥哥回来前和回来后，家里发生了很多改变，亲子之间、兄弟之间都发生了翻天覆地的变化。我们一家人的性格随着哥哥的回来，也都变得开朗、爱说爱笑。未来，我相信，我和两个哥哥，会更加努力，不负众望，变得越来越好。

2021 年 7 月 20 日

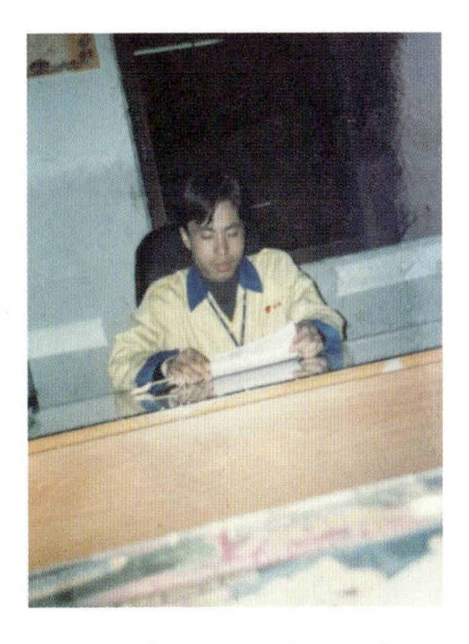

1997 年年底，我晋升为

部门物料收发组长

1999 年春节

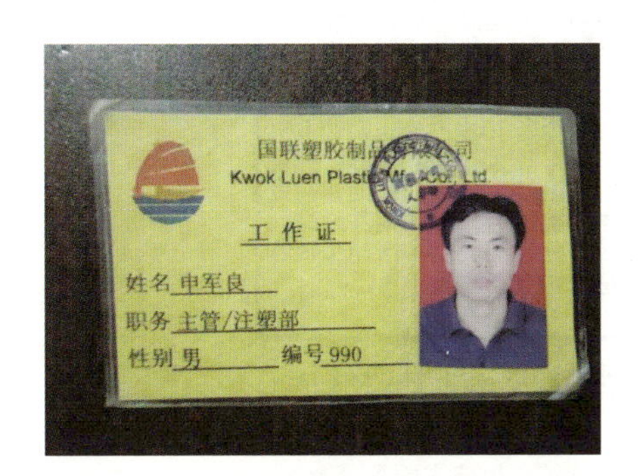

工 作 证

姓名 申军良

职务 主管/注塑部

性别 男　　编号 990

2004 年，我在国联塑胶制品有限公司任

主管一职的工作证

2004 年 12 月，

申聪 11 个月留影

2017 年 5 月，我在广州增城寻找申聪　2017 年 7 月，我在紫金县寻找申聪

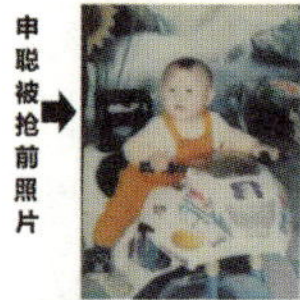

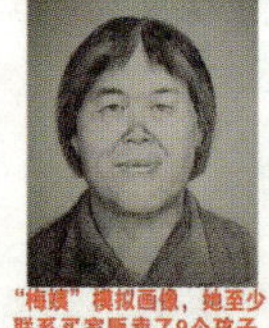

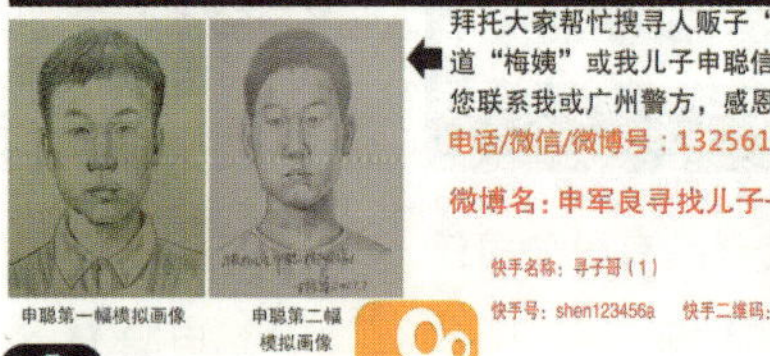

2005—2020 年，寻人启事前后印刷十几个版本，这是最后一个版本

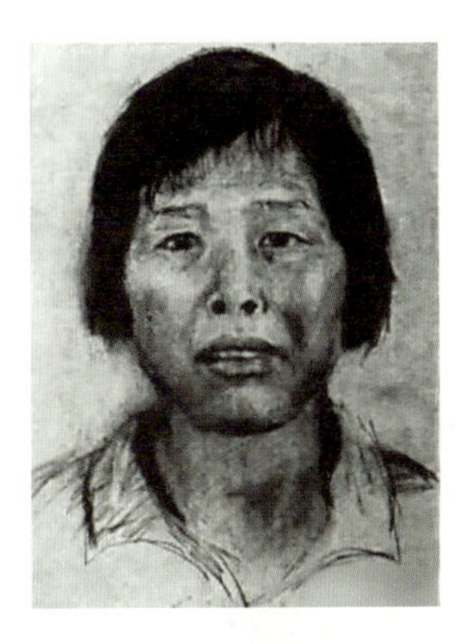

2017 年 6 月，广州警方找来模拟画像专家，根据张维平的描述，画出梅姨的第一幅模拟画像

2018 年 8—11 月，我到“梅姨”居住过的村子驻扎 3 个多月，根据多方描述，请广州警方绘制出的第二幅“梅姨”模拟画像，也就是后来“刷爆”网络的“梅姨”画像

2018 年 12 月 28 日广州市中级人民法院一审判决之后

写给被抢儿子申聪的一封信

申聪，我魂牵梦绕的儿子，你在他乡过的好吗？你的生活是否快乐、幸福？你是否知道你是被别人硬生生抢走的孩子？你是否知道这个世界上还有一家人在疯狂的找你、想你？渴望着和你团聚？十四年多来，你的爸爸从来没有放弃对你的寻找，为了寻找你，你的爸爸放弃了很不错的工作，为了寻找你，你的爸爸花光了家中所有的积蓄，卖掉了一切可卖的家产，十四年多来，你的爸爸一直走在寻找你的路上，每时每刻都憧憬着我们全家人团聚的场面。

申聪，现在已经是第15个春节我们没有一起过，全家人都期待着你回家，你在哪里？

你的爸爸：申军良

2019年2月14日

2019 年 2 月，申聪还没有找到，我写给申聪的一封信

2019 年 11 月，我在“梅姨”曾经的居住地增城鸡公山寻找“梅姨”

2019 年 11 月，我拿着梅姨第二幅模拟画像，接受媒体采访。

2020 年 3 月 6 日，去接申聪，
到达广州增城

2020 年 3 月，申聪回到济南并顺利入
学，我去学校给孩子领课本

2020 年 3 月，申聪刚回家，客厅
空空如也，我心里五味杂陈

2020 年 6 月，申聪回家后，
我在深夜做代驾

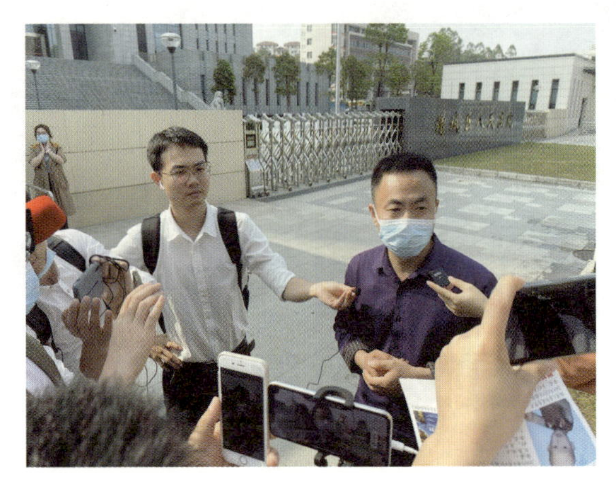

2021 年 4 月，广东省高级人民法院二审开庭前

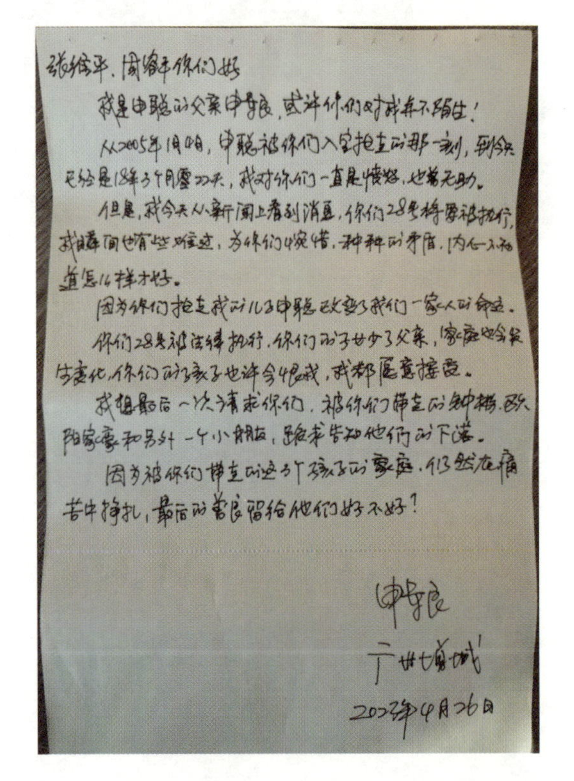

张维平、周容平你们好

我是申聪的父亲申军良，或许你们对我并不陌生！

从2005年1月4日，申聪被你们入室抢走的那一刻，到今天已经是18年3个月零22天，我对你们一直是憎恨、也常无助。

但是，我今天从新闻上看到消息，你们28号将要被执行，我瞬间也有些难过，为你们惋惜，种种的矛盾，内心不知道怎么样才好。

因为你们抢走我的儿子申聪改变了我们一家人的命运。

你们28号被法律执行，你们的孩子也少了父亲，家庭也会发生变化，你们的孩子也许会恨我，我都愿意接受。

我想最后一次请求你们，被你们带走的钟彬、邓阳家豪和另外一个小朋友，跪求告知他们的下落。

因为被你们带走的这3个孩子的家庭，仍然在痛苦中挣扎，最后的善良留给他们好不好？

申军良

广州增城

2023年4月26日

2023 年，拐卖申聪的主犯被执行前，我写给他们的信

2022 年 6 月，在杭州帮助没有找到孩子的寻亲家长

2022 年 9 月，帮助几位寻亲家长寻找孩子

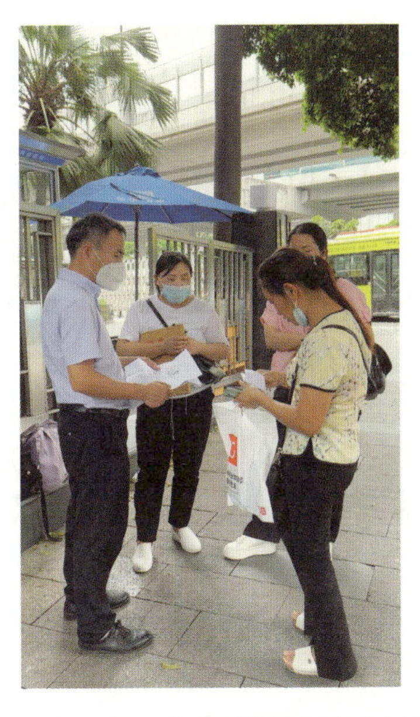

2022 年 9 月，去广州帮助杨家鑫妈妈和另一个寻亲家庭申请司法救助

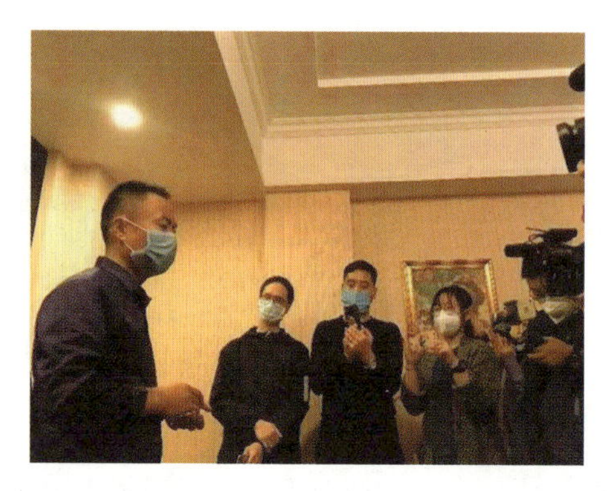

2020 年 **3** 月 **6** 日，到达广州增城没有见到申聪之前我和同学马红卫一起

与一同走在路上的好兄弟郭刚堂合影

2017 年年底，
我和孙海洋走在寻子路上

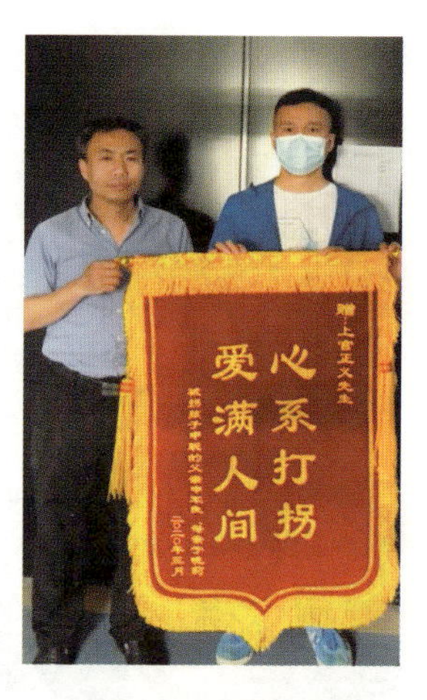

申聪回家后，感谢上官正义对我家的帮助

2022 年，申聪回家两年后
我和晓莉合影

2022 年暑假，申聪在山东美术馆留影

2022 年中秋节假期，
三个孩子做家务

2022 年，和爱人、二儿子、外甥女一起直播

2022 年暑假，全家一起去

大明湖游玩

2022 年暑假，全家出门游玩，

申聪帮我们拍下照片

2022 年年底，申聪放寒假从潍坊

回到济南，我去火车站接他

2023 年国庆节，

全家留影

我们幸福的一家